Canan Tan, Ankara'da doğdu. Ankara Üniversitesi Eczacılık Fakültesi'ni bitirdi. Yeni Asır gazetesinde, Milliyet Pazar'da köşe yazarlığı yaptı. Öykü, roman, mizah ve çocuk edebiyatı çerçevesinde çok sayıda kitabı ve senaryo çalışması vardır.

Ödülleri

- İnkılap Kitabevi'nin Aziz Nesin Gülmece Öykü Yarışması'nda basılmaya değer görülen *İster Mor, İster Mavi* adlı kitabıyla, Türkiye'de mizah öyküleri kitabı olan ilk ve tek yazar unvanı (1996)
- Rıfat Ilgaz Gülmece Öykü Yarışması'nda Birincilik Ödülü (1997)
- 10. Orhon Murat Arıburnu Ödülleri'nde Uzun Metrajlı Film Senaryosu dalında Birincilik Ödülü (*Akrep*-1999)
- İzmir Valiliği ve Milli Eğitim Müdürlüğü'nden Yılın Köşe Yazarı Ödülü (2004)
- Türk Kütüphaneciler Derneği'nden, Türkiye'deki bütün kütüphaneler bazında, En Çok Okunan Yazar Ödülü (2010)
- *Kelebek* (*Hürriyet* gazetesi) Senaryo Yarışması Birincilik Ödülü (*Oğlum* adlı öykü fotoroman olarak çekildi.)

Yapıtları

Roman: *Piraye*, *Eroinle Dans*, *Yüreğim Seni Çok Sevdi*, *En Son Yürekler Ölür*, *İz*, *Issız Erkekler Korosu*, *Hasret*

Öykü: *Çikolata Kaplı Hüzünler*, *Söylenmemiş Şarkılar*, *Aşkın Sanal Halleri*

Mizah öyküleri: *İster Mor İster Mavi*, *Sol Ayağımın Başparmağı*, *Türkiye Benimle Gurur Duyuyor*, *Oğlum Nasıl Fenerbahçeli Oldu*, *Fanatik Galatasaraylı*, *Beşiktaş'ım Sen Çok Yaşa*

Gençlik romanı: *Yolum Düştü Amerika'ya*

Çocuk romanları: *Sokaklardan Bir Ali* (İzmir Büyükşehir Belediyesi Roman Ödülü), *Beyaz Evin Gizemi*, *Ah Şu Uzaylılar*, *Sevgi Dolu Bir Yürek*, *Uzay Kampı Maceraları*

Pembe ve Yusuf

DOĞAN KİTAP TARAFINDAN
YAYIMLANAN DİĞER KİTABI

Hasret

PEMBE VE YUSUF

Yazan: Canan Tan

1. baskı / Ekim 2014 / ISBN 978-605-09-2263-9
Sertifika no: 11940

Kapak tasarımı: Funda Çolpan
Baskı: Mega Basım Yayın San. ve Tic. A.Ş.
Cihangir Mah. Güvercin Cad. No: 3/1
Baha İş Merkezi. A Blok Kat: 2
34310 Haramidere-İstanbul
Tel. (212) 412 17 00
Sertifika no: 12026

Doğan Egmont Yayıncılık ve Yapımcılık Tic. A.Ş.
19 Mayıs Cad. Golden Plaza No. 1 Kat 10, 34360 Şişli - İSTANBUL
Tel. (212) 373 77 00 / Faks (212) 355 83 16
www.dogankitap.com.tr / editor@dogankitap.com.tr / satis@dogankitap.com.tr

Pembe ve Yusuf

Canan Tan

DOĞAN KİTAP

Birinci bölüm

Yusuf

Bileklerine kadar çamura belenmiş, ilk bakışta asker postalını andıran yüksek konçlu, kaba potinler var ayağında. Saçı başı darmadağın, bakışları tedirgin. Birilerinden ya da bir yerlerden kaçarken, beklenmedik bir şekilde önüne çıkan mucizevi sığınağa kendini atıvermiş gibi.

Gözleri, ÂDEMOĞLU PANSİYON yazısının üzerinde, "Yeriniz var mı abi?" diyor.

Recep'in, yanıt vereceğine, tepeden tırnağa kendisini süzmesine farklı anlamlar katarak ekliyor hemen:

"Param var!"

Cebindeki kâğıt para tomarını çıkarıp bankonun üstüne koyuyor.

Belli belirsiz gülüyor Recep. Kaç yaşında var şu oğlan? On altı, on yedi? Bilemedin on sekiz. Yok, o kadar değildir! Neyse... Hangi rüzgâr attıysa onu buralara, belli ki fena hırpalamış.

"Koy o parayı cebine!" diyor tatlı sert. "Çıkarken hesap görülür bu pansiyonda. Ne kadar kalmayı düşünüyorsun?"

"Bir gece" diyor oğlan. "Yok yok, iki gece" diye düzeltiyor hemen. "Belki de daha fazla" diyor dişlerinin arasından.

"Adın neydi?" diye soruyor Recep, duvardaki panoya asılı anahtarlardan 6 numaralı olanı uzatırken.

"Yusuf." Bir iki saniye duraklayıp ekliyor: "Yusuf Yedekçi."

"Tamam Yusuf. Koridorun sağ tarafındaki en son oda senin."

Hayret, nüfus cüzdanı bile istemedi! Kayıt kuyut, hiçbir şey yok.

"Hepsi bu mu?" diye çekinerek soruyor Yusuf.

"Evet. Ne olmasını bekliyordun?"

Sert mi çıktı biraz? Zaten gariban oğlan!

Anahtarını alıp odasına yollanmaya hazırlanan Yusuf'un arkasından sesleniyor Recep.

"Bu gece fasıl var pansiyonda. Bekleriz."

Duyduklarını algılayamamış gibi, donuk bir bakış fırlatıyor Yusuf. Recep'in, çamurlu ayakkabılarının üzerinde yakaladığı bakışlarına sessiz bir yanıt veriyor gözleriyle.

"Ne faslı be abi!" diyor içinden. "Ayakkabılarıma bulaşanın ne olduğunu sor önce. Mezarlık çamuru o! Bilir misin nasıldır mezarlık çamuru? Aha böyle boz renkli, sıvışık, yapışkan... Orada yatanların ruhlarından kopan haykırışlarla ağdalaşmış. Bugün ablamı gömdüm ben! Kürek kürek toprak attım üstüne. Canımın yarısı orada kaldı... Sen hiç ablanı gömdün mü abi?"

"Açılırsın, ferahlarsın" diye ısrar ediyor Recep. Yusuf'un iç dünyasında yaşadıklarının bire bir tanığıymış da, onu avutmaya çalışıyormuş gibi.

"Küfür mü ediyon be abim!" diyecekken, "Bilmem ki..." dökülüyor Yusuf'un ağzından. Başını önüne eğip odasına doğru yürüyor.

Yıllar, yıllar önce...

Keder

Kimi yerde keskin dönemeçlerle zikzaklar çizip kimi yerde düzleşen, engebeli araziye uyum sağlamak istercesine bir daralıp bir genişleyen tozlu sokakları yalayıp kavuran ağustos sıcağı, yüksek avlu duvarlarının içine kapanmış evleri de ihmal etmiyordu. Yazın sıcağını, kışın soğuğunu göğüsleyen taş duvarlar, üstlerine çöken ateşten şeffaf bir topun hükmüne boyun eğmiş, yanaklarında gezinen kavurucu alevlere teslim olmuşlardı.

Hamdullah Bey'in evini çevreleyen duvarlar, diğer evlerinkinden daha yüksekti sanki. Aile mahremiyetini ketum bir tavırla içinde saklamak ister gibi. Ne çok emek vermişti bu eve Hamdullah Bey... Siyah bazalt taşların arasına beyaz şeritler halinde çekilmiş derzlerin, pencere ve duvarların üzerindeki motiflerin, sürme ve nakışların fikir babası ve mimarı oydu.

Ve şu anda ölüm döşeğindeydi Hamdullah Bey. Avlu ile evin arasındaki üç tarafı penceresiz, ön yüzü avluya kucak açmış, avlu zemininden iki basamakla çıkılan çift gözlü eyvana sermişlerdi yatağını. Burada bekleyecekti ölümü.

Dış dünyadan soyutlanmış, kendi mahremiyetine gömülmüş ev halkı, kaçınılmaz sonun farkındaydı. Hamdullah Bey'in karısı Fatma, kızları Fikriye, Miriye ve Dürdane, gelini Zehra, erkek kardeşleri Hamit ve Celil, açıktan açığa dile getiremeseler de, aylardır yatağa çakılı vaziyette, hayatla olan bağı cılız bir nefesten ibaret kalmış, seksen yaşın üzerindeki Hamdullah Bey için ölümün tam anlamıyla bir kurtuluş olacağının bilincindeydiler. Ama bu gerçeği göremeyen, daha doğrusu kabullenemeyen biri vardı aralarında: Hamdullah Bey'in biricik oğlu Servet!

Hamdullah Bey'in üç kızının ardından, kucağına aldığı tek erkek evladıydı Servet. Kıymetlisiydi. Adı gibi, hayatının biricik servetiydi. Servet de onun devasa sevgisini karşılıksız bırakmamış, marazi bir tutkuyla bağlanmıştı babasına. Dünya bir yana, babası bir yanaydı Servet için.

Avludan eve girişte, sağır duvarlara yaslanmış merdivenlere, o merdivenlerle çıkılan odalara, avlunun ortasındaki sekiz köşeli şadırvanlı havuza dalıp giden yaralı bakışları, sessiz bir isyanı haykırıyordu. Babasının elinin ve gözünün değdiği her köşe, dayanılmaz bir acı yumağı oluşturuyordu yüreğinde. Öfkeliydi Servet. Çevresini saran kayıtsız şartsız teslimiyet içindeki tüm yakınlarına, onların ölümü davet eder tarzdaki davranışlarına öfke kusuyor, bu arada kendini de acımasızca sorgulamaktan geri durmuyordu.

Babasına layık bir evlat olabilmiş miydi? Hayır! Ona adını taşıyacak, daha da önemlisi o adı sürdürecek, Hamdullah diye çağırabileceği bir erkek torun verememişti ne yazık ki. Makûs kader, anası gibi karısı da kız doğurmaya şartlanmıştı sanki.

Üç yıl olmuştu evleneli. Üst üste iki kız doğurmuştu Zehra. Hamileydi gene. Sekiz aylık. Biraz daha dayanabilir miydi babası? Bu sefer oğlu olurdu belki Servet'in.

Hayır, o günü görmeden ölmemeliydi babası!

Gözü, avlunun çevresinde halkalanmış kalabalığa çay ve su dağıtan Zehra'ya takıldı. Zehir misali tehditkâr bakışlarla süzdü karısını. "Ya oğlan doğurursun ya da..." der gibi.

Fatma Hanım'ın bakışları da gelinin üzerindeydi. Bu beceriksiz taze, bu sefer oğlan doğurup Servet'in gitgide yaklaşan acısına bir nebze derman olabilseydi bari.

Kaynanasının ve kocasının, üzerine sabitlenmiş bakışlarından rahatsız olmuştu Zehra. Boşalan bardakları tepsiye sıralayıp mutfağa attı kendini. İçi çekiliyordu. Tepsiyi tezgâhın üzerine bıraktı. Yaprak gibi titreyen bedenini duvara yasladı. İçindeki garip hareketlenmeyi neye yoracağını bilemiyordu. Bükülüveren dizlerinin üzerine çöktü, yığılıverdi oracığa.

"Ne oldu kız? Doğuruyor musun yoksa?"

Fikriye'ydi. Büyük görümcesi. Renginin solduğunu, halindeki garipliği görüp peşinden gelmişti gelininin.

Zehra'nın bacaklarından inip mutfak taşında yol yol iz bırakan bulanık sıvının üzerinde birleşti gözleri.

"Kesen patlamış!" diye haykırmasıyla avluya koşması bir oldu Fikriye'nin. Doğruca anasının yanına gitti. "Zehra doğuruyor" diye fısıldadı kulağına. "Kesesi patladı."

Oturduğu yerde hafifçe doğruldu Fatma Hanım.

"Tam sırası!" diye söylendi. "Kesesi yerine kendi patlasaydı meymenetsizin."

Ebe çağıracak durumda değillerdi. Mutfağın yanındaki ara odada yere yatırdılar Zehra'yı. Çaresiz, görümcelerinin el yordamı ebeliğinde çekecekti doğum sancısını...

Olanların farkında bile değildi Servet. Oradaki herkesle ve kendi içsesiyle kavga halindeydi. Hamdullah Bey'in başında Kuran okunmasına bile tepkiliydi. Kuran okumanın, babasını ölüme daha da yaklaştıracağını düşünüyordu.

"Ne gerek var?" diye kafa tuttu. "Görmüyor musunuz, yaşıyor babam."

Fatma Hanım öfkeyle baktı oğluna. Bunca yıl aynı yastığa baş koyduğu kocasını ebediyete uğurlayacak olmanın acısı üzerine, içeride gelini doğum sancıları çekerken, bir de bu deli oğlanla mı uğraşacaktı? Tam ağzını açıp bir şeyler söyleyecekti ki, Hamdullah Bey'in küçük kardeşi Celil Bey araya girdi.

"Tövbe de oğlum! Okunan Yasin duası Kuran'ın kalbidir.

Sekerattaki faniye gideceği yolun kapılarını açar. Dua etmek zamanıdır artık."

Evet, sekerattaydı Hamdullah Bey. Ne kalın bir sis perdesi gibi üstüne çöken boğucu sıcağın farkındaydı, ne üzerine sabitlenmiş umutsuz bakışların, ne de çaresizlik içinde kıvranan biricik oğlunun nafile çırpınışlarının.

Gözleri babasının mum gibi erimiş sapsarı yüzünde, sayıklar gibi, "Keşke onun yerine ben ölseydim!" dedi Servet.

Bu kez, "Ağzından yel alsın!" diyerek, Hamit Amcası susturdu Servet'i. "Böyle konuşma" dedi. "Allah'ın gücüne gider. Ölüm de hayatın bir parçasıdır oğlum. Yaşayaçağı kadar yaşadı baban. Allah sıralı ölüm versin. Sen de kendini bu sonuca alıştır ve toparlan artık."

Bitmek bilmeyen upuzun bir geceydi. Hem Hamdullah Bey'in başında bekleyenler, hem de içeride acılı feryatları duyulmasın diye yumruk yaptığı ellerini dişleyerek doğum sancısı çeken Zehra ve ebeliğini yapan görümceleri için.

Sabah ezanıyla beraber, Hamdullah Bey'in kasılı kalmış kolları ve bacakları, beklenen huzura kavuşmuş bir halde gevşeyiverdi. Böyle durumlarda ne yapılması gerektiğini iyi bilen Hamit ve Celil Beyler, ağabeylerini önce yüzü kıbleye gelecek şekilde sağ yanına yatırmayı denediler. Olmadı. Başının altına küçük bir yastık yerleştirerek yüzünü ve ayaklarını kıbleye çevirdiler.

Hamit Bey alçak sesle Kuran okurken, Celil Bey kurumuş dudaklarını ıslatıyordu ağabeyinin.

Az sonra son nefesini verdi Hamdullah Bey. Hıçkırıklara boğulan Fatma Hanım'ın, kendini yerden yere atan Servet'in, günlerdir için için bu anı bekleyen ve şimdi abartılı haykırışlarla üzüntülerini dile getiren uzak yakın akrabaların aksine, Hamit ve Celil Beyler son derece soğukkanlı hareket ediyorlardı.

Önce gözlerini kapatıp çenesini bağladılar Hamdullah Bey'in. Çevresindekileri dışarı çıkardıktan sonra, sırtüstü yatırdıkları ağabeylerini kollarını, bacaklarını düzleyip iki yanına getirdiler. Henüz soğumamış bedenini soyarak karnının üzerine bıçak koydular, beyaz bir çarşafla örttüler üstünü.

Gereken yapılmıştı. Ağabeylerine huzur içinde ağlayabilirlerdi artık...

Aynı anda ince bir çığlık yükseldi evin içinden. Yeni bir bebeğin doğuşunun, hayata merhaba deyişinin müjdesiydi bu çığlık.

Ama Zehra için müjde değil, kapkara bir yasın habercisiydi bebeğinin çığlığı. Kahır yüklü bir inleyişle içini çekti.

Doğurduğu bebek kızdı!

* * *

Erkek taziyesi üç gün, kadın taziyesi yedi gün... Böyleydi âdet. Konu komşu, eş dost, akraba, Hamdullah Bey'i seven sevmeyen tüm tanıdıklar ev halkına başsağlığı dilemeyi görev bildiler. Sinilerle, tencerelerle yemekler taşındı ölü evine. Mutfaktaki tezgâhların, taşlıktaki masaların üzeri envai çeşit yiyecekle doldu taştı.

"Kısmeti bolmuş rahmetlinin" dendi.

"Toprağı bol olsun", "Mekânı cennet olsun", "Nur içinde yatsın" diye dualar edildi.

İlk üç gün kadınlar iç odada, erkekler eyvan ve avluda oturdular. Kadınların oturduğu iç oda sıcaktı, bunalıyordu insanlar. Üçüncü günün sonunda erkek taziyesi bitince, başsağlığına gelen kadınları avluda kabul etmeyi düşündü Fatma Hanım.

Ne var ki Servet avluyu ve eyvanı gasp etmişti adeta. Hamdullah Bey'in son nefesini verdiği kerevetin karşısına çakılıp kalmış, gözleri kâh kapalı, kâh açık, oturduğu yerde sağa sola sallanarak, kendi kafasında şekillendirdiği tarzda sürdürüyordu yasını.

Fatma Hanım baktı ki oğlunun hali hal değil, vazgeçti kadınları avluya taşımaktan. Varsın sıcak olsundu, taziyeye gelen ziyaretçileri iç odada kabul etmeyi sürdürecekti.

Evin içinde bunalan, canından bezmiş biri daha vardı: Ara odadaki tek kişilik hücrede yaşamaya mahkûm edilmiş, bir suçlu gibi çile dolduran Zehra!

Onun bezginliği sıcaktan değildi ama. İçini saran kor ateşin yalımlarıyla kavruluyordu yüreği. Kucağında üç günlük bebeğiyle hapis kalmıştı bu küçücük odada. Üç gün boyunca âdet yerini bulsun diye kapıdan başını uzatan kaynanası ve görümceleriyle, getirdiği yemek tepsisini bırakıp koşarcasına yanından uzaklaşan kalfa kadın dışında kimseler gelmemişti ziyaretine.

Hepsi bir yana... Ya Servet? Kocası!

Kim bilir nasıl kızmıştı Zehra'ya... Haklıydı! Ne dese, ne yapsa haklıydı.

Kapkara bir yemeni bağlamışlardı başına. Kayınbabasının ölüm anında üçüncü kız çocuğunu doğuran kadına al yazma bağlayacak değillerdi ya.

Taziye evindeki kadınların, kızların siyah yazmayla dolaşmaları âdettendi gerçi. Ama Zehra bu kapkara örtüyü fazlasıyla hak ettiğini düşünüyordu. Bundan sonrasında allı yeşilli fistanlara bürünüp ortalıkta dolanmak haramdı artık ona...

Taziyenin yedinci günü ilk kez yemek pişti ölü evinde. Fıstıklı, bademli helvalar kavruldu, gelen misafirlere ikram edildi. Hamdullah Bey'in giysileri bohçalara sarılıp dağıtıldı. Kapıya gelen fakir fukaraya sadaka verildi, kimse boş çevrilmedi eşikten. Hamdullah Bey'in toprağa verilmesinin ardından işinin ehli iki hoca her gün gelip ses sese vererek Kuran'dan ayetler, sureler okudular.

Servet'se olanı biteni heykel gibi kıpırtısız ve tepkisiz, oturduğu yerden kayıtsızca izliyordu. Yedi gündür, her sabah erkenden babasıyla konuşmak, dertleşmek için mezarlığa gitmek dışında avludan sokağa adımını atmamıştı. Mecbur kalmadıkça kimseyle konuşmuyor, sorulan soruları kısa yanıtlarla geçiştiriyor, kendiliğinden ağzını açıp tek kelam etmiyordu.

Oğlu için endişeleniyordu Fatma Hanım. Acı hepsinin acısıydı. Kendisi de, kızları da Hamdullah Bey için taziye boyunca yana yakıla gözyaşı dökmüşlerdi. Ama her şeyin bir sınırı vardı. İlk günkü acı törpülene törpülene dayanılır hale gelecek ve geride kalanlar, bıraktıkları yerden eski yaşantılarına döneceklerdi. Alışılagelen buydu.

Ama Servet içine gömüldüğü koyu karanlıktan sıyrılıp günlük yaşamına dönmeye niyetli görünmüyordu. Çaresiz kalmıştı Fatma Hanım. Derdini kayınbiraderleriyle paylaştı.

"Amca, baba yarısı sayılır" dedi. "Söz geçiremiyorum hayırsıza. Beni dinlemiyor, ama sizi dinler. Babası niyetine kulağını büküverin..."

Fatma Hanım'ın sözünü emir addetti amcalar. Servet'i karşılarına alıp, sohbet havasında konuşmaya başladılar.

"Babanın yedisi bitti oğlum" dedi Hamit Bey. "İçin rahat olsun, evlat olarak üzerine düşeni fazlasıyla yaptın. Toparlanmanın, işine gücüne dönmenin zamanıdır artık."

Söylenenleri anlamamış gibi, boş gözlerle amcasına baktı Servet.

Celil Bey de, "İşyerinin kepengi fazla kapalı kalmaz evlat" diyerek söze girdi. "Bereketi kaçar işin. Daha fazla soğutma arayı. Yarın sabah beni de al, beraber gidelim dükkâna."

Kısa bir süre durdu, düşündü Servet. Kafasının içinde dolanan çelişkilerini, saplantılarını ölçtü, tarttı... Haklıydı galiba amcaları.

"Olur" anlamında başını salladı. Hatta gülümsedi hafiften.

Hamit Bey yeğenindeki olumlu gelişmeden umutlanmıştı. Yeni bir atağa geçmenin tam zamanıydı.

"Bu telaş arasında tebrik edemedik" diye başladı. "Hayırlı uğurlu olsun. Güle güle büyütün bebeğinizi."

Ekşiyiverdi Servet'in suratı. Duymazdan geldi amcasının sözlerini. Suskunluğunun derinliklerine daldı yeniden.

Yok, böyle olmayacaktı. En iyisi doğrudan doğruya konuya girmekti. Kararlı bir tavırla doğruldu Hamit Bey.

"Aklını başına topla oğlum" dedi. "Karın doğum yapalı bir hafta oldu. Hiç yanına uğramamışsın. Yüzünü bile görmemişsin bebenin."

Birden dikiliverdi Servet. "Görmedim!" dedi meydan okur gibi yüksek sesle. "Görmek de istemiyorum."

Yeğeninin sert ve katı tutumu karşısında alttan almayı denedi Hamit Bey.

"Haklısın oğlum, en acılı gününde doğdu bebek. Ama bunun için ne karını suçlayabilirsin, ne de o el kadarcık sabiyi. Onun ne günahı var ki?"

"Kader be evladım!" diyerek araya girdi Celil Bey. "Allah'ın işi. Bir can aldı bu evden, yerine bir can verdi. Dedim ya, kader!"

Gülerek devam etti:

"Hatta kızının adını KADER koymalısın bana kalırsa. Ne dersin?"

"Hayır!" diye isyanla haykırdı Servet. "Uğursuz karının uğursuz dölü o! Kader değil, KEDER olacak adı!"

Yatışmış gibiydi. Koyduğu isimle, yaşadığı derin kederin acısını, yüzünü bile görmediği kızından çıkarmanın sızılı huzuru vardı üzerinde...

Umut çiçekleridir çocuklar

Kış ortasında
Güneş bile iliklerine kadar üşürken
Bütün güzelliğiyle açıveren bir KARDELEN...
Umudun çiçeği

Hesap kitap bilmez çocuklar. Sevgi vardır küçücük dünyalarında, nefretle tanışmamışlardır henüz. Su gibi saf, berrak ve katkısız gülüşleriyle ışık saçarlar çevrelerine. Tıpkı Keder gibi...

Üç yaşına gelmişti Keder. Evin, hatta bütün sülalenin en neşeli, en güler yüzlü çocuğuydu. Kıvır kıvır simsiyah saçları, boncuk gibi kapkara gözleri ve sevimliliğiyle ilk kez karşılaştığı yabancıların bile kalbini fethediyordu.

"Kanı sıcak keratanın, kendini sevdirmeyi biliyor" diyordu babaannesi. "Şirinlik muskası mübarek!"

Belli etmemeye çalışsa da kızıyla gurur duyuyordu Zehra. Bir başkalık vardı sanki bu çocukta. Cıvıltılı sevimliliğinin yanında, çok da akıllıydı. Ablalarından erken yürümüş, erken konuşmuştu. Şimdi de kurduğu düzgün ve mantıklı cümlelerle duyanları hayran bırakıyordu kendine. Bir kişi dışında: Babası!

Çarpık ve saplantılı düşünce yapısıyla, hâlâ Hamdullah Bey'in ölümünde payı olduğunu düşündüğü kızını açıktan açığa yok sayıyordu Servet. Doğduğu günden bu yana kucağına almamıştı Keder'i, bir kez olsun okşamamıştı saçlarını, görmezden gelmişti kızının yüzündeki masum bekleyişi.

Evet, yaşına göre biraz fazla akıllıydı Keder. Öyle ki, çocuk aklıyla kökenine inip nedenini çözemese de, herkes tarafından sevilirken babası tarafından dışlandığının farkındaydı. Servet eve gelir gelmez neşesini, cıvıltısını rafa kaldırıp bir köşeye siniveriyordu. İçi sızlıyordu Zehra'nın, ama el kadar bebeye kin güden kocasına söz geçiremeyeceğini bildiğinden, ağzını açıp tek laf etmiyordu.

Servet için ayıplı, günahlı, yasaklı bir evlattı Keder. Oysa öz babası tarafından *keder*'iyle büyümeye mahkûm edilmiş olsa da, karın ayazın ortasında umutlarını yaşatmaya çabalayan minicik bir kardelen çiçeğiydi o...

* * *

Üst üste üç kız doğuran karısının cezasını kesmek, boynunun borcuydu Servet'in. Kararlıydı, kuma getirecekti Zehra'nın üzerine. Ele güne karşı ayıp olacağını düşünmese, çoktan yapardı bu işi, ama babasının ölümünün üstünden biraz zaman geçmesini beklemişti.

Ne var ki yaptığı hesap tutmadı Servet'in. Yüklüydü gene Zehra! Bu saatten sonra önemli değildi aslında. Doğuracağı bebe kız olsun, oğlan olsun fark etmezdi, üzerine gelecek kumayı çoktan hak etmişti karısı. Anası olmasa bildiğini okuyacaktı ya, neyse...

Fatma Hanım oğlunun karşısına dikilmiş, "Az bekle oğul" demişti. "Gelinimden razıyım ben. Belki bu sefer oğlan doğurur. Yeni gelecek gelin ondan iyi mi olacak sanki? Hem yeni gelinin oğlan doğuracağı ne malum? Ama sana söz, bu da kız olursa kendi ellerimle evlendiririm seni."

Zehra'nın, büyüdükçe sivrilen karnına bakarak bebeğin oğlan olacağını öngörüyor, öyle olması için gece gündüz dua ediyordu Fatma Hanım.

Sonunda beklenen gerçekleşti, üç kızın ardından kocasının kucağına bir oğlan çocuğu verebildi Zehra.

Ellerini açıp, "Rabbime hamdü senalar olsun" diye dualar ediyordu Fatma Hanım, Zehra'nın hamileliği sırasında adadığı adakları bir bir yerine getiriyordu. Kesinlikle emindi, adı çok önceden konulmuş, hasretle yolu gözlenen Hamdullah bebek aile içindeki herkese uğur getirecekti. Özellikle de Servet'e! Üstüne yapışıp kalmış o uğursuz karamsarlığından sıyrılacak, nicedir gülmeyen yüzü bir nebze olsun gülecekti oğlunun. Sırf kız oldukları için babaları tarafından acımasızca itilip kakılan Gülistan, Hacer ve Keder de Servet'in gözüne eskisi kadar diken olmayacaklardı artık.

Zehra da umutluydu bundan sonrası için. Yıllardır hasretini çektiği oğlunu bağrına basan Servet'in eskisinden daha ılımlı ve merhametli davranacağına, inatla görmezden geldiği kızlarına da şefkat gösterebileceğine, özellikle Keder'e yönelik ilgisizliğin ve sevgisizliğin ötesinde, nefret boyutlarına ulaşan davranışlarına son vereceğine inanıyordu.

Oysa Servet farklı bir mantık çerçevesinde yaşıyordu olayları. Geç kalmıştı Zehra! Üç kızdan önce Hamdullah'ı doğurmuş olsaydı, Hamdullah Bey'e, onun adını taşıyacak bir torun vermenin gururunu yaşayacaktı Servet. Olmamıştı! Servet'i, babasının karşısında boynu bükük bırakmıştı Zehra.

Karısından, kızlarından, en çok da hâlâ babasının ölümünden sorumlu tuttuğu Keder'den nefret ediyordu Servet.

Hayırlı olsuna geldiklerinde, "Erkek çocuk, kızlarının değerini de fark ettirecek sana" dedi Hamit Amcası.

Ters ters baktı amcasına Servet.

"Asla!" diye mırıldandı dişlerinin arasından.

Varsa yoksa oğluydu Servet için. Yıllardır yolunu gözlediği, gönlünün biricik sultanıydı o! Kızları olsa olsa, oğlunun etrafında dolanacak birer cariye olabilirdi ancak...

* * *

Kızlarını okula göndermeye hiç niyeti yoktu Servet'in. Ama anası araya girmiş, "Torunlarımı cahil bırakmam ben!"

diyerek oğluna tavır koymuş, "Hükümet kapısına işleri düştüğünde benim gibi gözü kapalı parmak basmasınlar oraya buraya" demişti.

Aldırmadı Servet. Anasının söyledikleri bir kulağından girip diğerinden çıkmıştı. Ama amcalarına karşı koyamadı. Gitsinlerdi bakalım... Okuma yazma öğrenmekle başları göğe erecekti sanki!

Gülistan'la bir yaş küçüğü Hacer aynı yıl başladılar okula. Ertesi yıl sıra Keder'e geldiğinde, isyan bayrağını açtı Servet. "Okula falan gitmeyecek bu kız!"

Hamit Bey Keder'i elinden tutup mahalledeki mektebe götürmese, yeğeninden gizli kaydını yaptırmasa, gerçekten de okula gidemeyecekti Keder. Oysa öylesine hevesliydi ki. Daha okula başlamadan, ablalarıyla beraber okumayı sökmüştü bile.

Yatıp kalkıp Hamit Bey'e dua ediyordu Zehra. Kızlarının eli kalem tuttuysa, Hamit Amcalarının sayesinde gerçekleşmişti bu mucize.

Ne var ki, ilkokulun bitimiyle kapanacaktı bu sayfa. Kız kısmını fazla okutmaya gelmezdi. Allamei cihan mı olacaklardı Servet'in başına? Yoksa elin itine köpeğine nağme yazıp elini kana mı bulayacaklardı babalarının?

Bundan sonrasında ne anası karışabildi Servet'e, ne de amcaları. Önce Gülistan'la Hacer, ertesi yıl da Keder ilkokul diplomalarını alıp, "okuma" serüvenlerini noktalamak zorunda kaldılar.

"Bu kadarı bile başlarından fazla!" diyordu Servet. Önünde sonunda evlenip kocaya varmayacaklar mıydı?

Talipler kapıda

İçlerinde en gösterişlisi Gülistan'dı. Bedenen erken gelişmişti, yaşından büyük gösteriyordu. Talipleri çıkmaya başladığında, on beşine varmamıştı henüz.

Servet'e kalsa ilk isteyene verirdi kızlarını. Kız çocuğunu saklamak mesuliyetli işti, dikkatli olunmazsa bela getirirdi adamın başına. Neler duymuştu Servet... Olmayacak birine gönül verip evden kaçanlar, büyük sözü dinlemeyip ne idüğü belirsiz kapılara gelin gidenler, sonra da kucağında bebesi, "olmadı" diyerek gerisingeri baba evine dönenler...

Kararlıydı Servet. Aklının yattığı talipleri sudan nedenlerle geri çevireceğine, biraz nazlanıp, "Alın götürün kızı" demek en doğrusuydu. Turşusunu kuracak değildi ya kızların.

Çarşının içindeki büyük kahvehaneyi işleten Salih Efendi hayırlı bir iş için kapısını çaldığında, tam da bu ruh hali içindeydi...

Servet'in manifatura dükkânına ilk gelişiydi Salih Efendi'nin. Uzaktan uzağa tanırlardı birbirlerini, karşılaştıklarında selamlaşmanın dışında bir yakınlık yoktu aralarında. Bir kez de bayram namazı kılınırken caminin avlusuna yan yana sermişlerdi seccadelerini.

Hal hatır sormanın ardından, "Benim küçük oğlan" diye söze başladı Salih Efendi. "İsmail! Yeni döndü askerden. Evlendirelim diye başımın etini yiyor anası. Eh, zamanıdır artık..."

Söyleyeceklerini sıraya dizmek için zaman kazanmak istercesine dükkânın raflarında gözlerini gezdirerek, önüne konulan kahveden büyücek bir yudum aldı ve dilinin altındaki baklayı çıkardı:

"Eğer münasip görürseniz, kızınız Gülistan'a talibiz Servet Bey."

Konuşmanın gidişatından, bu noktaya gelineceği belliydi. Ama Servet hiç ummadığı bir teklifle karşılaşmış gibi ifadesiz ve donuk bakışlarla Salih Efendi'yi süzdü bir süre. Kafasında şekillenen farklı düşünceleri belli bir kalıba döküp ifade edilebilecek kıvama getirdi ve muhatabını şaşkınlıktan dumura uğratacak bir karşı teklifle açıkladı cevabını:

"Gülistan'ı değil de bizim küçük kızı versek İsmail'e?"

Kulaklarına inanamadı Salih Efendi. Ailede evlenme çağına gelmiş birden fazla kız varsa, en büyüğüne talip olmak âdettendi. Ezkaza sırayı şaşırıp küçük kızı isteyen olursa, "Ablası dururken küçüğü vermeyiz!" denirdi. Servet Bey neden böyle bir teklif getirmişti, akıl erdiremedi Salih Efendi.

"Yani siz..." dedi tereddütle. "Gülistan'ı değil de ortanca kızınızı mı vermeyi teklif ediyorsunuz bana?"

"Hayır!" dedi Servet kesin bir ifadeyle. "En küçük kızı. Keder'i!"

İyice afalladı Salih Efendi. Şu Keder dediği, ayıplı kusurlu bir kız mıydı ki, evlenme önceliğini ona tanıyordu babası?

Muhatabının aklından geçenleri okuyabiliyordu Servet. Onu ikna edebilecek, akla yakın açıklamalar yapmak zorundaydı.

"Biraz huysuzdur bizim Gülistan" dedi zoraki bir gülüşle. "Hacer desen ağırkanlıdır, nereye koysan orada kalır. Ama Keder öyle mi ya? Cıvıl cıvıldır benim en küçük kız. Akıllıdır, hareketlidir. İki ablasını da cebinden çıkarır alimallah."

Doğduğu günden beri ilk kez övüyordu kızını, ilk kez onunla ilgili olumlu sözler dökülüyordu ağzından. Öyle inandırıcı konuşuyordu ki, Salih Efendi'nin gözlerindeki kuşkulu ifade silinir gibi olmuştu. Gene de aklına takılan bir noktayı sormadan edemedi.

"İyi de... Kızın yaşı pek küçük. Kendinden epey büyük bir delikanlıya varmak ister mi? Ya anası? O ne der bu işe?"

Oturduğu yerde öfkeyle dikeldi Servet.

"Ben ne dersem o olur!"

Sert çıkışını mazur göstermek ister gibi, "Şüpheniz olmasın" dedi yumuşatmaya çalıştığı sesiyle. "İkisi de bu teklifi memnuniyetle karşılayacaklardır."

Arkasına yaslanıp konuştuklarını derinlemesine ölçtü, tarttı Salih Efendi. Daha fazla düşünmesine gerek yoktu. Büyük kıza talip olurken küçüğünü veriyorlardı işte, daha ne istiyordu?

"Tamamdır" dedi ellerini ovuşturarak, "Sizinle ve ailenizle dünür olmak bizim için şereftir."

"Ancak bir şartım var" dedi Servet. "Hükümet nikâhı istiyorum."

"İstediğin o olsun Servet Beyim! Hem hoca nikâhı kıyarız, hem de hükümet nikâhı. Lakin... Kızınızın yaşı ufak ya. Nasıl olacak o iş?"

"Orasını bana bırakın. Nüfus dairesinin üst kademelerinde sözü geçen tanıdıklarım var. Yaşını büyütürüz kızın."

İşin bu kadar kolay ve çabuk hallolmasının şaşkınlığı içindeydi Salih Efendi. "Hepsi bu mu?" dercesine baktı Servet'in yüzüne. Ne başlık parası istemişti müstakbel dünürü, ne düğün dernek. Ne biçim kız vermeydi bu böyle?

Bu konuları açmamasını, Servet'in kibarlığına ve tok gözlülüğüne verdi. Zamanı gelince kız babası olarak isteklerini sıralayacaktı elbet...

Servet ise, Salih Efendi'nin arkasından bakarken, üzerinden ağır bir yükün kalktığını hissediyordu. Evinin, ocağının üzerine kâbus gibi çökmüş büyük bir *keder*'den kurtulmasına az kalmıştı.

Hınzırca bir gülüş dolandı dudaklarında. Hükümet nikâhını şart koşarak, Salih Efendi'nin karşısında, "kızı için en iyisini düşünen baba" rolünü nasıl da başarıyla oynamıştı... Öne sürdüğü şartın, işini garantiye alma ve kızının gelin gittiği yerden gerisingeri dönme ihtimalini yok etme çabasından ibaret olduğunu nereden bilecekti Salih Efendi?

Bir çocuk gelin

Aralarına beyaz derz çekilmiş, siyah bazalt taşlı bir evden çıkıp araları beyaz derzli, bazalt taşlı bir başka eve gelin gittiğinde, on dört yaşını doldurmamıştı henüz Keder. Çelimsiz kavruk bedeniyle yaşından da küçük gösteriyordu. Hamdullah Efendi'nin taş avlusundan Salih Efendi'nin avlusuna savruluveren bir "çocuk gelin"di.

İlk karşılaştıklarında, gelin adayının hem yaşça hem de bedenen umduğundan küçük olduğunu gören Salih Efendi, kısa süreli bir hayal kırıklığı yaşasa da, Keder'in yüzünde yakaladığı çocuksu masumiyet, gülüşlerindeki sıcaklık, tavırlarındaki samimiyet, tüm olumsuz duygularının ve tereddütlerinin üzerini örtmeye yetmişti. Ama önemli olan onun değil, aksiliği, huysuzluğu ve isyankârlığıyla her vesilede evdeki herkese kök söktüren oğlunun ne düşüneceğiydi.

Daha işin başında, "Bula bula bu çerden çöpten kızı mı buldunuz bana?" diye tavır koymuştu İsmail.

Aldırmadı Salih Efendi. Dünya üzerindeki en güzel, en becerikli, her yönden en mükemmel kızı gelin getirse, gene de beğenmez, mutlaka bir kusur bulurdu oğlu. Bugüne kadar anasının, babasının, ağabeylerinin hangi sözüne itiraz etmeden "Peki" demişti ki?

İsmail de fazla uzatmadı. Birilerine sevdalanacak, sevgiye, tutkuya dayalı ilişkilere girecek yatkınlıkta değildi zaten. Madem evlenme çağına gelmişti, ha bu kavruk yeniyetme olmuş, ha bir başkası, fark etmezdi. Kızın küçük oluşu da işine gelmişti aslında. Yüzü gözü açılmamış, gözü erkek gözüne, eli erkek eline değmemiş bir tazeyi istediği kalıba dökmek, daha kolay olacaktı İsmail için.

Üçüncü kez kayınvalide olmaya hazırlanan Hesna Hanım da gelişmelerden son derece memnundu. Diğer iki oğlunun karılarından boyunun ölçüsünü almıştı. Kendisi seçmişti iki gelinini de. Hay seçmez olaydı! Öyle yaman, öyle dik başlı çıkmışlardı ki...

İyi ki Servet Efendi büyük kızlarını değil de en küçüğünü çıkarmıştı karşılarına. Beklememiş taze hamuru yoğurmak, şekil vermek kolaydı. Biraz ana kuzusu gibi duruyordu gerçi Keder, ama böylesi, cazgır gelinlerinden ağzı yanmış Hesna Hanım için kadife kutu içinde altın tepsiyle kendilerine sunulmuş nadide bir mücevherden farksızdı.

Kız evinde ise, büyük kızlar dururken en küçüğünün el kapısına gidecek olmasının şaşkınlığı atlatılamamıştı henüz.

İlk duyduğunda kulaklarına inanamamıştı Keder.

"Salih Efendi'nin oğluna istemişler seni" demişti anası. Kırık döküktü sesi. "Kısmet!" diye içini çekmişti ardından. "Hakkında hayırlısı olur inşallah."

Duyduğu utancı ifade etmekten âciz, çaresizlikle başını öne eğip kızının vereceği yanıtı beklemişti.

Çılgına dönmüştü Keder. İsyanla dolmuştu yüreği. Haykırabilseydi keşke isyanını, keşke o gücü kendinde bulabilseydi. Bu çatı altında itiraz etmek, karşı gelmek, kurulu düzene başkaldırmak yalnız Keder'in değil, kimsenin haddi değildi. Babası ne söylerse oydu!

Perde gerisinde başrolünü babasının oynadığı, ama görünürde eşit rol dağılımıyla yola çıkılarak alelacele çekilen ve hızlı çekim tekniğiyle oynatılan dehşetengiz bir filmin kareleri, sabırsızlıkla perdeye dökülüyordu sanki. Önce görücüler geldi eve, Allah'ın emri, Peygamber'in kavliyle kız istendi. Maalmemnuniye verildi istenen kız. Söz kesildi.

Olanı biteni sahne dışından seyrediyor gibiydi Keder. Onu değil de bir başkasını istemişler, başkasına söz kesmişler gibi. Yaşananları kendine mal edemiyordu bir türlü. Eğer ortada başkalarının kurguladığı bir film vardıysa, o filmde sıradan bir figüran kadar bile rolü yoktu Keder'in. Olsa olsa seyircisiydi bu filmin.

Ömür boyu "Kocam!" demeye şartlandırıldığı İsmail'i ilk kez nişan takılırken gördü Keder.

İçinden yükselen aykırı ve tepkisel bir ses, "Ne kadar yaşlı bir adam bu böyle!" diye fısıldadı kulağına.

Onun düşündüğü kadar yaşlı değildi aslında İsmail. Ama 14 yaşında bir yeniyetme için yaşlı sayılması doğaldı. Yüzü yabancı gelmemişti aslında... Birilerine meydan okur gibi dimdik duruşuyla çelişen tutuk hali, üzerine dikilen gözlerden bakışlarını kaçırması ve hiç gülmeyen çehresiyle Keder'in yakından tanıdığı birine benziyordu sanki. Zihnini biraz kurcalayınca aradığı yanıtı buldu: Tıpatıp babası Servet Bey'di İsmail! Dış görünüş olarak değilse de, beden diliyle, kendini ifade ediş biçimi ve her an kavgaya hazır, sert duruşuyla...

Ertesi sabah Gülistan ve Hacer, Keder'i aralarına alıp "damat bey" hakkındaki görüşlerini sıralamaya koyuldular.

"Bayağı yakışıklı çocuk!" dedi Gülistan.

"Ama biraz kendini beğenmiş galiba, lütfedip de yüzümüze bakmadı bile" diye dudak büktü Hacer.

"Ne yapacaktı yani?" diye kesti Gülistan. "Görücüye çıkmış damat adayından fazlası beklenmez."

Zehra'nın, elinde ayıklayacağı fasulyelerle içeri girmesiyle bölündü konuşmaları.

Gözleri Keder'in yüzünde, "Allah için efendi çocuk" dedi Zehra. "Ağırbaşlı, saygılı..."

"İyi de, hiç yüzü gülmüyor mübareğin!" diyerek kaldığı yerden atışlarını sürdürdü Hacer.

Baştan beri söze karışmadan ablalarını dinleyen Keder eski neşesine kavuşmuş sesiyle, "Ben onu güldürmesini bilirim!" deyiverdi.

"Bak hele!" diye kıkırdadı Hacer. "Neler de bilirmiş bizim kız. Yerden bitme boyuna bakmadan, kocasının yüzünü güldüreceğinden emin, küçük bir kadıncık var karşımızda..."

Donup kalmıştı Zehra. Kızlarının cıvıltısını paylaşamadı. Dilinin ucuna gelenleri içine gömdü.

Gülmeyen kocanın yüzünü güldürmek! Gerçekten de bunu başarabilir miydi Keder? Acıyla burkuldu yüreği. Kendisi bunca yıldır abus çehreli kocasının yüzünü güldürmeyi başarabilmiş miydi? Ne gezer! Gülmeyi bilmeyen, gülümsemeyi bile beceremeyen birinin yüzünü güldürmek, dünyanın en zor işiydi.

Bir de sırla sıvanmış arka yüzü vardı aynanın: Gülen bir yüzün gülüşlerini çalmak!

Fazla bir şey istemiyordu Zehra. Gözleri Keder'in neşeyle ışıldayan gözlerinde, "Kızımın yüzünü güldürmeni beklemiyorum senden" diye seslendi damadına. "Onun yüzündeki zaten var olan şu gülüşleri soldurma, yeter!"

Bu kadarına çoktan razıydı Zehra...

Başlangıç ve yeni umutlar

Her yeni başlangıç
Yeni bir umudu da beraberinde getirir.

Düğün hazırlıkları başlamıştı. Servet'e kalsa parmağını bile oynatmazdı Keder için. Ele güne karşı açık vermemek adına katlanıyordu yapılanlara. Erkek ve kız tarafı kadınlarının alışverişe çıkıp Keder'i baştan aşağı donatmaları, alınan envai çeşit giyecek, ayakkabı, terlik, iç çamaşırı ve takılar... Bütün bunlar gözüne gereksiz görünse de ses etmiyordu Servet.

Kızını verirken de hiçbir talepte bulunmamış, düğün dernek istememişti. Ama Salih Efendi de, ailesi de görmüş geçirmiş, yol erkân bilen insanlardı. Diğer gelinlerine ne yapıldıysa, Keder'e de aynısı yapılacaktı! Kına gecesi, çeyiz serme ve ailelerine yaraşır anlı şanlı bir düğün...

Salih Efendilerin iki katlı evinin avlusunda yapılacaktı düğün. Bu evin kızı, gelini, gelinciği olacaktı Keder. Bu evde yaşayacaktı artık; kocası, kaynanası, kaynatası, kayınları ve eltileriyle beraber.

Kınalar yakıldı ellerine, al fistanlar giydirildi. Yemekler yenildi, halaylar çekildi. Hesna Hanım, gelinleri, akraba, eş dost takı yarışına girmiş gibi Keder'in incecik kollarını bilekten dirseğe kadar inceli kalınlı altın bileziklerle bezediler. Altın liralar takıldı İsmail'in damatlığına, kâğıt paralar iliştirildi.

Ve gecenin sonu...

Veda zamanıydı. Önce annesinin ve babaannesinin elini öptü Keder. Ablalarıyla ve Hamdullah'la kucaklaştı. Yaş vardı hepsinin gözünde. Keder hariç! Babasının zoraki uzattığı elini öperken bile yüzündeki gülümseme silinmedi. İçini çeke çeke ağlayan Zehra'ya bir kez daha sarıldı, yanaklarından süzülen yaşlarını usulca sildi anacığının.

"Ağlama benim anam!" diye fısıldadı kulağına. "Bak ben ağlıyor muyum?"

Gerçekten de gecenin başından beri yüzünde asılı duran gülümsemeyi muhafaza etmeyi başarmıştı Keder. İsmail'in peşi sıra gerdek odasına doğru yürürken bile gözlerinde berrak bir ışıltı, yüzünde biraz donuk olsa da, mutluluğu çağrıştıran bir ifade vardı.

Biraz erken olmuştu gerçi ama... Önünde sonunda evlenecek değil miydi? Ha baba evi, ha koca evi... Ne fark ederdi?

Yeni bir sayfa açılıyordu önüne, yeni bir hayat başlıyordu Keder için. Umutluydu. Her yeni başlangıç, yeni bir umudu da beraberinde getirirdi...

Kedinin ve kadının bacağını ilk günden ayıracaksın!

Keder üzerindeki kırmızı kadifeden gelinlik fistanı ve yüzünü örten kırmızı duvağıyla, gerdeğe girmek üzere olan bir gelinden çok, büyüklere özenip gelin kılığına girmiş, evcilik oynayan küçük bir kız çocuğuna benziyordu. Öylesine kavruktu ki bedeni, bir köşesine iliştiği pirinç karyoladan aşağı sallanan ayakları yere değmiyordu bile.

Ürküntü vardı gözlerinde, çaresizlik... Görünmez bir el çelik mengene olmuş, amansızca sıkıştırıyordu yüreğini. Avcısıyla yüz yüze gelmiş, korku ve heyecandan yaprak misali titreyen ürkek bir ceylandan farkı yoktu. Keşke kaçabilseydi! Şu anda gözüne hapishane hücresinden farksız görünen bu odadan dışarıya, avluya fırlayıverse, oradan da sokaklara vursa kendini...

Odaya girdiklerinden beri hiç konuşmamışlardı. Biraz ötesinde, yere serdiği ipek seccadenin üzerinde namaz kılıyordu İsmail. Namazı bitince kalktı, seccadeyi katlayıp odanın köşesindeki sandığın üstüne koydu. Ağır adımlarla gelip Keder'in karşısında durdu.

"Çıkar üstündekileri!" dedi. Sert ve buyurgandı sesi.

Neye uğradığını şaşırmıştı Keder. İlk kez baş başa kalıyorlardı. İlk kez ona yönelik sözler dökülüyordu İsmail'in ağzından. Ve o sözler, "Çıkar üstündekileri!" oluyordu.

Keder söz dinleyen, itaatkâr bir tavırla kırmızı kadife fistanının eteğini topladı, başının üstünden aşırarak çıkardı.

Annesinin diktiği beyaz patiskadan, önü düğmeli iç gömleğiyle kalmıştı. Utanıyordu.

İsmail'in gözleriyse, Keder'in henüz açılmamış duvağına takılı kalmıştı. Komik bir manzaraydı karşısındaki... Başındaki kırmızı tülden duvağı ve üzerindeki beyaz, kolsuz gömleğiyle, sahibi tarafından rasgele giydirilmiş cansız bir bez bebeğe benziyordu Keder.

Hay Allah, nasıl da unutmuştu! Keder'in yüzünü örten tül duvağı çektiği gibi odanın köşesinde yığılı duran kadife fistanın üzerine fırlattı. Annesinin verdiği ve duvağı açmadan önce Keder'in boynuna takmasını defalarca tembihlediği beşibiryerdeyi mintanının cebinden çıkardı. Takıp takmamak arasında kararsız kaldı bir an. Tepeden tırnağa şöyle bir süzdü Keder'i.

"Bunun boynunda beşibiryerde ağlar be!" diye söylendi içinden.

"Kaynanan gönderdi bunu" dedi. "Yüzgörümlüğünmüş. Neye yarayacaksa! Neyse... Elime dolanmasın şimdi. Sonra takarsın sen."

Keder'in, karşısında mum gibi, tepkisiz duruşuna kızmıştı.

"Ee, ne duruyorsun? Çıkarsana gömleğini!" dedi azarlarcasına.

Kendisi de bir yandan soyunmaya başlamıştı. Arkasından atlı kovalıyormuş gibi sabırsızca, aceleyle... Mintanı, potur pantolonu, iç fanilası, çorapları birbiri ardına karyolanın ayakucuna yığılıvermişti. Donunu çıkarmayı en sona bırakmıştı. Karşısında korkuyla titreyen bu çelimsiz kızın ürkekliğiyle eğleniyor gibiydi. Sırıtarak, Keder'in anbean değişen tepkisini ölçerek, gözlerinin içine baka baka sıyırdı donunu, diğer çamaşırların üstüne attı. Şaşkınlıktan şaşkınlığa sürüklenen kızın fal taşı gibi açıkmış gözlerini nereye çevireceğini bilemez hali, sadistçe bir keyif veriyordu İsmail'e.

Ancak, kendisi soyundukça Keder'in, açıkta kalan kollarıyla göğsünü kapatmaya çabalaması sinirine dokunmuştu.

"Bu böyle olmayacak!" diye söylendi dişlerinin arasından. "Seni yola getirmesini bilirim ben."

Keder'in göğsünün üzerinde kenetlediği kollarını sertçe açtı, iç gömleğinin yakasına yapıştı. Tek tek çözecek değildi ya düğmeleri! Çektiği gibi boydan boya yırttı gömleği. Kısa bir süre seyretti Keder'in çıplaklığını. Sonra da kollarının altından tuttuğu gibi döşeğin üzerine savuruverdi. Keder'in bitişik tutmaya çabaladığı dizlerini açtı, iri bedeninin tüm ağırlığıyla abandı üstüne.

Hoyrattı İsmail. Avının üzerine kapanmış vahşi bir hayvan gibi eziyor, parçalıyor, lime lime ediyordu altındaki narin bedeni. Çok canı yanıyordu Keder'in. Kan içinde kalmıştı her yanı. Kar beyaz çarşafın üzerine dalga dalga yayılan kırmızılık, gerdek odasından kanlı çarşaf bekleyenleri fazlasıyla memnun edecek yoğunluktaydı.

İçinin çekildiğini hissetti bir an. Kendinden geçti. Bayılmıştı... Neden sonra, İsmail'in suratına sağlı sollu indirdiği tokatlarla ayılabildi ancak. Keşke hiç ayılmasaydı! Kısacık hayatının en büyük kâbusunu yaşatan birkaç saatlik kocasının terden yapış yapış olmuş darmadağın saçlarını, beyazlarına kan oturmuş gözlerini, hâlâ bedenine yapışık duran hantal bedenini, kendinden emin, yaptığı işten memnun, meydan okuyan sırıtışını görmemek için yeniden yumdu gözlerini. Sımsıkı...

İsmail ise zafer kazanmış kumandan edasıyla, boy aptesi almak üzere banyoya doğru yürürken, "Aferin oğlum!" diyordu kendi kendine. "Kedinin bacağını ilk günden ayıracaksın! Kadının ve kedinin..."

Küçümen gelin

Avludaki alçak sedire oturmuş tütün sarıyordu Salih Efendi. Bir tutam kehribar sarısı tütünü incecik beyaz kâğıdın orta yerine uzunlamasına yerleştirip kâğıdın kenarını diliyle ıslayarak yapıştırdı. Yakmadı hemen. Keder'in getireceği kahveyle beraber içecekti cıgarasını.

Âdet haline getirmişti, gelin geldiği günden bu yana, sabah kahvesini Keder'in elinden içiyordu Salih Efendi. Kahvaltının ardından, gözlerinden taşan sıcacık bir ifadeyle, "Hadi küçümen gelin" diyordu, "kahvenin tam zamanı."

Küçümen gelin!

Böyle hitap ediyordu Keder'e. Diğer gelinlerini de kızı gibi bellemişti, ama Keder kısa süre içinde farklı bir yer edinmişti gönlünde. Yaşının küçük oluşundan mı, yoksa yaşı gibi cüssesinin de ufaklığından ya da korunmaya, kollanmaya muhtaç bir çocuk gibi boynu bükük, gariban duruşundan mı, tam olarak kendisi de kestiremiyordu, ama her geçen gün biraz daha bağlanıyordu yeni gelinine.

Bu durumda, oğluna olan güvensizliğinin rolü büyüktü kuşkusuz. Ağabeylerinin tersine kaba, hoyrat, aksi, son söyleyeceğini en başta pat diye söyleyiveren patavatsız bir adamdı İsmail. Hepsi aynı ananın babanın evlatlarıydı oysa, aynı terbiyeyi almış, aynı evin havasını soluyarak büyümüşlerdi.

Evlendikleri günden bu yana, karısı Hesna'yı hiç kırmamıştı Salih Efendi. Tartıştıkları olmuştu elbette, ama bir günden bir güne çocuklarının yanında seslerini yükselterek kavga etmemişlerdi. Oğulları Ali ve Bekir de babalarını örnek almış, karıları için ılımlı, uyumlu, hoşgörülü birer eş olmuşlardı.

Açıkçası, İsmail'in de ağabeylerinin yolundan yürüyerek aynı ideal tabloyu çizeceğinden kuşkuluydu Salih Efendi. Gözlerini Keder'in üzerinden ayırmaması bu yüzdendi. Acaba hayta oğlu kapalı kapıların ardında şu dal gibi nahif kızcağızı üzüp eziyet ediyor olabilir miydi? Görünürde kuşkularını doğrulayacak bir iz yoktu gerçi. Keder'in ışıklı yüzü her daim gülüyordu. Ya içi? Yüreği de aynı sıcaklıkta gülebiliyor muydu? Yoksa dışardan bakanların gördüğü, aldatıcı bir yanılsamadan mı ibaretti?

Salih Efendi karısını da uyarmış, "Dikkatli ol hanım" demişti. "Bizim hayırsız oğlan bu kızın saçının teline dokunursa, vebali bizim boynumuzadır. Ne de olsa el kapısıdır geldiği, iyi davranasın Keder'e."

Gereksizdi bu uyarısı aslında. Hesna Hanım diğer gelinlerine kaynanalık yapmış mıydı ki? Kız evlat hasretiyle Nebile'yi de, Pervin'i de kendi öz kızları gibi seve seve bağrına basmıştı. En küçük gelini de onların yanında yer alacak, aynı sevgiyi, aynı ilgiyi fazlasıyla görecekti kuşkusuz.

Halinden memnundu Keder. Umduğunun üstünde bir hüsnükabul görmüş, kısa sürede evin ayrılmaz bir parçası haline gelmişti. Öyle ki, doğduğundan bu yana bu eve, bu aileye aitmiş gibi hissediyordu kendini.

Aynı çatı altında yaşadığı herkesi çok seviyordu. Ama Salih Efendi'nin yeri başkaydı! Baba ocağında tatmadığı, tadamadığı baba sıcaklığını Salih Efendi'de bulmuştu. Onun isteklerini emir sayıp hevesle yerine getiriyor, gerçek babasının yerine koyduğu bu emsalsiz insanın bir dediğini iki etmiyordu.

Eltileriyle de arası gayet iyiydi. Nebile'yi ve Pervin'i ablalarının yerine koymuştu, onlarla konuşurken ablalarının sesini duyuyordu sanki kulaklarında.

Hele çocuklar! Nebile'yle Pervin bir yıl arayla gelin gelmişler, birer yıl arayla da birer oğlan, birer kız torun vermişlerdi Salih Efendi'yle Hesna Hanım'ın kucağına. Çocuklara bayılıyordu Keder. Onlarla oynamak, onların oyunlarına katılmak bu evdeki en büyük keyfiydi. Kardeşi Hamdullah'ın kokusunu alıyordu onlardan.

Eltilerine cömertçe yüreğini açmıştı, ancak onlar göründükleri kadar sevecen değillerdi Keder'e karşı. Salih Efendi'yle Hesna Hanım'ın taze geline gösterdikleri aşırı ilgi ve ihtimam Nebile'yle Pervin'in içlerine kıskançlık tohumları ekmekteydi. Aralarında fısır fısır konuşup çekiştiriyorlardı küçük eltilerini.

Keder'in gün içindeki cıvıltılı, neşeli halinin, İsmail'in eve geliş saatlerinde duruldduğunu, yüzündeki gülüşlerin donuklaşıp ürküntüyü çağrıştıran bir ifadeye büründüğünü de ilk onlar fark etmişti.

Çocukların uykuya yattığı, Hesna Hanım'ın da ağrıyan başını tülbentle sıkıca bağlayıp odasına çekildiği bir öğle sonrasında, Keder'i karşılarına alıp sohbet etme bahanesiyle konuşturmaya çalıştılar.

Gözlerinden taşan hınzırca bir ifadeyle, "Ee, küçümen gelin, nasıl gidiyor sizin gece âlemleri?" diye sordu Nebile. "Yüzünü güldürebiliyor musun bari kocanın?"

Utancından kıpkırmızı kesildi Keder. Hiçbir yanıt veremedi eltisine. Gözlerini yere dikti, öylece kaldı.

"Sıkılma kız!" dedi Pervin. "Hepimizin derdi zoru bu değil mi? Elin adamı avradını kara kaşı, kara gözü için almaz. Onu memnun edeceksin, yüzünü güldüreceksin ki yanında yerin olsun."

İsmail'i de kendi kocaları gibi sanıyorlardı besbelli. "Kimseler memnun edemez onu, kimseler güldüremez onun abus çehresini" diyemedi Keder.

Aklından geçenleri okur gibi, "Her şey kadının elinde!" dedi Nebile. "İşini bilen işveli bir kadının karşısında dize gelmeyecek erkek yoktur! En yabani erkek bile böyle bir kadına kul köle olur. Tamam, gençsin, toysun ama yol yordam bilirsen kuzuya çevirirsin kocanı."

Neler söylüyordu böyle eltileri? Neyin yolunu yordamını bilecekti?

Utancıyla yarışan merakına yenik düşmüştü Keder. Soru yüklü bakışları iki eltisi arasında gidip geliyordu.

Keder'deki sessiz kıpırtıyı fark etmekte gecikmedi Pervin. Üstüne gitmenin tam zamanıydı.

"Allah bilir, put gibi öylece yatıyorsundur adamın altında... Açıktan açığa söylemeseler de, erkekler cilveli kadın sever. Ayıbı yok kız, helalin o senin!"

Tutukluğuna, suskun kalışına aldırmadan, makineli tüfekle tararcasına bir o, bir diğeri, verdikleri yüzü gözü açık öğütlerle serseme çevirmişlerdi Keder'i.

Son söz olarak, "Denemekten ne çıkar?" dedi Nebile. "Az biraz kıvranıver kocanın altında. Hem sen de daha çok zevklenirsin."

Zevklenmek! O da ne demekti? Evlendiklerinden beri her gece çektiği işkenceden zevk alabilmesi mümkün müydü?

Gene de denedi Keder...

Saçlarını özenle taradı o gece. Yakası fırfırlı pembe geceliğini giydi. Kocasının onu yatağa doğru iteklemesini beklemeden, döşeğin üstüne uzandı. Üzerine eğilen İsmail'in yanağını okşadı hafifçe, yüzünde oluşan şaşkınlık ifadesine aldırmadan gülümsedi. Haklıydı galiba eltileri... İsmail'in gözlerinde bir ışıltı yanıp sönmüştü sanki. O ışıltıdan aldığı cesaretle hafifçe doğruldu, usulca öpüverdi kocasını yanağından.

Yay gibi gerildi İsmail'in bedeni. Var gücüyle okkalı bir tokat aşketti Keder'in suratına.

"Ne cilveleniyon kız kaltak?" diye haykırdı. "Karı diye aldık seni. Yatağıma yosma istesem, senin gibi bir ucubeyi mi alırdım?"

Bir türlü yatışmıyordu hırsı. Keder'in, tokatlarına, yumruklarına tepki vermemesi daha da hiddetlendiriyordu İsmail'i. Burnundan kan boşalınca, "Lanet olsun!" diyerek bıraktı, ama kendince yarım kalmış dayak faslını tehditkâr bir meydan okuyuşla tamamladı.

Yüzünü Keder'in yüzüne yaklaştırdı, ateş saçan gözleriyle, "Hele bir daha böyle bir şeye kalkış, gebertirim seni!" dedi. "Yok, yok..." dedi hemen arkasından. "Elimi kana bulamama değmez! Gerisingeri babanın evine postalar, 'Orospu çıktı kızınız!' derim. Sonrasını sen düşün artık."

Boyunun ölçüsünü almıştı Keder. Bir daha kocasına cilve yapmak mı? Tövbeler tövbesiydi! Küçümen geline göre değildi bu işler.

Edindiği tecrübe sayesinde bir başka ders daha almıştı: Bundan sonrasında, ona bu aklı veren eltilerinin dolduruşuna asla gelmeyecekti...

* * *

Sabaha karşıydı, gün ışımamıştı henüz. Uykusunu bölen neydi, anlayamadı önce Keder. Göğsünün orta yerinden yukarılara tırmanan dayanılmaz bulantıyla, sol tarafına büzüşüp yattığı döşekten fırlayıp kalktı. Gürültülü bir horultuya teslim olmuş İsmail'i uyandırmamaya çalışarak, ayaklarının ucuna basa basa banyoya dar attı kendini.

Öğürdü, öğürdü, öğürdü... Midesini üşütmüştü galiba. Ya da yediği bir şey dokunmuştu. Tabii ya... Önceki gün çocuklarla oynarken, onların yediği karamelalardan avuç avuç ağzına atan o değil miydi?

Böyle durumlarda yapılacak en iyi işin "kusmak" olduğunu söylerdi annesi. Bu sayede içi temizlenirdi insanın. Epey çaba sarf etti ama beceremedi. Boş bir öğürtüydü onu bu denli perişan eden.

Bulantısı yatışır gibi olunca odaya döndü, yatağın kendine ait olan tarafına uzandı. Eli ayağı buz gibiydi ama daha iyi hissediyordu kendini. Yorganı çekti üstüne, huzursuz bir uykuya daldı.

Sabahları İsmail'den önce kalkıp mutfağa geçer, kocasının kahvaltısını hazırlardı Keder. Kalfa kadının ya da diğer gelinlerin elinden hiçbir şey yememeyi, bütün hizmetleri karısından beklemeyi alışkanlık haline getirmişti İsmail.

O sabah her zamanki saatinde uyanamadı. Gece yaşadıklarından sonra yorgun düşmüştü bedeni. İsmail'in, omuzlarından tutup sarsmasıyla güç ayılabildi.

"Kalksana kadın! Ne uykusu bu böyle?"

Hemen toparlandı, kalktı. Büyük bir cürüm işlemiş gibi başını öne eğdi.

"Bizde bir söz vardır" dedi İsmail. "Akşam kocasından önce yatağa giren, sabah kocasından sonra yataktan kalkan kadından hayır gelmez, derler. Kulağına küpe olsun!"

Acıydı sözleri, aşağılayıcıydı ama Keder'e azar değil, okşama gibi gelmişti İsmail'in söyledikleri. Bu kadarına şükürdü! Perşembeydi günlerden. Annesini ziyarete gitme günü! Ya İsmail ceza niyetine, "Gitmeyeceksin!" deseydi?

Evin gelinlerinin haftada bir gün baba evine gidip aile fertleriyle hasret gidermeleri âdet haline gelmişti. İsmail'in isteği dışında gerçekleşen, kerhen de olsa kabul etmek zorunda bırakıldığı bir durumdu bu. Büyük gelinler güle oynaya aile ziyareti yaparken, Keder'in bu imkândan mahrum bırakılmasına ne Hesna Hanım razı gelirdi, ne de Salih Efendi. Ayrı düştüğü sevdikleriyle bir araya gelmek Keder'in de hakkıydı.

Her perşembe hevesle koşuyordu baba evine Keder. "Baba

evi" söylemi gerçeği tam anlamıyla yansıtmasa da, orası Keder için "babasız" bir ev olsa da... Annesiyle, ablalarıyla ve en çok özlemini çektiği küçük kardeşi Hamdullah'la kucaklaşmak dünyaları bahşediyordu ona. Akşama doğru hüzün çöküyordu hepsinin üzerine. Babası eve gelmeden toparlanıp, artık ait olduğu koca evine dönüyordu Keder.

Keder'in solgun ve iştahsız hali Hesna Hanım'ın gözünden kaçmamıştı.

"Neyin var kızım?" dedi endişeyle. "Tek kaşık almamışsın çorbandan."

"Yiyesim yok hanımanne, midemi üşütmüşüm galiba."

Bunları söylemesiyle yerinden fırlaması bir oldu. Gecekinden de beter bir öğürtü nöbetinin pençesinde, uzunca bir süre kaldı banyoda. Derin derin soluk aldı, yüzüne sular çarptı... Güçlü görünmek zorundaydı! Başını dikleştirerek odaya, sofranın başına döndü.

Gelininin yüzüne dikkatle baktı Hesna Hanım.

"Çorba iyi gelir" dedi. "Bolca limon sık. Acele etme, ağır ağır ye. Sonra da nane limon kaynatırız sana."

"Tamam" diye gülümsemeye çalıştı Keder, kaşığını çorbaya çaldı. Hanımannenin söylediğini yapmaya mecburdu. "Madem hastasın, bugün da anana gitmeyiver!" dese ne yapardı?

Bütün dikkati güçlükle yuttuğu lokmalara yoğunlaştığından, Hesna Hanım'ın ne söylediğini kavrayamadı önce.

"Bugün annene giderken ben de geleyim seninle, epeydir görüşmedik Zehra Hanım'la" diyordu Hesna Hanım.

Şaşırmıştı Keder. Ama bir o kadar da sevinmişti. Gelin geldiğinden bu yana iki aile arasındaki ilişki, annelerin nadiren birbirlerine gidip gelmesiyle sınırlı kalmıştı. Servet'in tavrı, uzak duruşu baştan belliydi. Hesna Hanım da, Salih Efendi de, Keder'i karşılarına alıp hiçbir şey sormasalar da, baba kız arasındaki gerginliğin farkındalardı. Önemsemiyorlardı. Çok seviyorlardı Keder'i, onun gizli yaralarını deşmenin anlamsız olduğunu düşünüyorlardı.

Sabah erkenden kalkmıştı Zehra. Doğruca mutfağa geçip suböreği için yufka açmış, açtığı incecik yufkaları önce sıcak, sonra soğuk suya batırarak aralarını yağlamış, ortasına maydanozlu peynir serpiştirmiş, börek tepsisini fırına sürmüştü. Hemen arkasından, bir gün önce pişirdiği kalburabastıları şerbete yatırmış, gene bir gün öncesinden hazır ettiği zeytinyağlı sarmaları servis tabağına dizmişti. Keder içindi bütün bu hazırlıklar...

"Tak... Tak... Tak..."

Keder'in çalışıydı bu, üç kez vururdu kapının tokmağına. Yinelemezdi bir daha, beklerdi.

Gülistan, Hacer ve bir adım gerilerindeki Zehra kapıya doğru koşarken, Hamdullah ablasını kucaklayacak olmanın sabırsızlığıyla ok gibi fırlayıp sıyrılıverdi aralarından. Mandalı çevirip kapıyı açmasıyla duraklaması bir oldu. Yalnız değildi ablası, yanında yabancı bir kadın vardı. Yok yok, yabancı değil... Tanıyordu onu. Keder ablasını alıp kendi evine götüren teyze değil miydi bu? Gerisingeri dönüp annesinin arkasına saklandı. Ablasını ondan ayıran bu teyzeyi hiç mi hiç sevmiyordu.

Kızının yanında Hesna Hanım'ı gören Zehra ise muhabbetle kucakladı dünürünü. Bu beklenmedik ziyaretten hoşnut, "Hoş gelmişsin bacım" diyerek yol gösterdi misafirine. Beraberce içeriye, büyük odaya geçtiler.

Hal hatır sorma faslının uzamasıyla ikinci planda kalan Keder'in solgunluğunu geç fark etti Zehra. Biraz zayıflamış mıydı ne? Her zamanki gibi gülüp konuşuyordu gerçi, ama hastalıktan yeni kalkmış gibi bir hali vardı.

Tam ağzını açıp, "Neyin var kızım?" diyecekti ki vazgeçti. Kaynanasının yanında bunu sormak, kocanın evinde iyi bakmıyorlar mı sana anlamına gelirdi ki, Hesna Hanım'a ayıp etmiş olurdu.

Ancak, ikram faslı başladığında Keder'in, tabağına konulan o çok sevdiği suböreğini iştahla yiyeceğine, yiyormuş gibi görünüp çatalının ucuyla peynir topaklarını ayıklamaya çalıştığını görünce dayanamadı.

"Ne o kızım? Neden yemiyorsun? Senin için yaptım o böreği."

Yaptığı gafı fark edip toparlandı hemen.

"Kusura bakma Hesna Hanım, senin geleceğini bilmiyordum. Bilsem başka şeyler de hazırlardım. Suböreğini pek sever Keder. Ona yaptım, sana da kısmetmiş. Ama baksana, lokma koymadı ağzına."

Elindeki tabağı sehpanın üzerine koydu Hesna Hanım.

"Doğru" dedi. "Pek bir şey yemiyor kızımız son günlerde. Ama iştahının açılması yakındır."

Sıcacık, sevecen bir gülüşle Keder'e baktı. Bakışlarını Zehra'ya çevirdi ardından.

"Gözümüz aydın Zehra Hanım. Gelin kızımız yüklüdür!"

Şeffaf bir örtü misali üstlerine çöken şaşkınlık, dillerine kilit vurmuş gibiydi. Bu şaşkınlıktan en büyük payı alan da Keder'di kuşkusuz. Kulaklarına çarpan sözler beynine ulaştığında, paniğe kapıldı bir an. Doğru olabilir miydi kaynanasının söyledikleri?

Yüzlerdeki merak ifadesini gidermek de Hesna Hanım'a düşmüştü.

"Sanırım kendisi bile farkında değil henüz" diyerek devam etti. "Öylesine toy, öylesine tecrübesiz ki benim güzel gelinim... Günler öncesinden kuşkulanmıştım ben, ama bu sabah emin oldum ve kızının hamile olduğunu müjdelemeye geldim sana. Bu güzel müjdeyi ilk alan, gelinimin annesi olsun diye."

Sevinçten havalara uçtu Zehra. Gülistan, Hacer... Sarılıp sarılıp öptüler Keder'i.

Odanın köşesindeki minderin üzerine kıvrılıp oturmuş

Hamdullah hayretle izliyordu olanları. Neden herkes birbiriyle kucaklaşıp öpüşüyordu, anlayamamıştı. Ama ablasını alıp kendi evine götüren o teyze Hamdullah'ı yanına çağırarak başını okşamış, "Sen de dayı oluyorsun artık!" demişti.

Dayı olmak!

Büyük adamlara dayı denmez miydi? O kadar büyümemişti ki Hamdullah! Her gelişinde ona şekerler, çikolatalar getiren Hasan Dayısı geldi aklına. O dayının kendisini nasıl sevdiği, dizlerine oturtup hop hop hoplattığı...

Evet evet, dayı olmak iyi bir şeydi! Başını okşayarak ona dayı olacağını müjdeleyen şu teyze de düşündüğü kadar kötü biri değildi galiba. Ablasını alıp kendi evine götürmüş olsa da...

Küçümen değil, çocuk gelin!

Çok zor bir hamilelik dönemi geçiriyordu Keder. Altı ay boyunca kesilmedi öğürtüleri. Hiçbir şey yiyemiyordu. Kilo alacağına daha da zayıflamış, kuş kadar kalmıştı.

İyi sayılabilecek tek şey, İsmail'in dayak faslına ara vermesiydi. Ancak, hamile olduğunu öğrendiğinden beri karısına fiske bile atmayışı Keder'i düşündüğünden değil, karnında taşıdığı çocuğun zarar görmesinden çekindiğindendi.

Dokuzuncu ayın içindeyken, kısa bir süre sonra doğum yapacak bir kadından çok, evcilik oynarken karnına kocaman bir top yerleştirmiş zayıf, çelimsiz bir kız çocuğunu andırıyordu Keder. Halsizdi, güçsüzdü, iyiden iyiye büyümüş karnına elleriyle alttan destek vererek zorlukla dolanıyordu evin içinde.

Gelininin halini endişeyle izliyordu Hesna Hanım. Yürümekten âciz bu kızcağız nasıl doğuracaktı bu çocuğu? Bu yaşa gelmiş, böyle hamilelik görmemişti. Daha doğrusu bu yaştaki bir hamileyle yüz yüze gelmemişti hiç.

Salih Efendi de benzer kaygılar içindeydi, ama karısını avutmaya çalışıyor, "Allah'ın izniyle bu işin de altından kalkacak benim küçümen gelinim!" diyordu.

Sonunda dayanamadı Hesna Hanım. "Küçümen gelin deyip durma!" diye tersledi kocasını. "Çocuk gelin de ki, lafın yerini bulsun."

Keder'in sancılarının tuttuğu gece yarısı apar topar evinden alınıp getirilen ebe bile, döşeğin üzerinde kıvranan Keder'i görünce, "Bunun kendisi çocuk yahu!" deyiverdi. "Maazallah elimde falan kalmasın da!"

Ebenin söylenmesini duymazdan geldi Hesna Hanım. Haklıydı kadın. Küçücük bir kızı gelin etmenin de, gelin almanın da, o gelini hamile bırakıp doğum gibi zorlu bir imtihanla yüz yüze bırakmanın da savunulacak yanı yoktu.

Ne diyecekti? "Biz büyük kızı istedik, babası küçüğü verdi" demek kimi temize çıkarabilirdi ki? Şu doğum kazasız belasız gerçekleşsin, gelini de bebeği de sağ salim kurtulsunlar, kurbanlar kesecekti Hesna Hanım, fakir fukarayı doyuracaktı, mevlitler okutacaktı.

Hesna Hanım'ın duaları mı kabul oldu, yoksa Allah garibanı kulu Keder'e mi acıdı bilinmez, son derece meşakkatli de olsa doğurmayı başardı Keder. Çocuk gelinin çocuğu oğlandı üstelik!

Bir hafta boyunca yattığı yerden doğrulamadı Keder. Kâh uyur uyanık, kâh kendinde, kâh kendini bilmeden, etrafında dolanan insanların; kaynanasının, eltilerinin, doğumla beraber koşup gelmiş anasının, ablalarının, arada bir başucunda beliren kaynatasının ve kocasının yüzlerini hayal meyal seçerek, sütle dolmuş memelerine birilerinin yardımıyla yapışan minik dudakların farkında bile olmadan, doğurduğuna, bir oğlu olduğuna sevinemeden geçirdi onca günü.

Ayağa kalktığı gün bebeğin yedisiydi. Sabah erkenden çifte kurban kestirdi Hesna Hanım. Kurban kanından Keder'in ve bebeğin alnına sürdü. Öğleden sonra da mevlit okunacaktı. Eşe dosta haber salındı, hazırlıklar yapıldı.

Salih Efendi de aklından geçenleri dile getirmek için gelinin ayağa kalkmasını beklemişti. Bakışları Keder'le İsmail'in üzerinde, "Bebek için bir isim düşündünüz mü?" diye sordu.

İnce bir davranıştı. Bu soruyu evlatlar ana babaya sorardı aslında. Genellikle de büyüklerin uygun gördüğü isimler konurdu çocuğa. Ya da o büyükler olgunluk gösterir, evlatlarına bırakırlardı seçimi. Salih Efendi'nin niyeti de buydu. Diğer torunlarına isim konulurken de hem Ali, hem de Bekir öncelikle Hesna Hanım'a ve Salih Efendi'ye fikirlerini sormuş, onların bu hakkı kendilerine vermesiyle, karılarıyla beraber gönüllerinden geçen isimleri koymuşlardı çocuklarına.

İsmail gösterilen inceliği kavrayacak, inceliğe incelikle karşılık verecek bir yapıda olmadığından, pat diye söyleyiverdi söyleyeceğini.

"İsim belli! Nusret koyacağım oğlumun adını."

Hesna Hanım'ın kaşları çatılıvermişti. Oğluna dönüp bir şeyler söylemeye hazırlanırken, Salih Efendi küçük bir baş hareketiyle susturdu karısını.

"Hayırlı olsun oğlum" dedi. "Adıyla yaşasın Nusretimiz."

İsmail'in askerlik arkadaşıydı Nusret. Ama askerlik arkadaşı deyip geçmek haksızlık olurdu. Ağabeylerinden bile yakın hissettiği, biricik can yoldaşıydı o. İsmail'in huysuzluklarını, ters davranışlarını hoş görmeyi ve onun çorak dünyasının aşılmaz duvarlarını yıkıp orada kendine yer edinmeyi başaran tek insandı.

Askerliğini Ağrı Doğubayazıt'ta yapmıştı İsmail. ZaptURapt altına girmeye alışık olmayan, kendi yakasıyla kavgalı, her an hır çıkarmaya hazır biri için zorlu bir sınavdı askerlik. Ağır tatbikatlar, nöbetler, devriye gezileri... Hele de birilerinden emir alma ve o emre itaat etme mecburiyeti! Yanı sıra elverişsiz iklim koşulları. Bu yaşa gelmiş, böyle soğuk, böyle ayaz, kar görmemişti İsmail.

Erzurumluydu Nusret, kardan kıştan etkilenmiyordu pek. "Soğuğa şerbetliyiz biz" diyordu. "Eksi 25-30 derece vız gelir bana."

Annesinin elleriyle örüp bavuluna koyduğu iki çift çoraptan bir çiftini İsmail'e vermişti. Böylelikle aralarındaki yakınlaşmanın ilk adımını attığının farkında değildi, ama bu davranış kimselerle yıldızı barışmayan İsmail'i derinden etkilemişti.

İlk konuşmalarından anlaşıldığı kadarıyla fakir bir ailenin çocuğuydu Nusret. Erzurum'daki fabrikalardan birinde işçi olarak çalışıyordu babası.

"Güçlü kuvvetlidir benim babam!" diyordu gururla. "Taşı sıksa suyunu çıkarır. Haftada üç gece cuma, cumartesi, pazar da bekçilik yapıyor fabrikada."

Kantinde İsmail'in ısmarladığı çift kaşarlı tostu iştahla ısırırken, "En büyükleri benim" demiş, "Aha şu yediğim tost gibiyiz biz de" diyerek gülmüştü arkasından. "En büyükle en küçük erkek, arada üç de kız kardeşimiz var. Tost dediğime bakma, ezmeyiz kızlarımızı."

"İşçi maaşıyla sekiz nüfusa nasıl bakılır?" sorusunda takılıp kalmıştı İsmail. İrili ufaklı beş çocuk, ana, baba, bir de bakıma muhtaç babaanne.

İsmail'in kafasındaki soru işaretlerini çözmek ister gibi, "Ben de yeni işe girdim" dedi Nusret. "Bizim mahalledeki berberin yanına. İşinin ustasıdır bizim patron! Yukarı mahallelerden bile tıraş olmaya gelir insanlar. Askerden dönünce işim hazır anlayacağın. Kaldığımız yerden devam..."

İyimser bir tabloydu çizdiği, kıt kanaat da olsa geçinip gidiyorlardı işte. Halinden hiç de şikâyetçi görünmüyordu Nusret. Ama İsmail anlayacağını anlamıştı. Çarşı iznine çıktıklarında para harcatmıyordu Nusret'e. Çorbalar, kebaplar, tatlılar, çaylar kahveler İsmail'dendi hep. Nusret de önüne serilen ikramların altında kalmamak için, etrafında fır dönüyor, bir dediğini iki ettirmiyordu İsmail'in.

Karavanadan çıkan yemeği beğenmediğinde, kantinden bir şeyler mi almak istiyordu İsmail? Hemen fırlıyordu Nusret.

"Ben giderim abi! Ne istiyorsun, onu söyle sen."

Genellikle helva ekmek istiyordu İsmail. Parayı avucuna sıkıştırıp, "Kendine de al!" diye tembihliyordu.

Bir keresinde çoraplarını yıkarken yakaladı Nusret'i.

"Ne yapıyorsun oğlum ya!" diye çıkıştı. "Benim çoraplarımı yıkamak sana mı kaldı?"

"Olur mu abi?" diye güldü Nusret. "Kendiminkini yıkarken seninkini de çitileyiverdim."

Bir "abi" diyordu, bin "abi" dökülüyordu ağzından. Kimselere kolay kolay kanı ısınmayan İsmail de iyiden iyiye alışmıştı Nusret'e. Karşıdan bakıldığında farklılıklar ve zıtlıklarla örülü bir beraberlikti aralarındaki, ama ikisi de memnundu halinden. Nusret, İsmail'in şahsında gerçek bir "abi" bulmuştu, İsmail de gönlüne göre bir "kardeş".

Zıt kutupların birbirini çekmesi gibiydi birliktelikleri. İsmail, dünya yıkılmış da altında bir tek o kalmış gibi abus bir çehreyle dolanıp dururken, yaşadığı onca olumsuzluğa rağmen, dünya yıkılsa umurunda olmayacak gibiydi Nusret'in. İsmail'in askerlikten sonrası için, kahvehanede babası ve ağabeyleriyle beraber çalışmaya devam etmenin ötesinde hiçbir planı yokken, Nusret'in geleceğe yönelik büyük umutları vardı üstelik.

"Emekli olunca bana berber dükkânı açacak babam" diyordu. "İnsanın kendi işyerinin olması başka şey."

"Bir de Mihriban var" diye eklemişti utana sıkıla. "Ben dönünce gidip isteyecek anam. Neyse... Hele şu askerlik bitsin!"

Ama o askerlik bitmedi, bitemedi!

Devriye nöbetinde mayına basarak şehit oldu Nusret.

İsmail, oğluna Nusret adını koymasının altında yatan nedenleri açıklasa, muhakkak ki anlayışla karşılardı babası. Ama yapmadı. Hayattaki biricik dostunu yitirmekle daha da katılaşmıştı sanki. Aldığı ağır darbenin etkisiyle eskisinden de uzlaşılmaz, hoşgörüden uzak, geçimsiz ve aksi bir adam olup çıkmıştı. Hiç kimse için ve hiçbir nedenle kemikleşmiş huylarından, kaba saba ve kırıcı davranışlarından ödün vermeye niyeti yoktu. Karşısındaki kişi babası olsa bile...

Hizmetçi... Cariye... Köle...

Hesna Hanım akşam yemeği hazırlığındaydı. Birazdan evin erkekleri gelecek, sofraya oturulacaktı. Büyük gelinler Nebile ve Pervin kaynanalarına yardım ederken, Keder içeride Nusret'i uyutmaya çabalıyordu.

Huysuzluğu üstündeydi gene oğlanın. Gazlı bir bebekti zaten, annesinin sütü mü dokunuyordu ne? Oysa yediğine içtiğine dikkat ediyordu Keder. "Gaz yapacak yiyeceklerden uzak duracaksın, senin sütünden çocuğa geçer" demişti kaynanası.

Bütün gün mızmızlanmıştı oğlan. Hesna Hanım kimyon kaynatmış, tülbentten süzüp kaşık kaşık ağzına dökmüştü Nusret'in. İyi gelmişti galiba. Kimyon suyunun ardından uzun uzun emzirip gazını çıkarmış, kucağında sallayarak uyutmuş, büyük odadaki alçak sedirin üstüne yatırmıştı bebesini Keder.

Kaynanası, eltileri mutfakta çalışırken oturmak olmazdı. O da işin bir ucundan tutmalıydı.

Küçük gelinini eşikte görünce sıcacık bir gülümseme yayıldı Hesna Hanım'ın yüzüne. Boş çevirmek istemedi Keder'i. Karıştırdığı mercimek çorbasının tuzunu, biberini attı.

"Sen de çorbanın yağını kızdırıver" diyerek küçük, kulplu tavayı Keder'in eline tutuşturdu.

Kilerdeki sadeyağ tenekesinden iki kaşık yağ koydu tavaya Keder. Tam ocağın üzerine sürüyordu ki, Nusret'in haykırışıyla tavayı öylece bırakıp içeriye koşması bir oldu.

Yüzüstü yerde yatıyordu Nusret. Sedirin üstünden yuvarlanmış, halının üzerine düşmüştü. Alçaktı sedir, hiçbir şey olmamıştı oğlana, ama Keder panik halindeydi. "İyi ki İsmail evde değil!" diye geçirdi içinden, olanları görse dünyayı dar ederdi alimallah.

Nusret'in huysuzluğu durulacak gibi değildi. Önde Salih Efendi, arkasında oğulları Ali, Bekir ve İsmail içeriye girdiklerinde de ağlıyordu hâlâ.

"Neden ağlıyor bu oğlan?" diye öfkeyle bağırdı İsmail.

İki adımda Keder'in yanına vardı, Nusret'i çekip aldı kucağından.

"Neden ağlıyor bu çocuk diye sordum!" diye gürledi.

Sesi çıkmadı Keder'in. Onun yerine Hesna Hanım cevap verdi:

"Gazı var oğlum. Kimyon kaynatıp içirdik. Merak etme, geçer şimdi."

Büyük elti Nebile eline geçen fırsatı kullanmaya kararlı, yüzünde şeytani bir ifadeyle, "Gazı önemli değil de" dedi, "sedirden düştü garibim. Ağlaması ondan."

Ateşe körükle giden gelinine ters ters baktı Hesna Hanım.

İsmail ise çıldırmış gibiydi. Oğlunu sedirin üzerine yatırdı. Elinin var gücüyle okkalı bir tokat attı Keder'in suratına. Arkası geldi. Tekme, tokat, yumruk... Ağabeyleri Ali ile Bekir zor aldılar Keder'i elinden.

Ev halkı Keder'in yediği dayaklardan az çok haberdardı. Küçümen gelinin yüzü gözü şiş, orası burası morarmış halinin yabancısı değillerdi. Ama ilk kez İsmail'in acımasız şiddetine bire bir şahit oluyorlardı.

Babasının, "Kendine gel İsmail!" diye sert uyarısını, araya girenlerin yatıştırma çabalarını görmezden, duymazdan gelerek tekrardan Keder'in üzerine yürüdü İsmail.

"Bu çocuk yere yuvarlanırken sen neredeydin, ha? Hangi cehennemin dibinde, ne haltlar karıştırıyordun?"

Hesna Hanım Keder'i yana iterek bir adım öne çıktı, oğlunun karşısına dikildi.

"Mutfakta bana yardım ediyordu" dedi.

Bu sözler, yatıştıracağına daha da zıvanadan çıkardı İsmail'i.

"Kendine başka yardımcı tut Hesna Hatun!" diye bağırdı. "Bundan böyle mutfağa adımını atmayacak Keder! Hele bir duyayım, anam falan demem, külahları değişiriz seninle de!"

"Kes artık!" diye bağırdı Hesna Hanım. "İyi ki bir oğlun oldu! Çocuk büyütmeyi bana mı öğreteceksin? Kaç bebe doğurdum, kaç tane torunum oldu... Hepsi de sapasağlam karşımda, şükürler olsun. Çocuktur, düşe kalka büyüyecek. Ağlayacak da, sızlayacak da..."

"Hayır efendim!" derken ateş çıkıyordu İsmail'in gözlerinden. "Benim oğlumu ağlatmayacaksınız! Düşe kalka değil, pamuklar içinde el bebek gül bebek büyüyecek benim oğlum."

Yeniden Keder'e döndü İsmail, ama vurmadı, bu kez de sözleriyle hırpalamaya koyuldu Keder'i.

"Senin tek işin bu çocuğa bakmak!" diye haykırdı. "Bu evde onun yüzü suyu hürmetine barındığını aklından çıkarma. Hizmetçisisin oğlumun, cariyesisin, kölesisin. Yerini bil, ona göre hareket et."

Baştan beri esefle, kahrolarak olanları izleyen Salih Efendi sonunda dayanamadı.

"Yeter!" diye bağırdı. "Bak İsmail, bu yaşa geldin baba dayağı yemedin. Ama bir daha şu garibanı kızcağıza iliştiğini göreyim, duyayım, Allah yarattı demem, ayağımın altına alır ezerim seni!"

Herkese verilecek bir cevabı vardı, ama babasına karşı gelmeyi gözü yemedi İsmail'in. Hışımla çıktı odadan, askıdaki ceketini aldı, sokağa attı kendini.

Her zamanki alışkanlığıydı. Birine kızsa, kavga etse, vurur kapıyı, çeker giderdi. Saatlerce sokakları arşınlar, nispeten yatışmış olarak dönerdi eve. Kimselerin yüzüne bakmadan doğruca odasına gider, yatağının kuytu karanlığına bırakırdı kendini. Sabah kalktığında, bir gün önceye kıyasla biraz olsun konuşulabilir, muhatap alınabilir kıvama gelmiş olurdu.

İsmail'in ardından Keder, dayağı atanın da utancını üzerinde taşıyarak Nusret'i kucakladı, hiç kimsenin yüzüne bakmadan odasına doğru yürüdü.

Yediği dayağın, işittiği hakaretlerin hepsini sineye çekmişti de, İsmail'in zehirli dilinden dökülen o üç kelime yüreğine oturmuştu:

"Hizmetçi... Cariye... Köle..."

Oğlunun *hizmetçisi*, *cariyesi*, *kölesi* olmuştu, ama *annesi* olamamıştı kocasının gözünde...

Kocasına sevdalı kadınlar

Ne demiş atalarımız?

Kadının sırtından sopayı, karnından sıpayı eksik etmeyeceksin!

"Karnından sıpayı" derken, söyleyenin "eşek" ırkından geldiğini itiraf etmesi anlamı zuhur etse de, bazılarınca maalmemnuniye kabul gördüğü kesin.

İsmail de bu derin felsefeye karşı çıkacak kafa yapısında olmadığından, Keder'in asli görevleri –hizmetçilik, cariyelik, kölelik– de beklenmedik bir ivme kazanarak ikiye katlanmakta gecikmedi. İkinci çocuğu Nevzat'ı kucağına aldığında Nusret iki yaşını doldurmamıştı henüz. Keder ise çocukluktan yeniyetmeliğe evrilirken, 17 yaşında, biri elinde diğeri eteğinde, iki çocuk annesi oluvermişti.

Kendi telaşından farkında bile değildi Keder, ama Nebile ile Pervin onun üst üste oğlan doğurmasından hiç de memnun değillerdi. El kadar kız, boyuna bosuna bakmadan iki erkek torun vermişti Salih Efendi'yle Hesna Hanım'ın kucağına. Küçümen gelin ani bir atakla kendisinden daha kıdemli olan eltilerinin bir adım önüne geçmişti bu sayede. İki büyük gelin fazlasıyla rahatsızdı bu durumdan.

Nebile, Keder'in iki çocuk arasında mekik dokuduğu, bir yandan Nusret'i eğlemeye çalışırken, bir yandan da Nevzat'ı emzirmeye çabaladığı bir sırada yanına sokuldu eltisinin.

Görünürde masum bir soruydu soracağı, ama hassas noktalarını iyi bildiği Keder'in, içten içe kanadığını sezinlediği yaralarına tuz basacağından emindi.

"Oğlanlar sana hiç benzemiyor" diye başladı. "Hık demiş İsmail Abimin burnundan düşmüş ikisi de. Sen değil de bir başkası doğurmuş sanki."

Terden ensesine yapışmış saçlarını elinin tersiyle sıvazladı Keder, "Haklısın valla!" diyerek gülümsedi.

Doğruydu, oğlanların ikisi de İsmail'in küçük birer kopyası gibiydi. Yüz hatları, mimikleri, hatta Keder'in kendi içinde bile kabullenmekten kaçındığı, küçük çocuklara has mızmızlıkların ötesindeki aşırı huysuzlukları...

Kendince isabetli bir başlangıç yapmıştı Nebile. Gerisini getirmenin, kuş beyinli eltisine göremediklerini göstermenin, farkında bile olmadığı kırılma noktalarını açığa çıkararak canını acıtmanın tam sırasıydı.

"Kocanı çok mu seviyorsun sen kız? 'Kocasına sevdalı kadının çocuğu babaya benzer' derler. Sevdalı mısın sen İsmail Abime?"

Ne diyeceğini bilemedi Keder. Bu tür konuşmalardan hoşlanmıyordu. Eltilerinin sözüne uyup İsmail'e cilvelenmeye kalktığı ve boyunun ölçüsünü aldığı o geceyi unutmamıştı. Bir daha benzer bir tuzağa düşmeye hiç niyeti yoktu doğrusu.

Şaşkınlıkla utanç arasında gidip gelen bakışlarını topladı, "Çocukları yatırayım ben" diyerek Nusret'in elinden tuttu, Nevzat'ı göğsüne bastırdı, kaçarcasına çıktı odadan.

Önce Nevzat uyudu, az sonra da Nusret. Oğullarının yüzüne ilk kez görüyormuş gibi dikkatle baktı Keder, uzun uzun inceledi ikisini de. Büyüdüklerinde de İsmail'e bu denli benzeyecekler miydi acaba? Ürperdi birden. Kalıp olarak neyse de, huyları benzemezdi inşallah!

Kafasına takılan diğer konuya geldi sıra: Kocasına sevdalı kadınlar!

Nebile, Keder'i de kocasına sevdalı kadın diye nitelemişti. Komikti! Tam anlamıyla "kadın" olarak bile hissedemiyordu kendini Keder, değil ki sevdalı kadın!

Evlenmek, çocuk sahibi olmak yeter miydi kadın olmak için? Keder'e yetmemişti.

Ya kocasına sevdalı bir kadın olmak neyin nesiydi? Orasına hiç aklı ermiyordu Keder'in.

Gözlerini kapadı, İsmail'i getirdi gözünün önüne. Eltisinin söylediklerini düşündü...

"Kocanı çok mu seviyorsun sen kız?"

Kocasına sevdalı kadının çocuğu babaya benzermiş!

Doğru muydu bu?

Büyükler öyle dediğine göre, vardı elbet bir bildikleri.

Beynine sığmayan çelişkili düşünceler, yüreğinde amansızca çarpışan taban tabana zıt duygular... Nebile'nin hedeflediği kıvama gelmişti sonunda.

"Ben kocamı, İsmail'i çok mu seviyorum gerçekten?" noktasındaydı şu an.

Yanında birileri varmış, en azından büyük eltisi meraklı bakışlarını yüzüne dikmiş, sorduğu sorunun yanıtını bekliyormuş gibi, mahcup bir tavırla başını öne eğdi.

"Hayır!" dedi içinden yükselen aykırı ses. "Kocanı sevmiyorsun sen! Ama boş ver, üzülme. Kocaları sevmek şart değildir. Çocuklarını sev yeter. Sevdalanmaya falan da hiç heves etme. Kocana bile olsa... Sana göre değil bu işler!"

Birden bir merak uyandı içinde. Ya eltileri? Kocalarını seviyorlar mıydı? Sevdalılar mıydı onlara?

Keşke sorabilseydi Keder! O da aklından geçenler doğrultusunda sorgulayabilseydi onları. Bunu yapabilmek için daha ne kadar büyümesi gerekiyordu?

Gülüverdi. Ne boş şeylerdi düşündükleri... Ne kadar büyürse büyüsün, iki değil, on iki çocuk doğursun; bu evin sevdasız, cilvesiz, soru sorma ve sorgulama hakkı olmayan küçümen gelini olarak kalacağından emindi.

İstanbul gelini

Rüyasında görse inanmazdı Zehra, birileri karşısına geçip, "Kızlarından birini İstanbul'a gelin vereceksin" dese güler geçerdi. Ama olmuştu işte. İstanbul'a gelin gidecekti Gülistan.

Yabancı değildi dünürleri. Gülistan'ın müstakbel kayınpederi Bahri Bey, Hamdullah Efendi'nin amcasının torunuydu. Yıllar önce tası tarağı toplayıp İstanbul'a yerleşmişlerdi. Halleri vakitleri yerindeydi. Biri merkez, diğeri şube olmak üzere iki büyük halı mağazaları vardı Üsküdar'da. Küçük olan dükkânı damat adayı Ahmet işletiyordu.

İstanbul'a yerleşmiş olsalar da baba ocağıyla ilişkilerini kesmemişlerdi. Bazen üst üste her yıl, bazen de iki yılda bir memlekete gelir, akrabalarıyla hasret giderirlerdi.

Bu gelişlerinde Gülistan'ı gören Ahmet kelimenin tam anlamıyla çarpılmış, "Görmeyeli amma da güzelleşmiş Servet Amca'nın kızı!" deyivermişti.

Anası durur mu?

"İstanbullarda kız beğendiremediğimiz oğlan akraba kızına abayı yakmış, haberin olsun" diyerek müjdeyi vermişti kocasına.

Fazla zamanları yoktu, İstanbul'a dönmeden halletmelilerdi bu işi. Bahri Bey Servet'le, Ziynet Hanım da Zehra'yla ayrı ayrı konuştular.

Keder'i baş göz etmede sabırsız davranan Servet, büyük kızı Gülistan'da aynı aceleciliği göstermemişti. Önceki talipler arasında kafasına yatan biri de olmamıştı zaten. Servet'in ağzını dilini bağlayacak tek şey paraydı. O güne kadar öngördüğü zenginlikte bir dünür adayıyla karşılaşmadığı için sabırla beklemişti. Ucuza vermeyecekti kızını!

Bahri Bey'in malvarlığı ise düşlerinin de üzerindeydi. Hiç ikiletmeden, "Tamam!" dedi Bahri Bey'e.

Zehra ise Ziynet Hanım'la konuşurken, kocası kadar rahat değildi. Binbir kuşku dolanıyordu kafasında, tedirgindi.

Para, mal mülk neydi ki? Evet, iyi ve saygın bir aileydi kızını isteyenler. Ama İstanbullara gelin vermek kolay mıydı? Diyarı gurbetlerde bir başına ne yapardı Gülistan? Ya kendisi? Nasıl dayanırdı kızının hasretine?

Çelişkili düşünceler arasından biri baskın çıktı sonunda. Keder'i aynı şehirde gelin etmişlerdi de ne olmuştu? Burunlarının dibindeydi kızı. Ama ne sıklıkta görüşebiliyorlardı? Eskiden haftada bir gün baba evine gelen Keder, ikinci çocuktan sonra daha seyrek gelir olmuştu. Damat beyin gönlü olacaktı da karısını, çocuklarını kaynanasına götürecekti...

Önemli olan kızlarının mutluluğuydu aslında. Ama Keder'in mutlu olduğundan da emin değildi Zehra. Koca evine gitmeden önceki cıvıltılı neşesini bir yerlere gömmüş gibiydi. Gene gülüyor, en olmayacak zamanlarda bıcır bıcır konuşmalarıyla çevresindekileri de güldürüyordu ama... Analar hissederdi. Keder'in için için acı çektiğini hissedebiliyordu Zehra. Herkes kendi kaderiyle doğardı. Gülistan'ın kaderi Keder'inkine benzemezdi inşallah.

Bu kez umutluydu Zehra. Farklı bir avuntusu vardı üstelik: Görücü usulüyle evlenmiyordu Gülistan! Gerçi oğlanın kıza, kızın oğlana delice sevdalandığı tutkulu bir aşk hikâyesi yoktu ortada, ama ana babaların, akrabaların, eşin dostun aracılığı da söz konusu değildi. Kimse yönlendirmemişti Ahmet'i. Gülistan'ı görüp beğenen, kızı istemek için anasından babasından ricacı olan oydu.

Ya Gülistan? Gözleri ışıl ışıldı günlerdir. Kanatları olsa uçacaktı sanki. Açıktan açığa dile getiremese de, bu evliliğe yakın durduğu her halinden belli. Kim bilir, belki için için sevdalanmıştı bile Ahmet'e...

Madem kızı da istiyordu, "Hayırlı olsun" demenin, hayırlı olmasını dilemenin ötesinde, başka ne düşerdi Zehra'ya?

Gören görmüş, beğenen beğenmişti, ama usulen de olsa görücü geldiler Gülistan'a. Söz kesildi, şerbetler içildi. Hemen ertesi gün nişan alışverişine çıkıldı. Tepeden tırnağa donatıldı Gülistan. En iyi mağazalardan alındı üstü başı, tüm takıları şehrin en ünlü kuyumcusundan seçildi.

Aile içinde küçük bir nişan töreni yaptılar. Her şey mükemmeldi, eleştirilecek hiçbir şey yoktu ama, "Kusura bakmayın" diyordu Ziynet Hanım, Gülistan'ın kayınvalidesi. "Biraz aceleye geldi. İstanbul'a dönecek olmasaydık... Neyse, düğünde telafi ederiz artık."

* * *

Kahvehanenin en kalabalık saatiydi. Cuma namazından çıkıp evlerine, işlerine dönmeden önce birer çay içip soluklanmak isteyenler, pişpirik oynayarak vakit öldürenler, evlerinde bulamadıkları huzuru buralarda arayan emekliler, başıbozuk işsiz güçsüz takımı... Her zamanki kadroydu işte. Onlara baktıkça hafakanlar basıyordu İsmail'i.

"Müşteri velinimetimizdir!"

Salih Efendi'nin beylik lafı. Dilinden düşürmediği yetmezmiş gibi, bir de tabela yaptırıp dükkânın girişine asmış.

Pöh! Neresi velinimetti bu aylak insanların? Onlara hizmet etmek bile zül'dü İsmail için.

Takım elbiseli, beyaz gömlekli, kravatlı genç adamın kahveye girmesiyle meraklı bakışlarla sarmalanması bir oldu. Uzun sürmedi merak fırtınası, kendilerine benzemeyen, kendilerinden olmayan yabancıyı şöyle bir süzüp kendi âlemlerine döndü kahvedekiler. Pişpirikçiler oyunlarına, iki lafın belini kırma yarışındakiler incir çekirdeğini doldurmayan sohbetlerine döndüler.

İsmail, kişiliğine ters düşecek derecede nazik bir tavırla karşıladı misafirini: Büyük baldızı Gülistan'ın nişanlısı Ahmet'i. Salonun gerisindeki boş masaya oturdular.

"Oğlum!" diye çıraklardan birine seslendi İsmail. "Okkalı iki kahve getir bize."

Misafirine sormadan hamle yaptığı için mahcup olmuş gibi, "Kahve söyledim, ama çayı tercih ederdiniz belki" diye geveledi ağzının içinde.

"Yok" diye gülümsedi Ahmet. "Benim tercihim de kahveden yanadır."

Kahvelerini içerken kaçamak bakışlarla inceden inceye Ahmet'i süzüyordu İsmail. Giyimi kuşamı, hali tavrıyla tam bir *beyzade* duruyordu karşısında.

"İstanbul züppesi!" diye söylendi içinden. "Baba parasıyla caka satan şımarık herif!"

Garip bir öfke sarmıştı her yanını. Ne dese, ne söylese soğumuyordu içi. Düşündüğü, kafasında kurguladığı bütün aşağılayıcı sıfatlar Ahmet'in aydınlık yüzünden, yakışıklı bedeninden kayıp gidiveriyordu sanki.

Önce Salih Efendi, ardından da Ali ve Bekir yanlarına uğrayıp, Ahmet'e "Hoş geldin" demeyi ihmal etmediler. Ama hatır sormayı yeterli bulup İsmail'i misafiriyle baş başa bıraktılar.

Hayretti, kimselerle yıldızı barışmayan İsmail, kısa sürede önyargılarından sıyrılmış ve gittikçe koyulaşan bir sohbetin içinde bulmuştu kendini. Konuşkandı Ahmet, sıcaktı, kendisi için peşin hükümleri olan birini bile etkileyecek kadar sıcak...

"Ne güzel bir yer burası" dedi. "Aile şirketi gibi. Baba ve üç oğlu..."

Ters bir şey söyleyecekken kendini tuttu İsmail.

"Hep bir erkek kardeşim olsun istemişimdir" diye devam etti Ahmet. "Hatta iki, üç... Üç kız kardeşim var benim. İkisi benden büyük, biri benden küçük. Yanlış anlama, hepsini de çok severim. Ama erkek kardeşin hali başka."

"Ne demezsin!" diye geçirdi içinden İsmail. "Dışı âlemi yakar, içi beni."

Ahmet'in son sözleri ise tam anlamıyla dumura uğrattı İsmail'i:

"Bacanaklar da kardeş sayılır derler. Öyle midir gerçekten?"

Sıcacık bakışlarıyla yanıt bekliyordu İsmail'den. İstiyordu ki "Evet, öyledir" desin, aralarında sıkı bir bağ kurulabileceğini vurgulasın...

"Git başka yerde ara kardeşini" diyeceğine, söylenenleri anlamamış gibi bakakaldı Ahmet'in suratına İsmail.

"Orasını bilemem" dedi. "Daha önce bacanağım olmadı ki."

"Şimdi oldu!" diye gülümsedi Ahmet. "Aramızda uzun mesafeler olsa da iyi anlaşacağımıza inanıyorum ben."

Böyle tumturaklı konuşmalar İsmail'e göre değildi. Yanıt vereceğine, misafirini bir kahveyle savuşturmanın ayıp kaçacağını düşünmüş gibi, bir de çay söyledi Ahmet'e.

"Yarın yolcuyuz" dedi Ahmet. "İstanbul'da işler bizi bekliyor. Bu arada... Düğünümüze bekliyoruz! Davetiye göndereceğiz tabii. Ama ben şimdiden söyleyeyim de... Hazırlıklı olun!"

Ahmet'in arkasından daldı gitti İsmail. Kıskançlıkla gıpta etmek arasında asılı kalmıştı duyguları.

Şanslı doğuyordu kimi insanlar. İşte şu bacanak bozuntusu! İsmail burada işsiz güçsüz takımıyla uğraşırken, İstanbullarda keyif çatıyordu beyzade. Tuzu kuruydu tabii. Ailenin tek erkek evladı olma ayrıcalığı, daha doğarken altın tepside sunulmuştu kendisine. Biricik oğlu dururken, kızlarına dükkân açıp damatlarına mı çalışacaktı Bahri Efendi?

Koskoca halı mağazası! Vay be... Tek hâkimi de Şehzade Ahmet!

"Kader kimine kavun yedirir, kimine kelek!" diyenlere selam olsundu. Ahmet'e kavunun en ballısı, İsmail'e tam da değil, yarım dilim kelek... Başından fazla oğlum! Senin kaderin, kahve köşelerinde pinekleyerek ömür tüketmek...

Kahvecilikle alıp veremediği yoktu aslında. Onun derdi patron olmaktı. Başına buyruk, özgür, tek adam, birinci adam... Oysa bu kahvede babası ve iki ağabeyinden sonra dördüncü adam olabiliyordu ancak.

Böyle sürmezdi bu iş, sürmeyecekti. Elbet fırsat kapıları açılacaktı İsmail'in de önüne. Ya da kendi fırsatını kendi yaratacaktı. Nasıl becerecekti bilemiyordu ama ahdolsundu, er ya da geç işinin patronu, işyerinin birinci adamı olacaktı.

O gece evdeki konuşmalar da Ahmet üzerineydi.

"Gördüğüm kadarıyla çok efendi bir genç" dedi Salih Efendi. "Terbiyeli, saygılı, görgülü. Ablan iyi yere gelin gidiyor küçümen gelin."

"Bizi İstanbul'daki düğüne davet etmeye gelmiş" dedi İsmail.

Ortalık yerde lafa karışmazdı Keder. Ama duydukları karşısında boş bulundu, "Gider miyiz İstanbul'daki düğüne?" diye soruverdi İsmail'e.

Ne gereksiz bir soruydu bu! Hayır diyecekti elbette İsmail. Yaptığı hatanın farkına varıp sustu hemen, başını öne eğdi. İsmail'in yüzüne bile bakamıyordu korkusundan.

"Gideriz!"

Yanlış mı duymuştu? İsmail... İstanbul'a, ablasının düğününe götürür müydü Keder'i? İnanamıyordu, düşünmesi bile muhteşemdi!

Yerinden fırlayıp kocasına sarılmak geldi içinden. Çocukları yatırmaya götürürken yanakları al al, yüreği kıpır kıpır, hayali öpücüklere boğdu İsmail'i...

* * *

Ertesi sabah geç gitti kahveye İsmail.

"İşe girişmeden gel otur hele biraz" diyerek karşısına aldı oğlunu Salih Efendi. Ocakçıya çay söyledi.

"İyi ettin oğlum" dedi. "Keder'in gönlü de hoş olur. Gidin soluklanın biraz. Düğün bahane, hepiniz için iyi bir değişiklik olacak bu seyahat."

"Dünyanın parası ama" diye sızlandı İsmail.

Konuşma arasında özenle sardığı cıgarasını yaktı Salih Efendi. "Orasını dert etme sen" diye güldü. "Yol paranız benden!"

"İyi de, düğüne gitmekle bitmiyor ki iş. Oralara kadar gidip de takı takmamak olmaz."

Ah benim paragöz oğlum, diye geçirdi içinden Salih Efendi. Ses etmedi, pişmiş aşa su katmanın âlemi yoktu. Dükkânın gerisindeki küçük para kasasını açtı, yüklüce bir miktar parayı İsmail'in avucuna koydu.

"İstediğin gibi harca" dedi. "Eksik kalırsa üstünü tamamlarım ben."

O gece odalarına çekildiklerinde, "Ee, düğünde ne takacaksın ablana?" diye sordu İsmail.

"Bilmem ki" diye geveledi Keder.

Yüreği ağzına gelmişti. Ya İsmail masraflar ağır diye gitmekten vazgeçerse! Ürküntüyle baktı kocasının yüzüne.

Fırsatı kaçırmadı İsmail.

"Düğünde sana takılan altınlar ne güne duruyor?" diye sırıttı. "Altın liradır, bileziktir... Ne uygun görüyorsan çıkar, al yanına."

Gözleri ışıldadı Keder'in. Dolabın dibindeki kadife keseyi çıkarıp açtı. Burma bileziklerden en kalınını seçti. Evet evet, en münasibi buydu. Feda olsundu ablasına. Takılacak takının kendi kesesinden çıkması umurunda bile değildi. Bir bileziği eksik olmuş, ne fark ederdi?

Gözucuyla bileziğe baktı İsmail. Hınzırca bir gülüş geldi oturdu dudaklarına. Babasının verdiği takı parasını cebine atmanın keyfi yansımıştı suratına...

İstanbul

Yaşadığı ilklerle şaşkına dönmüştü Keder. Doğup büyüdüğü şehirden ilk kez çıkıyordu, ilk kez trene biniyordu, ilk kez görüyordu denizi, o güne kadar yalnızca adını duyduğu efsane şehir İstanbul'la ilk kez tanışıyordu. Kendi küçük dünyası dışında var olan yaşamları ilk kez keşfediyordu. Birkaç günle sınırlı doyumsuz bir düş, inişsiz yokuşsuz tekdüze yaşantısına sunulmuş taptaze bir soluk, bir daha gerçekleşmesi zor, kısacık bir kaçamaktı İstanbul.

Değişen çevreyle beraber İsmail'in huyu da mı değişmişti ne? O hoyrat, aksi, huysuz adam gitmiş, yerine bambaşka biri gelmişti sanki. Müşfik bir aile reisi havasına bürünmüş, Keder'le ve çocuklarla yakından ilgileniyor, belli bir amaçla değil de sırf İstanbul'u gezmek için onca yolu tepmişler gibi, yaşadıkları her anı değerlendirmeye ve keyifli kılmaya çabalıyordu.

"Çocuklarla ayak bağı olmayalım size" diyerek düğün evinin telaşını arkalarında bırakıp kendilerini sokağa attıklarında, her anını gönüllerince yaşayabilecekleri upuzun bir gün vardı önlerinde...

İstanbul'un yabancısı değildi İsmail. Askerden döner dönmez, iyi bir tatili hak ettiğini düşünerek babasından izin koparmış, yüklüce bir cep harçlığıyla atlayıp İstanbul'a gelmiş, Sirkeci'de bir otele yerleşerek günlerce gezip tozmuştu.

Bir keresinde de sudan bir nedenle Ali Ağabeyiyle takıştığında kapıyı vurup çıkmış, soluğu İstanbul'da almıştı. Ağabeyiyle beraber bütün ev halkına verdiği cezayı yeterli bulması da epey zaman almıştı. Ama bu sayede, İstanbul'da nereden nereye nasıl gidileceğini az çok öğrenmişti.

Yanı sıra yürüyen Keder'e, "Vapurla Avrupa yakasına geçeceğiz" dedi.

"Valla mı?" diye haykırdı Keder. "İstanbul yetmedi, bir de Avrupalara mı gideceğiz?"

Başka zaman olsa Keder'in cehaletini diline dolar, en aşağılayıcı sözlerle yerin dibine sokardı karısını. Ama bu kez kızmak bir yana, eğlendirici gelmişti Keder'in sözleri. Sabırla açıklamaya koyuldu.

"İstanbul'un, ortasına Boğaz'ı almış iki yakası var. Biz şimdi Anadolu yakasındayız. Burası Kadıköy. Vapura binip karşıya, Avrupa yakasına geçeceğiz. Anladın mı?"

Anladım gibisine başını salladı Keder. Nusret'in elinden sıkıca tuttu, kucağında Nevzat, iki adım önünde yürüyen kocasının peşine takıldı.

İskelenin önündeki simitçiden bir torba simit aldı İsmail. Vapura bindiler.

"Güverteye çıkalım" dedi İsmail.

Çıktılar. Uzaktan kumandalı robot gibi, kocası ne derse onu yapıyordu Keder. Şikâyetçi değildi, o olmasa kaybolur giderdi buralarda.

Güvertenin bitiş noktasında, vapurun denizle kucaklaştığı sivri ucundaki karşılıklı sıralara yerleştiler.

"Boğaz manzarası, çay ve simit İstanbul'un vazgeçilmez keyifleridir" dedi İsmail.

Tahta sıraların arasında "Tavşankanı bunlar!" nidalarıyla dolanan çaycıyı çağırdı, Keder'le kendine çay, çocuklar için de limonata aldı.

Haklıydı İsmail. O güne kadar hiç bu kadar lezzetli simit yememiş, hiç böylesi buruk çay içmemişti Keder. Altı üstü bir simit ve bir bardak çaydı. Ama İstanbul'da, hele denizin üstünde, Boğaz manzarasına karşı olunca böylesine farklılaşabiliyordu demek...

Kesinlikle tılsımlıydı bu şehir! İki günde İsmail'i bile tersyüz edip değiştirivermişti. Adamdan sayıp kendisine tek söz etmeyen kocasının dili çözülmüş, her daim küçümsediği, horladığı karısıyla sohbet eder olmuştu.

"Keşke hep burada yaşayabilseydik!" diye düşündü Keder. Burada, ona çok daha iyi davranan kocasıyla, çocuklarıyla...

Gülüverdi aklından geçenlere. Olmayacak duaya amin demek gibi... Ulaşılmaz ama güzel bir düş!

İlginçtir, İsmail de benzer ve gerçekleşmesi güç bir düşün çekimine kapılmıştı. İmrenerek bakıyordu çevresindeki insanlara. Belki kendileri bile farkında değildi, ama ister burada doğup büyümüş olsunlar, isterse Anadolu'nun değişik yörelerinden kopup gelsinler, İstanbul'da yaşayanlar Allah'ın şanslı kullarıydı İsmail'e göre.

Bacanağı olacak şu beyzade müsveddesi Ahmet'in yerinde olabilmek için neler vermezdi! Ev, iş, para pul... Ne desen vardı adamda. Yetmezmiş gibi İstanbul'da yaşıyordu üstelik. Bunun adı şans değilse neydi?

Gözleri Boğaz'ın masmavi sularında, derin soluklarla denizin kokusunu çekti içine. Kabul etmeliydi ki kanına girmişti İstanbul! Söküp atılması mümkün olmayan delişmen, istilacı bir virüs gibi teklifsizce dolanıyordu damarlarında.

İyi de... Memleketini, işini gücünü, ailesini bırakıp gelebilir miydi buralara İsmail?

Belki bir gün... Neden olmasın?

Şimdilik yalnızca hayallerini süsleyen, ulaşılması güç ama olağanüstü güzel bir düşten öteye gidemese de... Hep aklında olacaktı İstanbul!

İstanbul usulü salon düğünü

Lacivert takım elbisesi içinde olduğundan da yakışıklı görünen çakı gibi bir damat ve kabarık etekli, çiçeklerle bezenmiş organze gelinliğiyle masal perisi misali güzeller güzeli bir gelin... Orkestranın çaldığı düğün marşıyla giriyorlar salona. Alkışlar, alkışlar... Sahnenin hemen önüne yerleştirilmiş masaya geçip oturuyorlar. Nikâhları kıyılıyor. Gelinin duvağını açıyor damat, birkaç dakikalık karısını alnından öpüyor. El ele tutuşup masaları gezerek tebrikleri kabul ediyorlar.

Ahmet'in yüzünde güller açtıkça, ister istemez gerilere gidip Keder'le evlendikleri günü yeniden yaşamakta olan İsmail'in suratı gitgide asılıyor. Hele Gülistan'a takılan altınların, elmasların, envai çeşit takının zenginliği... İyiden iyiye zıvanadan çıkıyor.

"Çoktan çıkarmışlardır düğün masrafını!" diye hesaplar yapıyor kafasında. Kayınbabası Servet Efendi'ye de, kendi babasına da için için hırslanıyor. Bu kadar şatafatlı olmasa da karınca kararınca bir salon düğünü yapabilirlerdi pekâlâ. Daha çok davetli gelir, daha çok altın takılırdı Keder'e de.

Aklından geçenlerin anlamsızlığını kavrayıveriyor birden. Böyle bir düğünü Keder gibi bacak kadar bir kıza yapacaklardı da, üstlerine mi güldüreceklerdi milleti? Kendisi damat gibi damat olurdu elbet, ama Keder'in gelin gibi gelin olup yapılacak düğünü hak etmesi için fırınlarca ekmek yemesi gerekirdi o zamanlar.

Keder ise İsmail'in karamsar ruh halinden habersiz, düğün sevincini iliklerine kadar yaşıyor. Ablasının kar beyazı gelinliğine bakıp, "Neden ben de böyle bir gelinlik giyemedim, neden eski usul kadife fistanlarla gittim koca evine?" diye hayıflanmayı aklının ucundan bile geçirmiyor. İstanbul'a gelmiş olmak, ablasının düğününde bulunmak, onun mutluluğunu paylaşmak yetiyor Keder'e.

Ama onun yerine dertlenen, eksiklenen biri var: Anası! Bu mutlu günde bile, Keder'den kaynaklanan burukluğu içinden atamıyor.

Analar taht verirmiş kızlarına, ama baht veremezlermiş! Öyle duymuş büyüklerinden. Garip bir şekilde, tahtın ve bahtın birbirini arayıp bulan benzer kavramlar olduğunu düşünüyor. Baba evinde değerini bilip tahtını verirsen, koca evinde de bahtı açık olur kızının. İşte Gülistan! Gelecek ne gösterir bilinmez, ama yarı yarıya şanslı başlıyor yeni hayatına.

Ya evden atılırcasına kocaya verilen Keder? Baba evinde görmezden gelinen, yok sayılan bir gelinin bahtının da kara olacağını tahmin etmek için müneccim olmaya gerek var mı?

Orkestranın yerini alan davul zurna ekibinin çaldığı halayla coşuyor davetliler. Erkek tarafı da, kız tarafı da ayakta. İki dünür Bahri Bey ve Servet, erkeklerin başını çekiyor. Ziynet Hanım da Zehra'nın eline yapışıp halaya kaldırmaya davranırken, gözü Keder'e ilişiyor Zehra'nın. Biraz önceki taht-baht düşüncelerinin etkisiyle kararlı adımlarla kızının yanına doğru yürüyor.

"Kalk!" diyor. "Toyumuzdur! Oynayacağız. Düğün gecesinde yalnız mı bırakacaksın ablanı?"

İzin almak ister gibi, ürkek bakışlarını İsmail'e çeviriyor Keder. Onun kararsız hali daha da kamçılıyor Zehra'yı.

"Köşe minderi gibi oturacağına Ahmet'in karşısına geçsene sen de!" diyor İsmail'e.

Nasıl olup da bunları söyleyebildiğine kendi de şaşıyor. Aniden gelişen bir tepki değil bu, yılların birikimi. Fırsatını bulmuşken içindekileri döküyor bir bakıma.

Korku içinde Keder, ne kalkabiliyor, ne de annesine olumlu ya da olumsuz bir yanıt verebiliyor. Aldırmıyor Zehra, muhatabı damadı! Ateşe kesmiş gözleriyle ondan gelecek cevabı bekliyor.

Hayret! Kızmadı İsmail. Ya da kızgınlığını maskelemeyi başardı.

"Böyle iyiyim ben!" diyor kaynanasına. Nusret'le Nevzat'ı göstererek ekliyor: "Çocuklar ezilmesin arada. Keder'i alın siz..."

Kopkoyu, ağır bir esaretten kurtarır gibi kızının bileğine yapışıyor Zehra. Bir yanında Hacer, diğer yanında Keder, halay çeken kadınların arasına karışıyorlar.

Davul zurnanın bir alçalıp bir yükselen gümbürtülü sesi, yüksek perdeden çekilen tilililer[1] içinde yankılanıyordu İsmail'in. Gözleri annesi ve ablalarıyla beraber halay çeken Keder'in üzerinde düğümlenmiş. İlk kez görüyormuş gibi bakıyor karısına. Gelin geldiği günden bu yana ne kadar değişmiş olduğunu da yeni fark ediyor.

"Küçümen gelin küçümen değil artık!" diye bir şimşek çakıyor beyninde.

Tabii ya... On dördündeydi Keder gelin olduğunda. Daha yeni serpilip gelişiyor o çelimsiz çocuk bedeni. Yeni yeni genç kız havasına bürünüyor iki çocuk annesi Keder!

Gülistan'a çeviriyor bakışlarını. Anasının babasının kendisi için münasip gördüğü, ama yerine Keder'in öne çıkarıldığı Gülistan'a. Bir ona bakıyor, bir Keder'e... Bugün olsa, "Hangisinin karın olmasını istersin?" diye sorsalar...

Vallahi de billahi de istemez Gülistan'ı! Tercihini kesinlikle Keder'den yana kullanır.

1. Tilili: Güneydoğu Anadolu'da düğünlerde kadınların seri dil hareketiyle çıkardıkları ses. Zılgıt.

Gülistan başına buyruk, dik başlı diye mi? Belki... Kim Keder kadar uysal ve munis olabilir ki? Vur ensesine, al lokmasını!

Hepsi bu mu?

Hayır! İtiraf etmeli ki asıl neden Keder'in iyi huyu değil. Yeni yeni açılan gözleri, Keder'in güzellik olarak da ablalarından daha önde olduğunu fısıldıyor kulağına.

İrkiliyor birden. "Başka gözler de görüyor senin gördüğünü!" diyor kulağındaki fısıltı.

İsmail'in huzursuzluğunu hissetmiş gibi, herkesten önce yerine oturuyor Keder. Anlıyor halinden, kocası kızgın. İşlediği cürmü affettirme çabasındaki bir suçlu gibi gözleri yerde, sandalyenin ucuna ilişiveriyor.

"Başın göğe erdi mi?" diye kükrüyor İsmail. "İki çocuklu kadın, erkeklerin arasında... Utanmadın mı hiç?"

Ne diyeceğini bilemiyor Keder, susuyor. Dili çözülse, "Bu kadar insan başı göğe ersin diye mi halay çekiyor?" diyecek. "Ablamın düğününde halay çektim diye neden utanayım?" diye kafa tutacak hatta. Ama yapamıyor. Hacer Ablasının uzaktan uzağa el sallayarak yeniden halaya çağırmasını da görmezden geliyor.

"Bak gene çağırıyorlar" diyor İsmail alaycı bir tavırla. "Kalksana... Yarım bırakma eğlenceyi."

Sertleşiveriyor sesi.

"Hele bir kalk!" diyor dişlerinin arasından. "Hele bir daha orta malı gibi salın ortalıklarda... Kemiklerini kırarım senin!"

Kırar mı kırar! Deli İsmail o! Belli ki çok kızmış.

Kendisi izin vermedi mi ama? Neden bu kadar öfkelendiğini anlayamıyor Keder. Asıl büyük suçunun ne olduğunu bilmiyor çünkü. O suçun, yabancı bakışları üzerinde toplayacak derecede serpilip güzelleşmek olduğunu nereden bilecek?

İstanbul düşleri

İstanbul'u bir türlü aklından çıkaramıyordu İsmail. Döndüklerinden beri gece düşlerini, gündüz hayallerini gasp etmişti Altın Boynuzlu şehir. Er ya da geç bu şehrin bir parçası olmaktı hedefi. Ama ha deyince de atlayıp gidemezdi ya. Şartlarını olgunlaştıracak, parasal gücünü gereken seviyeye ulaştıracak, planlı ve programlı atacaktı adımlarını. Acelesi yoktu; şu an önünde kapalı duran kapıları birer birer açacak fırsatları yakalamadan, gözü kapalı, olmayacak maceralara atılmak niyetinde değildi.

Zamana ihtiyacı vardı öncelikle. Yıllar alacaktı belki bu süre. Olsun, sabırla bekleyecekti. Babası ve ağabeyleri gibi elindekiyle yetinecek yapıda değildi o. İstanbul'u gördükten sonra, bütün sülalenin geçimini sağlayan dört ortaklı kahvehane iyiden iyiye değerini yitirmiş, kendi yağında kavrulan kıytırık bir dükkâna indirgenmişti gözünde.

Fırsatlar şehriydi İstanbul. İstanbul'da limon satsan kazanırsın diyenler yerden göğe kadar haklıydı. Hayır, asla limon falan satmayacaktı İsmail. Büyük düşünecek, adam gibi iş kuracaktı kendine. "Benim!" diyebileceği doğru dürüst bir iş. Bir de ev...

Babasının, ağabeylerinin gölgesinde yaşamayacaktı hiç değilse. Kimsenin ağız kokusunu çekmeyecekti, kimselerden emir almayacak, emir veren o olacaktı.

İç dünyasında yaşadığı mücadele ve çelişkili gelgitler daha da hırçınlaştırmıştı İsmail'i. Kendi yakasıyla bile kavga eden geçimsiz mi geçimsiz, çekilmez bir adam olup çıkmıştı. Oğlanların sünnet düğünü sırasında had safhaya ulaştı huysuzluğu.

Yaz başıydı. Salih Efendi karnelerini almış, sınıflarını geçmiş torunları için anlı şanlı bir sünnet düğünü yapmaya hazırlanıyordu. Ali'nin oğlu Nihat, Bekir'in oğlu Aziz ve İsmail'in oğulları Nusret'le Nevzat...

Sünnet kıyafetleri alındı, yataklar serildi, yatakların serildiği salon bayramyeri gibi süslendi. Kurbanlar kesildi; kazanlarla etler, pilavlar, zerdeler pişirildi. Hem ikramı, hem de eğlencesi bol bir düğündü. Davul zurna sesleri gecenin ilerleyen saatlerine kadar dört bir yanı inletti.

Sülalesi genişti Salih Efendi'nin, eşi dostu, seveni çoktu. Akın akın gelen davetliler sünnet çocuklarının yastıklarına, sünnetliklerine kırmızı kurdeleli altınlar iliştirdiler, kâğıt paralar taktılar.

Ne var ki ertesi sabah tadı kaçtı düğün evinin. İsmail, gelen hediyeler üzerinden ağabeyleriyle pazarlık yapmaya kalkmıştı.

"Sizin birer oğlunuz sünnet oldu, benim iki oğlum!" dedi. "Gelen altınlar, takılan kâğıt paralar dörde bölünecek. Yarısı benim, kalanı ikinizin."

İsmail ağzını açana kadar, kimsenin aklına gelmemişti böyle bir pazarlık. Ayıptı, yakışmazdı Salih Efendi'nin ailesine.

"Utanmıyor musun sen oğlum!" diyecek oldu Hesna Hanım.

"Karışma sen, bırak kendileri halletsinler" diyerek karısını susturdu Salih Efendi.

İsmail'e kalmıştı meydan. Ali'yle Bekir'den hiçbir itiraz gelmeyince onun isteğine göre yapıldı ganimet paylaşımı.

Ama bu daha bir şey değildi. Asıl büyük kıyametin ayak sesleri kahvehaneden gelecekti...

O sabah erkenciydi Salih Efendi. Çalışanlardan bile önce gelerek kahveyi açmış, oğullarını bekliyordu.

Tütününü sararken, "Nereden başlasam?" diye düşünüyordu. Anlatacakları Ali'nin malumuydu zaten. Ama Bekir'le İsmail'in son gelişmelerden haberi yoktu. Bekir ses etmezdi, amma velakin İsmail'den yana kaygılıydı.

"Aman sen de!" diye söylendi kendi kendine. Neyse neydi, koskoca Salih Efendi yaptığı her işte oğullarından icazet mi alacaktı?

Önde Ali'yle Bekir, arkalarında ayağını sürüyerek gönülsüzce dükkâna giren İsmail... Gururla baktı oğullarına Salih Efendi.

"Gelin hele şöyle karşıma" dedi. "Konuşacaklarım var sizinle." Arkasına yaslandı, "Bize okkalı birer kahve yapıver" diye seslendi ocakçıya.

Sardığı cıgarayı yaktı, ocakçının masaya bıraktığı kahvesinden bir yudum aldı.

"Burası bizim ekmek teknemiz" diyerek başladı konuşmaya. "Aynı çatı altında yaşasak da, aslında dört ayrı hane sayılırız. Ama kesemiz de, kasamız da bir. Bu ortak keseden bir harcama yaptım ben. Malumatınız olsun ki, emrihak vaki olduğunda kimden ne alacağınız var, bilesiniz."

Ali başını öne eğdi. Bekir sessizliğini bozmadan babasını dinlemeyi tercih etti. İsmail ise tepkisini koymakta gecikmedi.

"Neymiş bu ortak keseden yapılan harcama?"

"Sabret biraz" diye gülümsedi Salih Efendi. Bir cıgara daha yakıp kaldığı yerden devam etti: "Ali'nin kayınbabası Kadir Ağa... Bilirsiniz hali vakti yerinde, iyi bir tüccardır kendisi. İkinci zücaciye dükkânını açacaktı ya... Paraya sıkışmış biraz. Borç almış tefeciden. Allah insanı kötülerle karşılaştırmasın. Vampir gibidir bu adamlar, kanını emerler insanın. Gününde ödeyemeyince haciz kararı çıkarmaya kalkmışlar. Kadir Ağa da bana geldi, ricacı oldu. Geri çevirecek değildim ya... Para kasada duracağına bir işe yarasın bari dedim."

"Ne yani?" diye haykırarak yumruğunu masaya indirdi İsmail. "Sen şimdi bize, hiç gözünü kırpmadan dünürünün avucuna para saydığını mı söylüyorsun?"

Böyle bir tepkiyi bekliyordu Salih Efendi, hazırlıklıydı.

"Aynen öyle" dedi. "Sağlam adamdır Kadir Ağa. Borcunu son kuruşuna kadar ödeyeceğinden eminim. Sizlere söylemem bile gerekmezdi, ama dediğim gibi, ecelin ne zaman kapımı çalacağı meçhul. Aniden ölür gidersem..."

"Aniden ölür gidersen" diye babasının sözünü kesti İsmail, "verdiğin paranın peşinden koşalım, öyle mi? Ne senet var, ne sepet! Üzerine bir bardak su iç, gitsin. Yapılacak iş mi bu yahu? Sana mı kaldı elin adamını borçtan kurtarmak?"

"Öyle deme oğlum" diye alttan almaya çalıştı Salih Efendi. "Komşusu açken tok yatan bizden değildir diye buyurmuş Peygamber Efendimiz. Herkesin başına gelebilir. Belli mi olur, bugün Kadir Ağa'ya, yarın bize. Darda kalana yardım etmek sevaptır."

"Bence bu yaptığın sevap falan değil, düpedüz enayilik!"

İpin ucunu kaçırmıştı İsmail. Ağzına geleni söylüyordu. Babasının yanıtını beklemeden Ali'ye döndü, bu kez de onu hırpalamaya koyuldu.

"Sen aracı oldun değil mi? Kaynatanın yırtık donunu babama yamalatmaya kalkan sensin! Utan biraz, hepimizin rızkı var o parada."

İsmail'in kendisine sayıp döktükleri neyseydi, ama haksız yere Ali'ye yüklenmesine dayanamadı Salih Efendi.

"Dur bakalım!" dedi sertçe. "Hep beraber yürütmüyor muyuz bu tekneyi? Kazancımızı dört eşit parçaya bölmüyor muyuz her ay? Ben kendi payıma düşen paradan verdim o borcu. Sağlığımda istediğim harcamayı yaparım. Karışamazsınız bana!"

Duraklar gibi oldu İsmail, ama pes etmedi.

"Yani sen, el âleme fütursuzca para dağıtırken... Oğullarına da bir şeyler koklatırsın, öyle değil mi?"

"Neden olmasın? Para harcanmak içindir oğul, kasaya basmak için değil! Şurada kaç günlük ömrüm kaldı ki? Kime ne lazımsa yardımcı olmak boynumun borcu."

Daha fazla dinleme gereği duymadı İsmail. Yüzünde çarpık, hınzırca bir gülüşle kalktı, kapıya doğru yürüdü. Çalışmayacaktı bugün, tatil vermişti kendisine...

* * *

"Çocukları alıp İstanbul'a tatile gitmeye ne dersin?"

Yanlış mı duymuştu? İsmail, çocuklar, İstanbul ve tatil... Hepsinin aynı cümleye doluşuvermesi mümkün müydü?

"Nasıl yani?" dedi Keder çekine çekine.

"Ablan her fırsatta davet etmiyor mu bizi İstanbul'a? Hazır Nusret'in okulu tatil olmuşken... Gider birkaç gün kalırız."

Hayret, sevinç, kuşku... Ve hepsini aynı anda yaşamanın getirdiği bocalama. Dalga mı geçiyordu İsmail, yoksa ciddi miydi gerçekten, kestiremiyordu Keder.

Doğruydu, Gülistan Ablası her mektubunda ya da her karşılaşmalarında ısrarla İstanbul'a davet ediyordu onları. En son çocukların sünneti için geldiklerinde, "Bu yaz mutlaka bekliyoruz" demişti gene. Yarım kulakla dinlemişti Keder. Yeniden İstanbul'a gitmek, Kafdağı'nın arkasındaki gerçekleşmesi mumkün olmayan bir düştü onun için.

Nasıl olmuştu bilemiyordu, ama en olmayacak düşlerinin gerçeğe dönüştüğü kavşaktaydı o an. Nereden çıkmıştı bu beklenmedik seyahat? İsmail'in başına taş mı düşmüştü ne?

Neyse neydi! Uzun zamandır kendini hiç bu kadar mutlu hissetmemişti Keder.

Ertesi sabah kahveye gitmedi İsmail. Öğleden sonra da kısa süreliğine şöyle bir uğradı. Doğruca babasının karşısına geçti. Bir gün öncesini hiç yaşamamış gibi, şaşılası bir sükûnet vardı üzerinde.

"Keder'le çocukları alıp İstanbul'a gidiyorum" dedi. Salih Efendi'nin yüzündeki şaşkınlığın keyfini çıkarıp, "Merak etme, temelli değil" diye ekledi. "Tatil için!"

"İyi düşünmüşsün" dedi Salih Efendi. "Çocuklar için de değişiklik olur."

"Ama bu işler bedavaya olmuyor, öyle değil mi?" diye sırıttı İsmail. "Uçlan bakalım paraları Salih Efendi! Pamuk eller cebe..."

İkiletmedi Salih Efendi. Kasayı açtı, yüklüce bir miktar parayı çıkarıp İsmail'e uzattı.

"Güle güle harcayın oğul! Gelinime, torunlarıma helali hoş olsun..."

* * *

"Taşı toprağı altın şu İstanbul'dan bize de ekmek çıkar mı?"

Ne diyeceğini bilemedi Ahmet. Laf olsun diye mi söylemişti, yoksa düşünüp taşınarak olgunlaştırılmış somut bir niyetin ifadesi miydi bu sözler, kestiremedi. Eserekli adamdı bacanağı, alıngandı. Ters bir şey söylese kırılır, kırılmakla da kalmaz, aksileşebilirdi de. Temkinli davranmalıydı.

"Neden olmasın?" dedi. "Kimleri doyurmuyor ki bu şehir? Anadolu'nun dört bir yanından gelip buralara yerleşmiş onca insandan ne eksiğin var senin?"

"Onlara benzemem ben!" dedi İsmail sertçe, çıkışır gibi. "Yatağını yorganını sırtlayıp İstanbul kapılarına dayanan yersiz yurtsuzlarla karıştırma beni. Atacağım her adımın hesabı bellidir. Kendi memleketimde neysem, burada da aynı şartları sağlayabilmeliyim ki, yerimden yurdumdan ayrıldığıma değsin."

Sesini ve üslubunu daha da yumuşattı Ahmet.

"Anladığım kadarıyla İstanbul'a yerleşmeyi, burada iş tutmayı tasarlıyorsun. Yanılıyor muyum?"

Hemen yanıtlamadı İsmail. Ahmet'in halı mağazasında bunları konuşmak zoruna gidiyordu. Baba parasıyla İstanbullarda saltanat kurmuş tuzu kuru bacanağının neler düşüneceğini tahmin etmek zor değildi. Açıktan açığa söyleyemese de, "Eli üç kuruş para görünce kapağı İstanbul'a atmaya kalkışan bir taşralı işte!" diye kesinlikle gülüyordu içinden.

"Adımlarımı sağlam atarım ben!" diyerek dikleştirdi başını İsmail. "Kendimi garantiye almadan yeltenmem böyle işlere. Bir ev, bir dükkân..."

Kurusıkı atıyordu. Ama fazla yüksekten uçmanın da âlemi yoktu.

"İlk başta kira olabilir" diyerek açık kapı bıraktı kendince.

"Öncelikle ne iş yapacağına karar vermelisin" dedi Ahmet. Kelimeleri dikkatle seçerek devam etti: "İstersen burada beraber de çalışabiliriz."

Ooo, ne âlicenaplıktı bu böyle! Kendisine, yanında çalışacak adam mı arıyordu bacanağı?

Bir anda suratı kararıvermişti İsmail'in. Hemen toparlandı Ahmet.

"Yanlış anlama" dedi. "Küçük bir sermaye artışı yaparsın, ortak oluruz."

"Bu işler bana göre değil!" diye kestirip attı İsmail. "Bilmediğim işi yapmam ben!"

İçinden geçenleri dile getiremiyordu tabii. Kendi memleketinde babasıyla, ağabeyleriyle ortak olmayı içine sindiremezken, iki gündür tanıdığı elin adamıyla mı ortak olacaktı? Ahmet'in dediğine ortaklık teklifi de denmezdi üstelik. Koyacağı para, böyle bir mağazanın dişinin kovuğunda kalırdı. İsmail de bacanağının yanına sığınmış, getir götür işlerine bakan sıradan bir çalışan olmaktan öteye gidemezdi.

"Gene kahve işletmeyi mi düşünüyorsun yani?"

"Kahve de olur, başka iş de. Mutlaka bir dükkân lazım bana. Dükkân işini hallettikten sonra ev durumunu da ayarlamak gerekecek."

"Ne zaman gelmeyi planlıyorsun?"

Mahcup bir tavırla başını öne eğdi İsmail. Ahmet'in karşısında, taşradan İstanbul'a gelmek için can atan ama ne yapacağını bilemeyen bir şaşkın durumuna düşmekten utanç duyuyordu.

"Zamanı yok" diye geveledi. "Şimdilik yalnızca bir niyet benimki."

"Acelen yok yani. Zamanı belli olsun, öyle düşünürsün dükkânı. Ama ev işini şimdiden halledebilirsin."

"Nasıl yani?"

"Baksana, şantiyeye döndü şehir. Dört bir yandan bina yükseliyor. Bu gidişle evsiz insan kalmayacak İstanbul'da. Ben de temelden, yeni bir kooperatif evine girdim. Çok para gerekmiyor. Biraz peşinat, inşaat tamamlanıncaya kadar da aydan aya taksit."

"Nerede şu senin ev?"

"Karşı tarafta, Fatih'te. Gidip oturacağımdan değil, maksat eldeki parayı değerlendirmek. Birikimin varsa eğer, hiç düşünme, sana da bir yer bakalım. Gelmeye kalktığında evin hazır olur hiç değilse. İster oturursun, istemezsen satar bir başka ev alırsın."

"Çok mu uzak bu Fatih?"

"Uzak yakın aramayacaksın İstanbul'da. Oturduğun yeri merkez sayarsan, her yer uzaktır sana."

"Gidip görebilir miyiz senin şu evin bulunduğu yeri?"

İsmail'in ilk duyduğuna kapılıvermesi, koskoca İstanbul'da alınacak tek ev oradaymış gibi, ille de "senin evin olduğu yer" diye gidip görmek için ısrarcı olması, için için güldürmüştü Ahmet'i. Ama renk vermedi.

"Yarın gideriz istersen" dedi. "Orası olmazsa bir başka yer... Gelmişken fikir sahibi olursun en azından."

Ertesi sabah kahvaltı sofrasından kalkarken, "Bugün Kadıköy'e çarşıya ineceğiz çocuklarla" dedi Gülistan. "Kadıköy çarşısını göstereceğim Keder'e."

Hemen cüzdanını çıkardı İsmail. Keder'in eline epeyce bir para sıkıştırdı.

"Çocuklara, kendine bir şeyler alırsın."

Gözleri ışıldadı Keder'in. Bu şehri seviyordu! Sıcacık bir gülüşle baktı kocasına. Memleketteki o haşin İsmail İstanbul'a gelince nasıl da değişiyor, halim selim bir insan oluveriyordu...

Ahmet'le İsmail önden çıktılar. Ev görmeye... Ama bu iş İsmail'in düşündüğü kadar kolay değildi. Üsküdar'dan Fatih'e ulaşıncaya kadar bir şehirden bir başka şehre gitmiş gibi oldular.

"Uzak olduğunu söylemiştim sana" dedi Ahmet. "Ama gözün korkmasın, yolları tanıyıp bir yerden bir yere nasıl gidileceğini öğrenince kolaylaşır işler. Alışırsın..."

Ahmet'in sözünü ettiği, inşasına yeni başlanan birkaç blokluk küçük bir siteydi. Binaların temelleri yeni atılmıştı. Maket üzerinde tanıtılıyordu evler. İki odalı, üç odalı, farklı planlardaki daireler...

Yaka kartında "Suna" yazan kooperatif yetkilisinden uzun uzun bilgi aldılar. Duyduğu hayranlığı belli etmemeye çalışsa da büyülenmiş gibiydi İsmail.

"Güneye bakan evleri tavsiye ederim" diyordu Suna. "Kuzey tarafı esintili olur." Her şey konuşulmuş, anlaşılmış, iş evin baktığı yöne kalmış gibi!

Ahmet alçak sesle, "İki odalı evler daha hesaplı" dedi.

Bu sözler ters etki yaptı İsmail'in üzerinde. Ahmet'i duymazdan gelip, "Dört odalı olanı yok mu bu evlerin?" diye sordu Suna'ya. "Kalabalık aileyiz biz, ancak yeter dört oda."

Gövde gösterisi yapıyordu besbelli. İsmail'in buradan ev alacağına ihtimal dahi vermiyordu Ahmet.

"Başka yerlere de bakalım istersen" diye uyardı.

Dinlemedi bile İsmail.

"Şu son blokta dört odalı birkaç daire var" diyerek evleri gösteren Suna'ya, "Tamam" dedi. "Kaç para bunlar?"

Söylenen rakam dudağını uçuklatmaya yeterdi, ama bozuntuya vermedi. Madem bir işe başlamıştı, arkasını getirecekti.

"Pazarlık payı yok mu?"

"Yok efendim. Kooperatif evlerinin fiyatları sabittir."

Daha fazla dayanamadı Ahmet.

"Biraz düşünelim biz" diyerek, itiraz etmesine fırsat vermeden koluna girip kapıya doğru sürükledi İsmail'i.

"Fırından ekmek almıyorsun bacanak!" dedi dışarı çıkar çıkmaz. "Gel hele, çay içip soluklanalım biraz, kesin kararını öyle verirsin. Evler kaçmıyor ya..."

Yokuş aşağı biraz yürüyüp anacaddeye çıktılar. Dükkânların arasında sıkışıp kalmış bir kahvehaneye oturdular. Yorulmuşlardı. Kahvecinin getirdiği tavşankanı çayları hiç konuşmadan içtiler. Birbirine zıt fikirler çarpışıyordu kafalarında.

Gereksiz yere fazla mı heveslendirdim bacanağı, diye düşünüp tasalanıyordu Ahmet. İlk gördüğü evi satın alır mı insan? Başka başka semtleri, türlü türlü evleri var bu İstanbul'un! Gez, gör, mukayese et, öyle karar ver be adam!

Yanı sıra, ödeme şartlarının İsmail'i zora sokmasından da endişe duyuyordu Ahmet. İki odalı, üç odalı evler yetmemiş, dört odalılara bakar olmuştu bacanak! Sorumlu hissediyordu kendini Ahmet, İsmail'e önayak olan oydu. Zorlandığı yerde destek olmak boynunun borcuydu.

"Farz et ki kararını verdin" dedi. "Peşinatı denkleştirirsen gerisi kolay. Aydan aya ödenecek taksitler için tasalanma. Gerekirse ben de yardımcı olurum."

"Nedenmiş o?" diye diklendi İsmail. "Hamama giren terler, girmeden önce de içeride terleyeceğini bilir. Hesapsız kitapsız, boyundan büyük işlere kalkışacak adam mıyım ben?"

Söylediğine bin pişman olmuştu Ahmet. Ne hali varsa gör-sündü İsmail.

"Oğlum, iki çay daha kapıver bize" diyerek ağırlaşan havayı dağıtmaya çalıştı.

İsmail ise çoktan bir başka boyuta geçmiş, mütevazı kahvehaneyi alıcı gözüyle inceliyor, alacağı evin yanı sıra buradan çok daha büyük, çok daha iyi tefriş edilmiş bir dükkânın hayallerini kuruyordu.

O akşam ev konusunda tek söz etmediler. Böylelikle Keder'in de, Gülistan'ın da, İsmail'in İstanbul'da mesken edinmek üzere ilk adımı attığından haberleri olmadı. Kendi cıvıltılarından, kocalarındaki olağanüstü heyecanı da fark edemediler.

Çocuklarla beraber çok güzel bir gün geçirmişlerdi. Önce Nusret'i, Nevzat'ı ve Gülistan'ın kızı Gonca'yla oğlu Mehmet'i parka götürmüşlerdi. Açık hava pek iyi gelmişti hepsine. Kaydıraktan kaymıştı çocuklar, salıncakta sallanmış, tahterevallide keyif çatmışlardı. Sonra da sahildeki çay bahçesinde gazoz ve çay içmişlerdi.

Kadıköy çarşısından çocuklara aldığı pantolonları, gömlekleri İsmail'e gösterdi Keder. Kendisi için seçtiği su yeşili poplin elbiseyi sona bırakmıştı. Beğenecek miydi acaba İsmail?

Beğendi! Aldığı her bir parçaya övgüler düzdü üstelik. Sabah verdiği paranın hesabını sormadı. "Çok şey almışsın, ne gerek vardı bu kadarına?" demedi.

İsmail'in bu alışılmadık halini neye yoracağını bilemedi Keder. Çok basitti oysa izahı: İsmail'in niyetlendiği büyük alışverişin yanında Keder'in aldığı üç beş parça giyeceğin lafı mı olurdu?

İsmail'le Ahmet ertesi sabah ilk iş, notere gittiler. Ahmet'e vekâletname verdi İsmail.

"... Ahmet Atanur'u, adıma gayrimenkul satın almak üzere vekil tayin ediyorum..."

Bu iş de hallolmuştu. Peşinat parasını denkleştirmekteydi sıra. Hele bir memlekete dönsünler, onu da halledecekti İsmail. Evlenenle ev yapana Allah yardım ederdi. Ona da edecekti elbet...

* * *

Ketumdu İsmail. Kimseler bilmeyecekti sırrını. Ne anasının babasının haberi olacaktı İstanbul'da ev aldığından, ne de ağabeylerinin. Ona kalsa Keder'e de tek söz etmezdi, ama mecburdu. Denkleştirmeye çalıştığı peşinatın bir kısmını ondan alacaktı çünkü.

Birilerinden emanet alınmış gibi üzerinde iğreti duran en yumuşak tavrını takındı, en yumuşak ses tonuyla konuştu karısıyla. Ne yapsın, dereyi geçene kadar ayıya dayı demek âdettendi.

"Bizim de İstanbul'da bir evimiz olacak" diye başladı. Görüp beğendiği evi, Ahmet'le konuşmalarını ayrıntılara girmeden, kabaca özetledi. Keder'in gözlerinde yanıp sönen ışığı yakalayıp, "Bu iş için senin de gayret göstermen gerekiyor" dedi.

Şaşırmıştı Keder. Sevinmişti duyduklarına ama kocasının beklentisinin ne olabileceğini kestiremiyordu.

Lafı fazla uzatmadı İsmail, "Altınlarını vereceksin!" dedi. "Hem seninkileri, hem de oğlanların sünnetinde takılanları. Dolabın köşesinde yatıp duracaklarına bir işe yarasınlar."

Toparlanması uzun sürmedi Keder'in. "Vermem" dese ne olacaktı ki? Zorla, söke söke almasını da bilirdi İsmail. Zor kullanacağına, kendisini adam yerine koymuş, kibarca istiyordu altınları. Hem alınacak mülk yalnız İsmail'in olmayacaktı ki. Onun da, çocuklarının da payı olacaktı o evde.

İkiletmedi kocasının söylediklerini. Odanın köşesindeki dolabı açtı, en alt çekmecenin köşesine özenle yerleştirdiği kadife altın kesesini çıkardı, İsmail'in önüne bıraktı.

"Güle güle harca" dedi. "Hayırlı uğurlu olsun evimiz."

İstediğini elde edince eski bildik yüzünü göstermekte gecikmedi İsmail.

"Ağzını sıkı tutacaksın!" dedi sertçe. "Bir bacanak Ahmet biliyor, bir sen, bir de ben. Hele evin içinde birinin kulağına gitsin... Hele anangile tek söz edesin... Yakarım seni!"

Savrulan tehditler sabun köpüğü gibi üzerinden kayıp sönüverdi. Kocasının sır ortağı olmak öylesine büyük bir taltifti ki Keder için, İsmail öl dese, seve seve ölebilirdi o an.

Keder'in altınları İsmail'in kalkıştığı iş için devede kulaktı. Neyse ki yüklüce bir birikimi vardı İsmail'in. Üç günün, beş günün değil, yılların birikimiydi elindeki meblağ. Hakkını teslim etmeliydi, sağ olsundu babası. Her ayın sonunda kahvehanenin hâsılatını dörde böler, Ali'nin, Bekir'in, İsmail'in payını verdikten sonra kendine kalan dörtte bir hisseyi evin masraflarına harcardı Salih Efendi.

Bu yaştan sonra ne yapacaktı parayı? Yiyecek, içecek, yakacak, üst baş... Tek kuruş harcatmazdı oğullarına. Aldıkları parayı ister bir köşeye koyup biriktirsinler, ister har vurup harman savursunlar, karışmazdı asla.

Bu sayede epey para biriktirmişti İsmail. O paraları hayırlı bir işe harcamanın zamanı gelmişti işte.

Ertesi sabah erkenden kuyumcunun yolunu tuttu. Kese

içindeki altın liraları, bilezikleri tezgâhın üstüne boca etti.

"Bak bakalım ne eder bunlar?"

Çekişmeli bir pazarlığın ardından üç aşağı beş yukarı anlaştılar. Kendi parasının üstüne kuyumcunun avucuna saydıklarını ekledi, banka havalesiyle Ahmet'in hesabına gönderdi.

İki gün sonra bacanağının ağzından aldı müjdeyi. Henüz inşası devam eden natamam bir ev de olsa, İstanbul'da bir mülkü vardı artık İsmail'in. Gücüne güç katmıştı bu ev, umutlarına umut... Şimdilik kaydıyla gizli kalmaya mahkûm olsa da, sınırsız bir mutluluk bahşetmişti İsmail'e.

İstanbul'da avuç içi kadar toprak edinen herkes benzer duygulara kapılır mıydı bilemiyordu, ama İsmail, mütevazı bir apartman dairesi değil de İstanbul'un tümünü, son taşına kadar satın almış gibi güçlü hissediyordu kendini.

Ah o cıgaralar!

Kocasının alnında boncuklanan teri usulca sildi Hesna Hanım. Sırtına destek verip mintanını, iç gömleğini çıkardı. Terden sırılsıklam olmuştu Salih Efendi'nin üstü başı.

Çamaşırları leğene basıp mutfağa seğirtti. Küçük bakır tencereyi suyla doldurdu, kurumuş elma, ayva kabuklarıyla birkaç parça kabuk tarçını, bir avuç karanfili üstüne boca etti, kaynamaya bıraktı. Fokurdamaya başlayan suya ıhlamur ekleyip ocağın altını kapattı, demlenmeye bıraktı şifa çayını.

Son günlerde sürekli şifa çayı kaynatıyor, Salih Efendi'nin öksürüklerle sarsılan bedenini rahatlatmaya çabalıyordu.

Ah o sarıp sarıp peş peşe içtiği cıgaralar! Onlar yüzünden bulmuştu bu derdi Salih Efendi. İşin kötüsü, bu dayanılması güç tabloyu yaşarken bile cıgaralarından vazgeçememesiydi. Hesna Hanım elinden geldiğince engelliyordu gerçi, ama kaşla göz arasında fırsatını bulup küçük kaçamaklar yapmaktan geri durmuyordu Salih Efendi.

Gelinler, torunlar seferber olmuş, hangisi Salih Efendi'nin elinde cıgara görse koşup Hesna Hanım'a haber veriyordu.

"Dedemiz gene duman içiyor!"

Çocukların dilinde "duman içmek"ti cıgara. Hesna Hanım'ın dilindeyse "dert içmek." İçe içe bulmuştu bu derdi Salih Efendi. Günden güne eriyor, soluyor, öksürükleri gitgide artıyordu. Endişeliydi Hesna Hanım. Ne yapsa fayda etmiyordu. Sırtına kupa çekmeler, siyah turpun ortasını oyup içine doldurduğu balın suyunu içirmeler, kaynatılan otlar, nişasta pelteleri... Nafileydi hepsi. Allah sonlarını hayretsindi!

Yetmezmiş gibi, son derece de inatçıyı Salih Efendi. Ne doktora gitmek istiyordu, ne de hastaneye. Ancak, boğulurcasına öksürmekten bitap düştüğü bir gecenin sabahında, yatağında doğrulmak isterken yüzükoyun yere kapaklanınca üç oğlu bir olup apar topar hastaneye götürdüler babalarını.

Tepeden tırnağa muayene edildi Salih Efendi, tahlilleri yapıldı, ciğer filmi çekildi.

"Vücudunu hor kullanmış" dedi doktor. "Ciğerleri iflas etmiş, nefes darlığı bu yüzden. Ayrıca, astıma bağlı kalp yetmezliği gelişmiş."

Torbalar dolusu ilaç, bir dizi öneri, yapılması ve yapılmaması gerekenler... Ve tabii sigara yasağı!

Hepsi bir yana, bu yasak derinden sarsmıştı Salih Efendi'yi. Yıllar yılı yarenlik ettiği, acısını tatlısını paylaştığı can yoldaşını tek kalemde silip atmak kolay mıydı?

Verilen ilaçlar ve Hesna Hanım'ın hazırladığı kocakarı dermanları sayesinde dirilir gibi oldu Salih Efendi. Ayağının üstüne basabilecek güce kavuştuğunda da doğruca kahvehaneye attı kendini. Oğullarının nezaretinde, bastonuna dayanarak, ağır kaplumbağa adımlarıyla...

Ömrünü vermişti bu dükkâna. Ölürse de burada ölmeliydi. Öyle diliyor, öyle olması için dualar ediyordu.

Bu arada küçük yaramazlıklar yapmaktan da kendini alamıyordu. Tek başına kaldığı nadir zamanlarda, dükkânın arka bölümündeki sedirde sözüm ona istirahat ederken, birkaç nefes cıgara çekmeyi kâr sayıyordu.

Elinde yeni yaktığı cıgarasıyla ortanca oğlu Bekir'e yakalandığında isyan bayrağını çekti.

"Nasıl olsa ölmeyecek miyim?" diye kafa tuttu karşısında sıralanmış oğullarına. "Bu dert beni iflah etmez. Olan olmuş bir kere. Bundan sonrasında içsem ne olur, içmesem ne? Emrihak vaki olduğunda, 'Babamıza hayattaki yegâne keyfini de yasaklamıştık' diye içiniz yanar, vicdan azabı çekersiniz. Bırakın beni kendi halime..."

Bekir'le Ali söyleyecek söz bulamadılar, ama İsmail hepsinin yerine konuşmayı görev bildi. Hem de en hoyrat diliyle...

"Ölüm dediğin nedir ki?" diye diklendi babasına. "Ölür kurtulursun! Ama sonunda elden ayaktan düşüp sürünmek de var Salih Efendi!"

Ağabeyleri kızmış, ters ters bakmışlardı İsmail'e. Ama son zamanlarda babasının da sık sık aklından geçenleri, her aklından geçtiğinde iliklerine kadar titrediği korkularını dile getirmişti İsmail. Kendi de biliyordu gidişatının iç açıcı olmadığını. Allah o günleri göstermesin, elden ayaktan düşürmesindi Salih Efendi'yi. Duaları hep bu doğrultudaydı artık...

Bahara evrilmişti mevsim. Yeni yeni uyanmaya başlayan tabiatla beraber, canlı bir soluk gelmişti havaya. Çiçek kokuyordu dört bir yan, çimen kokuyordu.

Salih Efendi de öncesine göre epey toparlanmış, iyileşme yolunda emin adımlarla ilerliyordu.

"Bu sefer de yırttık" diyordu içinden. Karısına, çocuklarına eskisi kadar yük olmamanın sevincini yaşıyordu.

O sabah da oğullarıyla beraber kahvenin yolunu tuttu. Her zamanki gülen yüzüyle girdi içeri, dükkân çalışanlarına "Günaydın" dedi, hatırlarını sordu.

"Hanginiz yapacak kahvemi?" dediğinde çırakların öne çıkmak için birbirleriyle yarışa girmelerini gülerek izledi. Dükkânın arka tarafındaki, acısını tatlısını duvarlarıyla paylaştığı, yıllar yılı kendisine sığınak ve sırdaş olmuş küçük odaya doğru yürüdü.

İşine gücüne dalmıştı dükkândakiler. Az sonra Salih Efendi'nin kahvesini götüren İzzet'in haykırışıyla sarsıldı duvarlar.

"Salih Efendi!" diye ardı ardına haykırıyor, gerisini getiremiyordu İzzet.

Dükkânda kim var kim yok, toplanıverdi kapının önüne. Ali kalabalığı yararak güçlükle girdi içeriye. Arkasından da Bekir'le İsmail.

Boylu boyunca yerde yatıyordu Salih Efendi. Parmaklarının arasında yarısı içilmiş bir cıgara vardı. Ölmüştü!

Tam da istediği gibi bir ölümdü! Elden ayaktan düşmeden, kimselere yük olmadan, ona öncesinde dost olup sonrasında sırtından vuran kadim yoldaşı cıgarasıyla beraber...

* * *

Ateş düşmüştü Salih Efendi'nin evine. Hesna Hanım'ın haberi almasıyla, başındaki tülbendi sıyırıp dizlerine vura vura dövünmesi, Ali'yle Bekir'in, analarının ağıtlarına eşlik eden hıçkırıkları, gelinlerin hatta torunların döktükleri acılı gözyaşları... Ve Kader'in, kayınbabasının öldüğünü öğrendiği anda olduğu yere yığılıp bayılıvermesi!

İçlerinde en tepkisiz ve soğukkanlı olanı İsmail'di. Yüzüne bakanın, neler hissettiğini anlaması imkânsızdı. Ağzına mühür vurmuş, taziye için gelen kalabalıkla zerrece ilgilenmeden, gözleri uzakta bir noktaya dikili, öylece oturuyordu bir köşede. Hayrettir, tek damla yaş inmemişti gözlerinden. Onun bu garip hali bazılarınca yadırganırken, bazıları da "İçine atıyor gariban!", "Kolay mı baba acısı?", "Keşke dışarı vursa!", "İçinin zehrini boşaltsa ferahlar" gibi yorumlar yapıyor, teselli edilmeye en çok onun ihtiyacı olduğuna inanıyor ve bıkıp usanmadan dil dökerek İsmail'i avutmaya çabalıyorlardı.

Oysa düz mantık yürüterek, Salih Efendi'nin en küçük oğlunun da en az ağabeyleri kadar üzüntü duyduğunu düşünenler yanılgı içindeydi. Yaşanan acıyı yüreğine dokundurmamıştı bile İsmail! Kendi etmiş, kendi bulmuştu babası. Ne vardı öylesine obur bir iştahla biteviye tütün çekecek! O kadar söylemişti doktorlar, bir kulağından girip diğerinden çıkmıştı. Kendi sonunu kendisi hazırlamıştı Salih Efendi. Allah taksiratını affetsindi.

Hayata konulan koskoca bir noktaydı ölüm, dönüşü yoktu. Bundan sonrasında önemli olan, geride kalanların, o noktanın ardından atılması gereken yeni adımları isabetle atabilmeleriydi.

Kafasının içinde, hiçbirinin kuyruğu bir diğerine değmeyen kırk tilki dolaşıyordu İsmail'in. Şu an aklından geçenleri ortaya dökmesi yakışık almazdı elbet. Ama hazırlıklı olmalı, zamanı gelip de herkes, "Ölenle ölünmez" aşamasına geldiğinde, eteğindeki taşları yerli yerince dökebilmesi için, kafasında karanlık kalmış noktaları şimdiden aydınlatmalı, aklından geçenleri olgunlaştırıp ifade edilebilecek kıvama getirmeliydi.

Günlerce, gecelerce gözyaşı döken Keder'in dünyası ise birdenbire ıssızlaşıvermişti. Göstermelik, gürültülü patırtılı bir ağlama değildi onunki. Usul usul, içini çeke çeke, yüreğini yakıp kavuran derin acıyla umarsızca ağlıyordu.

Salih Efendi'nin yedinci gün yemeğini yapıp helvasını kavurdukları gece, daha fazla dayanamadı İsmail.

"Yeter be!" diye azarladı Keder'i. "Zırlayıp durma artık. Gören de kendi öz babası ölmüş sanacak."

"Bana öz babamdan daha yakındı o! Hayattaki biricik dayanağımdı. Küçümen geliniydim ben onun. Kızıydım! Babam belledim onu. Yokluğunda kim tutacak benim elimden, kim destek olacak bana?" diyemedi Keder, sustu.

Konuşsa, içinden geçenleri olduğu gibi, samimiyetle anlatsa, anlar mıydı İsmail? Hiç sanmıyordu, ölü gözünden yaş beklemek gibi bir şeydi bu. Ağlaması da yasaktı artık, öyle buyurmuştu kocası. Bundan sonrasında kanadı kırık bir kuş gibi yaşamını sürdürürken, yüreğine akıtacaktı gözyaşlarını...

Öküz öldü, ortaklık bozuldu

Seveni sayanı çoktu Salih Efendi'nin. Taziye için akın akın gelenlerin ayağı kesilecek gibi değildi. Öyle ki, üç günlük erkek taziyesi bitse de dükkânı açamadı oğlanlar, yedinci günün bitmesini beklediler.

Sekizinci günün sabahı kahvehanenin darabasını kaldırıp içeriye girdiklerinde, kopkoyu bir hüzün bulutu çöküverdi üstlerine. Dükkânın duvarları, masalar, sandalyeler, çay ocağı, bardaklar, fincanlar... Salih Efendi'nin yokluğunu haykırıyor gibiydiler. Ama bu haykırışı duyan yalnızca Ali'yle Bekir'di. İsmail'in vurdumduymaz tavırları, komşu dükkânlardan gelenlerin, kahvehanenin sadık müşterilerinin, Salih Efendi'nin ölümünü yeni duyup başsağlığı dilemek için koşup gelen eşin dostun sıcak ilgisinin arasında kaynayıp gitti.

Dükkânı açtıklarının üçüncü günüydü. İşlerini bitiren kahve çalışanlarının evlerine dağıldıkları akşam saatleri... Ali'yle Bekir kasayı kapatıp çıkmaya hazırlanıyorlardı ki, "Durun hele" diyerek ağabeylerinin yolunu kesti İsmail. "Konuşacaklarım var sizinle!"

Üç gündür gelen gidenden çay kahve parası almıyorlardı. Ali'yle Bekir'in ortak kararıydı bu. İsmail'e sorma gereği duymamışlardı. Buna mı bozulmuştu İsmail?

"Çayı kahveyi ikram hanesine yazdık diye itiraz edeceksen, hiç dilini yorma!" dedi Ali. "Babamızın hayrıdır. Bunca mal mülk bıraktı bize, hayrına çay kahve ikram etmişiz, çok mu?"

"Bu gidişle sermayeyi kediye yüklersiniz siz" diye sırıttı İsmail. "Ama ne yaptığınız, ne ettiğiniz umurumda bile değil. İsterseniz dükkânın kapısına 'Hayrat Evi' diye tabela asın, kılım kıpırdamaz. Benim derdim o değil."

"De bakalım, neymiş derdin?"

Bekir'in meraktan çok, kaygıyla sorduğu soruyu duymazdan geldi İsmail.

"Öküz öldü ortaklık bozuldu derler ya, bizimki de o hesap!" dedi.

Babasının öküz yerine konulmasından duyduğu rahatsızlıkla, "Yuh olsun sana!" diye haykırdı Bekir. "Ne tıynetsiz bir adam olduğunu bilirdim de, bu denli küstahlaşacağını tahmin edemezdim."

Aldırmadı İsmail.

"Bizim ortaklığımız da buraya kadarmış" diye devam etti. "Bundan böyle yanaşma niyetine yanınızda çalıştıramayacaksınız beni."

"Ne yanaşması oğlum?" dedi Ali. "Üç erkek kardeşiz şunun şurasında. Bu acılı günlerde birbirimize daha sıkı sarılmamız gerekirken..."

"Yeter!" diye kesti İsmail. "Ölen öldü, yerini buldu. Geride kalanların aynı toprağın altına girmesi mümkün olmadığına göre... Boşa konuşuyorsunuz! Durup durup geriye bakacağınıza, bundan sonrasında neler yapabileceğinizi düşünmenin zamanı gelmedi mi artık?"

"Sen bizim yerimize de düşünmüşsün anlaşılan" dedi Ali. "Lafı dolandırmadan dosdoğru anlat, bilelim biz de."

"Dediğim gibi, ortaklık buraya kadar! Bundan böyle siz yolunuza, ben yoluma."

"Açık konuş oğlum" dedi Bekir. "Yapmak istediğin nedir?"

"Anlatayım" diye arsızca güldü İsmail. "Buralar bana dar geliyor. Boğulursan büyük suda boğul diyenlerin bir bildiği var elbet. Onların yolundan gidiyor ve İstanbul'a yerleşiyorum ben!"

"Deli misin sen?" diye bağırdı Ali. "Tek lokmada yutar insanı o İstanbul! Hele bizim gibi, başını doğduğu yerden çıkarmamış taşralıları... Ne iş tutarsın diyarı gurbetlerde? Eşin yok, dostun yok. Sudan çıkmış balığa dönersin oralarda."

Bütün alaycılığıyla, "Aman da aman..." diye güldü İsmail. "Kardeşleri için tasalanırlarmış da..."

Ciddileşiverdi hemen. "Her şeyi inceden inceye planladım ben. Beni düşüneceğinize kendi derdinize yanın siz."

"Bizim gidişatımız belli" dedi Bekir. "Babamızın zamanında nasılsa, bundan sonrasında da aynen devam edeceğiz. Ama senin olmayacak dualara amin deyip perişan olmandan korkarız. Ev yok, iş yok, akraba eş dost yok... Hiçbir garantisi olmadan gözü kapalı İstanbullara kapak atmak her babayiğidin harcı değil."

Kendinden emin bir tavırla, "Kapalı sandığınız gözlerim çoktandır açık!" diyerek meydan okudu İsmail. "Evimi aldım! Ne o, şaşırdınız mı? Evet, İstanbul'da bir evim var benim. Sıra işyerinde. Onun için de sizlerden ufak tefek fedakârlıklar bekleyeceğim haliyle..."

Ali'yle Bekir'in gözleri kaçamak bir bakışta buluştu. İşin rengi belirmeye başlamıştı.

"Yani?" dedi Ali. "Bizden istediğin nedir?"

"Ne o? Yüzünüz düştü birden... Merak etmeyin, haraç istemiyorum sizden. Hakkım neyse o! Ne demişler? Ölüm hak, miras helal! Hisseme düşen neyse verirsiniz, çeker giderim."

"İyi de, ha deyince paraya çevrilecek malımız mülkümüz yok ki!"

"Yapma güzel abim!" diye güldü Ali'nin sözlerine İsmail. "Bu dükkân, oturduğunuz ev, çarşı içinde kiradaki diğer iki dükkân... Daha da malımız yok diyorsan, 'Allah gözünü doyursun!' derler adama."

"Yok artık!" dedi Bekir. "Baba yadigârı malı mülkü satıp savalım mı diyorsun yani sen?"

"Satmadan da halledebilirsiniz sanırım. Rahmetli babanızın aydan aya avucunuza saydığı paracıkları istiflediğiniz yerden çıkarmayı göze alırsanız... Olmadı, yengelerimin bileklerinden dirseklerine dizilmiş sıra sıra bileziklerini de hesaba katarsanız... Neden olmasın? Ama bunlar zerrece ilgilendirmiyor beni. Ne halt ederseniz edin! Yolunu yordamını öğrendim ben. Mirastan hisse alacak vârislerden bir teki bile talep etse, mal mülk ne varsa satılığa çıkarılabiliyor. Yani istesem, donunuza kadar soyarım sizi. Benden söylemesi..."

Ali'yle Bekir anneleriyle konuştular önce.

"Hal böyleyken böyle" dediler.

"Durun bir de ben konuşayım şu deli oğlanla" dedi Hesna Hanım. Karşısına aldı İsmail'i, uzun uzun dil döktü.

"Daha toprağı kurumadı babanın oğul" dedi. "Benim derdim bana yetiyor, yeni tasalar, dertler çıkarma başıma."

Babasının ardından hesap vermesi gereken kimsesi kalmamıştı İsmail'in, alabildiğine özgür hissediyordu kendini. Ancak, ağabeylerine fütursuzca kafa tutarken Hesna Hanım'a karşı daha yumuşaktı dili.

"Anamsın!" dedi. "Hatırını sayarım. Ancak... Gönül koyma ama, kadınların aklı ermez bu işlere. Yüreğini ferah tut sen. Her şey tıkır tıkır hallolacak, merak etme..."

Üç ay süre verdi ağabeylerine İsmail.

"Oğlanların okulu yaz tatiline girinceye kadar buradayız" dedi. "Üç ay içinde becerdiniz, becerdiniz... Aksi halde olacaklardan mesul değilim."

Oturdukları baba yadigârı evi, geçimlerini sağladıkları kahvehaneyi satılığa çıkaracak değillerdi ya. İsmail'in aklına uyup karılarının altınlarını bozdurmaya da hiç niyetleri yoktu. Çarşı içindeki dükkânlardan birini elden çıkarmak en doğrusuydu. Ne var ki yıllardır bu kapıdan ekmek yiyen, her ayın başında kirasını muntazaman ödeyen Zülfikar Efendi'ye aldıkları kararı nasıl söyleyeceklerini bilemediler.

"Böyle olmasını istemezdik ama..." diye başladı Ali.

"... dükkânı satışa çıkarmak zorunda kaldık" diye bitirdi Bekir.

"Ama öncelik sende" demeyi ihmal etmedi Ali. "Satın almak istersen kolaylık yaparız."

Havlu, çarşaf, peşkir satarak rızkını çıkardığı bu dükkânı yıllar önce Salih Efendi'den kiralamıştı Zülfikar. Ancak kendi yağında kavruluyordu adamcağız. Onca parayı nasıl bir araya getirirdi?

Ali'yle Bekir de durumun farkındaydı, en az Zülfikar Efendi kadar üzülüyordu onlar da. Neyse ki hiç umulmadık bir gelişme hepsinin yüzünü güldürmeye yetti.

Dükkâna talip olan Hacı Ömer Bey'in ticaret yapma gibi bir niyeti yoktu. Oğlu için alacaktı dükkânı. Bacak kadardı daha oğlan. Sonuç olarak, Zülfikar Efendi şimdilik kaydıyla, kiracılığını sürdürebilecekti.

Alım satım işlemleri tamamlandı. Ali'yle Bekir satıştan elde ettikleri paranın tek kuruşuna dokunmadan, tamamını İsmail'in eline saydılar. Karşılığında oturdukları evle kahvehaneyi ve diğer dükkânı bir süreliğine de olsa kurtarmışlardı. Ama İsmail'in hesabı katı ve acımasızdı.

"Küçücük bir dükkânla benim gözümü boyayamazsınız!" dedi. "Diğer mülklerdeki hissem bakidir. Merak etmeyin, oturduğunuz evden kira almayacağım. Ama kahvehanenin aylık kazancından ve diğer dükkânın kirasından hisseme düşeni, hiç aksatmadan göndereceksiniz."

Anlaşmışlardı. Daha doğrusu Ali'yle Bekir, İsmail'in taleplerini aynen kabul edince sorun kalmamış, ortalık sütliman olmuştu...

Sıra dükkânda

Okulların kapanmasını beklemeden, atlayıp İstanbul'a gitti İsmail. Sirkeci'de daha önceki gelişlerinde kaldığı otele çantasını bıraktı, Eminönü'nden şehir hatları vapuruna bindi. Nasıl da özlemişti düşlerinin şehrini...

Rotası belliydi, doğruca bacanağı Ahmet'in kapısını çalacaktı. Fatih'teki evin inşaatı altı ay önce bitmiş, anahtarı İsmail'in verdiği vekâletle Ahmet'e teslim edilmişti. O anahtarın gerçek sahibini bulmasının zamanıydı artık.

Ahmet'in kalite ve lüks kokan halı mağazasında, ilk geldiği günkü kadar huzursuz hissetmiyordu kendini İsmail. Yok, onunla aşık atacak kadar güçlü değildi henüz, ama o da olacaktı evvel Allah. Hele ayağının üstüne sağlam bassın, işini gücünü kursun, memleketten getirdiğini değil, İstanbul'un ekmeğini yemeye başlasın, bacanağı bir yana, bütün cihana kafa tutardı İsmail!

İçinde çarpışan çelişkili duygu ve düşünceler, Ahmet'in gülen yüzüne ve samimiyetine aynı sıcaklıkla karşılık vermesini engelliyordu. Mesafeliydi tavırları. Yemek davetini geri çevirdi bacanağının. "Eve gidelim, bizde kalırsın" teklifini ise duymazdan geldi. İnsanlara tepeden bakan böyle tuzu kuru heriflerin afrasını tafrasını kaldıracak adam mıydı o?

Oysa Ahmet elinden geldiğince yardımcı olmaya çalışıyordu İsmail'e.

"Ne yapmayı düşünüyorsun?" diye sordu. "Daha önce de söylemiştim" dedi. "Aldığın ev karşı tarafta diye orada yaşamaya mecbur hissetme kendini. Bu tarafta da iş ayarlayabiliriz. O evi kiraya verip burada ev tutarsın."

"Sağ ol" diye kesti İsmail. "O dediklerin bana uymaz. Fatih'i sevdim ben. Aynen bizim oralara benziyor. Ev tamam, şimdi sıra işyerinde. Şöyle gönlüme göre bir dükkân buldum mu, gerisi kolay."

İsmail'in burnundan kıl aldırmayan tavırlarını umursamadan, iyi niyetli yaklaşımlarını sürdürdü Ahmet.

"Madem kararında ısrarlısın, söyleyecek sözüm yok. Ama istersen dükkân arama konusunda yardımcı olabilirim sana."

Tanımadığı bilmediği, yabancısı olduğu bir şehirde dükkân bulmak kolay değildi. Denize düşenin yılana sarılması gibi, dört elle tutunmak geldi içinden. Ama hop diye kabullenmeyi de içine sindiremiyordu doğrusu.

"Önce eve yakın caddedeki sokakları tarayayım diyorum" dedi, muhatabı Ahmet değilmiş de kendi kendine konuşuyormuş gibi.

İster istemez gülüverdi Ahmet.

"İstanbul kazan ben kepçe diyorsun yani" dedi. Ciddi bir ifadeyle devam etti: "O işler öyle olmaz İsmail! Sana yol gösterecek birisi olmalı yanında."

Yol gösterecek birisi! Kim o? Tabii ki bacanak Ahmet! İlle de burnunun dibinde olacak... Çokbilmiş herif! İstanbul'un muhtarı sanki.

"Yol göstermek dedimse kendimi kastetmedim" diyerek eksik bıraktığını tamamladı Ahmet. "Fatih'te çok iyi tanıdığım emlakçi bir arkadaşım var. Adresini vereyim, git konuş. İstediğin yerde, istediğin şartlarda ev, dükkân... O bölgede ne var ne yok önüne seriverir."

İşte bu aklına yatmıştı İsmail'in. Ertesi gün ilk iş, Ahmet'in söylediği emlakçiye gidecekti.

"Fatih'in en iyi emlakçisidir" demişti Ahmet. Doğruydu, işinin erbabıydı Erhan.

"Dükkânı satın almak mı istiyorsunuz, kiralamak mı?" diye sordu öncelikle.

"Kiralık da olur, satılık da" dedi İsmail. "Yeter ki yapacağım işe uygun olsun."

Elindeki listeden İsmail'in isteklerine hitap edebilecek dükkânların adreslerini kırmızı kalemle işaretledi Erhan.

"Çıkalım" dedi. "İstediğiniz muhitte hem kiralık, hem satılık birkaç dükkân var."

İlk gittikleri iki dükkânı hiç mi hiç beğenmedi İsmail.

"Ara sokaklarda değil, cadde üzerinde olsun" dedi. "Çarşı içinde ya da çarşıya yakın. Kenar mahallede kahvehane olur mu hiç?"

Ses etmedi Erhan. Cebi doluydu besbelli müşterisinin. Yeni boşalmış, iki katlı bir mobilya galerisine götürdü İsmail'i. Dükkânı beğenmişti İsmail ama bu kadar büyük olması gerekmiyordu.

Çarşının çıkışında cadde üzerinde yeni inşa edilmiş bir binanın girişindeki dükkân fena değildi. Metrekare olarak istediğinden küçük olsa da idare ederdi. Kalabalıktı çevre, ne iş yapsan tutardı buralarda.

"Kiralık mı, satılık mı bu dükkân?" diye sordu.

"Kiralık. Ama mal sahibi iyi para veren çıkarsa satabilir de."

"İyi para dediğin ne kadar mesela?"

Erhan'ın telaffuz ettiği miktar, yanına yaklaşılacak gibi değildi. Kendi saflığına güldü içinden. Tabii ya, memlekette çarşı içindeki peşkirci dükkânının parasıyla İstanbul'da eşdeğer bir yer satın almak mümkün müydü?

Bozulmuştu ama renk vermedi.

"Almasına alırım da" diye geveledi, "buralarda kahvehane tutar mı, tutmaz mı kestiremiyorum. Önce kirayı tecrübe edelim hele, sonrasında Allah kerim."

İki gün sonra dönüş yoluna düştüğünde kaparosu verilmiş, sözleşmesi yapılmış kahvehane dükkânının anahtarı cebindeydi İsmail'in. Daha şimdiden, sonradan olma değil, doğuştan İstanbulluymuş gibi hissediyordu kendini...

Veda

Karmaşık duyguların sarmalında soluksuz kalmıştı Keder. Bir bilinmeze doğru yürüyecek olmanın ürküntüsü ve geride bırakacaklarından vazgeçememenin yüreğine saldığı hüzünle eşyalarını toplamaya koyuldu. Ağırdan alıyordu yaptığı işi. Kaçınılmaz sonu elinden geldiğince geciktirmek ister gibi.

İnsanın, doğup büyüdüğü, o güne kadar havasını soluduğu, suyunu içtiği, acısıyla tatlısıyla pek çok şeyi yaşadığı topraklardan ayrılması kolay değildi. Üstelik buradaki düzenin aynısını bir başka yerde kurabileceklerinden de kuşkuluydu Keder. Köklerinden koparılmış bir ağaç farklı bir coğrafyada, farklı iklimlerde yeniden kök verip aynı canlılıkta hayatiyetini sürdürebilir miydi?

Doğruydu, burada sürdürdüğü hayat hiç de iç açıcı sayılmazdı. Ama bu topraklarda açmıştı gözünü, ne yaşadıysa bu topraklarda yaşamıştı. Daha da önemlisi, bütün sevdikleri bu toprakların üzerinde yaşıyordu. Hepsini, bugüne kadar "benim" diye belledi̇ği her şeyi geride bırakıp yollara düşecek olmak ürkütüyordu Keder'i. Gidecekleri yer dillere destan, düşlere mekân İstanbul olsa da.

İnsanıyla güzeldi şehirler, koynunda yaşayanlarıyla. Anası, kardeşleri, hatta bir isimden ibaret olsa da babası... Yanı sıra gelin geldiği bu ev, anası kadar sevdiği kaynanası, ara sıra iğnelemekten geri durmasalar da kardeş bildiği eltileri, kocasından görmediği ilgi ve ihtimamı ondan esirgemeyen kayınları, kayın çocukları... Hepsini, ama hepsini deliler gibi özleyeceğinden emindi.

Fazla eşyaları yoktu. Kendilerine ait tek göz odadaki yorganları, yastıkları denkleyip iki büyük hurca doldurdular. Giyeceklerini, çocukların öteberisini koydukları iki bavulla birkaç küçük torbaydı memleketten götürecekleri.

"Yeniden ev düzeceğiz" diyordu İsmail. "Yeni şehre yeni eşyalar alacağız."

Keder'in üzerine yapışıp kalmış hüznün ve burukluğun zerresi yoktu İsmail'de. Bir an önce bayramyerine gitmeye can atan çocuğun sabırsızlığı okunuyordu gözlerinden.

Her şey hazırdı. "Buradaki nasibimiz bu kadarmış" deyip yola koyulacaklardı. Ama öncesinde, işin en zor kısmını, ayrılık ve veda faslını göğüslemeleri gerekiyordu.

Baba evine doğru yürürken ayakları geri geri gidiyordu Keder'in. Garip bir şekilde suçlu hissediyordu kendini. Sevdiklerini, onu sevenleri boynu bükük bırakacak olmanın getirdiği suçluluk duygusuydu yüreğine çöreklenen.

Babaannesi Fatma Hanım'ın elini öptü önce. Tekrar tekrar sarıldı kardeşlerine. Anasının önüne geldiğinde bütün gücünü yitirmişti, amansız hıçkırıklarla sarsılıyordu bedeni. Ana kız gözyaşları içinde kenetlendiler birbirlerine.

Sıra babasıyla vedalaşmaya gelmişti. Özellikle Servet'in evde olduğu zamanı seçmişti Keder. Öncesinde ne yaşanmış olursa olsun, babaya veda edilmeden düşülmezdi gurbet yollarına.

Hayretti, babasının gözlerinde ilk kez sıcak, hatta sızılı bir ifade yakalamıştı Keder. Eğildi, Servet'in uzattığı eli öptü. Tam geri çekilecekti ki, iki eliyle omuzlarından tutup Keder'i kendine çekti Servet; başını göğsüne bastırdı, saçlarını okşadı, usulca öptü yanağından.

İlk kez! İlk kez baba şefkatinin sıcaklığını yüreğinde hissetti Keder. İlk kez öpmüştü onu babası, ilk kez okşamıştı saçlarını.

"Neden? Neden? Neden?" diye haykırmak, isyan etmek geldi içinden. Bunları yaşamak için bu topraklardan savrulup gitmesi mi gerekiyordu Keder'in?

İlk kez elinin sıcaklığını üzerinde hissettiği babasından kopmak; annesinden, kardeşlerinden ayrılmaktan da zor geldi Keder'e. Sicim gibi akan gözyaşlarını elinin tersiyle sildi. Doğduğu günden o ana kadar yüreğinde gizli saklı büyüttüğü onulmaz hasretiyle sarıldı babasına.

Servet de en az Keder kadar perişandı. Evde gözünün önündeyken, evlenip gittiğinde bir adım ötesindeyken görmezden geldiği, saçma sapan saplantılar uğruna yıllar yılı yok saydığı kızına yaptıklarının, ama daha çok da yapması gerekip yapamadıklarının kefaretini ödüyor gibiydi.

"Gurbetlik zordur" dedi. "Baktın yapamıyorsun, yaban ellerinde kocan seni üzüyor... Çeker gelirsin! Kapı gibi baban var arkanda. Yer mi yok sana? Baba evin ne güne duruyor?"

Kapı gibi baba... Baba evi...

Ah benim babam! Neden bu kadar geç? Bu evin evladı olduğumu üstümüze gurbet ve hasret kâbusu çökmeden çok daha önce hissettirseydin ya bana...

Armut dibine düşermiş

Uzun ve zorlu bir yolculuktu. Eşyaları trenin ambarına vereceğine, kompartımanda tutmayı tercih etmişti İsmail. Denkleri, bavulları, torbaları yerleştirince ancak oturabilecekleri kadar bir yer kalmıştı kendilerine.

Tak ta tak tak... Tak ta tak tak... Tak ta tak tak...

Raylarla çelik tekerler arasındaki uyumlu beraberliğin kulaklarına yansıttığı sesin tekdüzeliği uyuşturmuş gibiydi Keder'i. Önünde oturduğu, kirden pastan buzlucama dönüşmüş pencerenin dışında hızla akan ve her saniye şekil değiştiren manzara, geri dönüşsüz yolculuğun dehşetini haykırıyordu suratına. Kat ettikleri her karış yol, geride bıraktıklarından biraz daha uzağa taşıyordu onları. Gözlerini sımsıkı kapadı Keder. Zaman ve mekân kavramını yitirmeye dünden razı, huzursuz bir uykuyla buluşturdu bedenini.

Trenin güçlü sarsıntılarla titreyerek durmasından mı ayılıvermişti, İsmail'in sesiyle mi bilemedi.

"Amma uyudun be kadın!" diyordu İsmail. "Kayseri'ye geldik. Tren en az yarım saat durur burada. İnip yiyecek bir şeyler alayım ben."

Kaynanası, eltileri yolluk yapmak için ısrarcı olmuşlardı, ama İsmail şiddetle reddetmişti bütün teklifleri.

"Onların hazırladığı tek lokma geçmez benim boğazımdan" demişti Keder'e.

Neyin kiniydi, neyin nefretiydi anlayamamıştı Keder. Düşman mıydı anası, gelinleri? Yolluk yerine zehir mi koyacaklardı yanlarına?

Veda faslını da kısa kesmişti İsmail. Ama Keder evde kim var kim yok, en küçükten en büyüğe herkesle kucaklaşmış, her kucaklaşmada da inci tanesi yaşlar dökmüştü gözlerinden.

O anları hatırladıkça içi burkuluyordu hâlâ. Ama onu en çok etkileyen, babasıyla yaşadıkları o dokunaklı veda sahnesiydi kuşkusuz. Kendini bildi bileli sıcaklığını, şefkatini içinde hissedemediği babasına kavuşmanın sevincini doyasıya yaşayamadan, ayrılıkla buluşuvermişti kısacık beraberlikleri.

Perişandı Keder. Zihnine kazınmış veda sahnelerini tek tek seyrediyor, her seferinde bir öncekinden daha koyu ve karanlık bir dehlizde buluyordu kendini. İsmail'in elinde iki küçük torbayla kompartımana girmesiyle daldığı âlemden güçlükle ayıldı.

Beyaz peynir, domates, salatalık, ekmek, birer kutu da ayran.

Torbaların birinden plastik bir tabakla çatal bıçak çıkardı. Ekmeği, peyniri, domates ve salatalıkları doğradı, kocasıyla çocuklarının önüne koydu.

İsmail, Nusret ve Nevzat iştahla yemeye koyuldular. Onları seyretmekle yetindi Keder. Ağzına tek lokma koyacak hali yoktu.

"Ne duruyon öyle karşımızda kazık gibi?" dedi İsmail. "Yesene sen de!"

Ses etmedi Kader. Çatalının ucuyla peynirden bir parça alıp ağzına attı. Gerisini getiremedi. Kocasının, çocuklarının onunla ilgilendikleri yoktu zaten.

Birden karşısında bir değil, üç tane İsmail görür gibi oldu. Oğlanların ikisi de ne kadar benziyorlardı İsmail'e! Hem kalıp, hem de huy olarak.

Yaz başında ilkokulu bitirip diplomasını almıştı Nusret.

Yaşından büyük gösteriyordu. İriyarı, cüsseli olacaktı besbelli. Şimdiden babasının omzuna geliyordu boyu. Nevzat'sa dördüncü sınıfa geçmişti. Pek boy atamamıştı daha, ama topaç gibi, tıknaz, toraman bir oğlandı.

Sevgi dolu bakışlarıyla okşadı oğullarını Keder. Tek umudu onlardı, şu en sıkıntılı anında bile onların sayesinde ayakta durabiliyordu.

Birden aklına geliveren bir düşünceyle aydınlandı yüzü.

"İsmail" dedi gülümseyerek. "İstanbul'daki okullar bizim memlekettekilerden daha iyidir, değil mi? Nusret'le Nevzat daha iyi okullarda okurlar orada, ha?"

"Ne okuması be!" dedi İsmail, ağzı dolu dolu. "Okuyup da vezir mi olacaklar başımıza? Nusret ilkokulu bitirdi ya... Yeter! İki yıl sonra da Nevzat... Ellerin kapısına kul köle olacaklarına, babalarının yanında beyler paşalar gibi çalışıp paralarını kazanırlar."

Umutlarının yerle bir olduğu andı, kararıvermişti tüm dünyası Keder'in. Oğulları... Kahve köşelerinde çırak niyetine çalışacaktı ikisi de. Oysa ne düşler kuruyordu Keder onlar için... Okuyup devlet kapısına memur olacaklarını hayal ederdi hep. Elleri kalem tutacak, yaptıkları işin bir adı olacak, çevrelerinde itibar göreceklerdi.

Dikkatle baktı Nusret'le Nevzat'ın yüzlerine. Hayretti, babalarının söylediklerine üzülecek yerde, tam tersine sevinmiş gibiydiler.

Derin bir of çekti Keder. Büyüklerin söyledikleri doğruydu galiba. Armut uzaklara değil, tam dibine düşüyordu...

Taşlar yerine otururken

Kesenin ağzını açmıştı İsmail. Kendini bildi bileli özlemini çektiği hesapsızca para harcamanın keyfini çıkarıyordu. Gerek ev, gerekse dükkân için cebinden çıkan para hiç mi hiç gözüne batmıyordu.

Önce buzdolabı, çamaşır makinesi, fırınlı ocak, bir gün sonra da salon takımı, karyolalar, yataklar geldi eve. Halı ve perde faslını sona bırakmıştı İsmail. Pencereleri gazete kâğıdıyla kapatarak idare edeceklerdi şimdilik. Dükkânın tefriş edilmesi daha öncelikliydi çünkü.

En iyisinden, en pahalısından masalar, sandalyeler alındı kahvehaneye. Ekose desenli masa örtüleri, okey takımları, oyun kâğıtları... Çay ocağı için çelik çaydanlık demlik takımları, bakır cezveler, çay ve meşrubat bardakları, tabaklar, fincanlar... Hepsi de, yeterince müşteri edindiğinde, yoğun kalabalıkları ağırlamaya yetecek miktarda.

Keder de yerleşme telaşı içinde hüzünlerini rafa kaldırmış gibiydi. Yeni inşaatın temizliği ağır işti. Camları, kapıları, kireç tabakasıyla örtülü yer döşemelerini ovmaktan helak olmuştu. Neyse ki yalnız değildi. Gülistan Ablası, çocukları kaynanasına bırakarak İstanbul'un ta öbür ucundan yardımına koşmuştu Keder'in. Üç gün boyunca sabah geldi, akşam evine döndü Gülistan. Evi oturulacak hale getirmeden Keder'i tek başına bırakamazdı.

O hafta sonu pazar sabahı Ahmet'le beraber geldiler. Ev hediyesi olarak Osmanlı motifleriyle bezeli bir taban halısı getirmişlerdi. Beraberce salona serdiler. Keder'in tekrar tekrar teşekkür etmesine karşın, İsmail'den çıt çıkmıyordu.

"Diğer odaların halıları için de mağaza emrinizde" dedi Ahmet. "Gelir seçersiniz, nakliye arabasıyla gönderirim ben."

"Yok be bacanak!" dedi İsmail. "Zahmete değmez. Bizim buralarda da halıcılar var. Hem... Parasıyla değil mi?"

Üstelemedi Ahmet. Ruhsal yapısını az çok çözmüştü İsmail'in. Sunulan ikramı aşağılama olarak algılıyordu bacanağı. Uzak duruşu bundandı. Her fırsatta paradan söz ederek de, "Senden aşağı değilim!" demeye getiriyordu. Önemli değildi. Herkes herkesi olduğu gibi kabul etmese, kimse kimseyle görüşemezdi.

İstanbul'a geleli on gün olmuştu. İsmail'in planladığı doğrultuda bir bir yerine oturuyordu taşlar. Kahvehanenin tüm eksikleri tamamlanmıştı. Dükkânın camına yapıştırdığı "Çay ocağına usta ve çırak aranıyor" yazısıyla içeri doluşan çok sayıda aday arasından daha önce çaycılık yapmış, Muhsin adında temiz yüzlü bir gençle, gözüne saf ve itaatkâr görünen üç çırağı işe almıştı. Her şey tamamdı artık, açılışa gelmişti sıra.

Çarşının içindeki matbaada el ilanları bastırdı İsmail. Nusret'le Nevzat'ı da çırakların yanına kattı. Çevredeki bütün dükkânlara dağıtıldı el ilanları, evlerin posta kutularına atıldı.

Açılış günü kimseden tek kuruş alınmadı, bedavaydı her şey.

"İkramımızdır" diyordu İsmail gelen ilk müşterilere. Güler yüzlüydü, yapısına ters düşecek derecede sevecen ve sıcaktı davranışları.

"Müşteri velinimetimizdir!"

Babasından aldığı belki de tek ders buydu. Hem, ilk günün

şerefine kasasından gidecek üç beş kuruşun lafı mı olurdu? Kaz gelecek yerden tavuk esirgenmezdi!

Umduğundan da kısa bir süre içinde, beklentilerinin çok üstünde bir müşteri kitlesine sahip olmuştu İsmail. Emekliler, çevre dükkânlardan gelip çay kahve molası veren işyeri sahibi komşular, okey ve pişti masalarını mesken tutmuş işsiz güçsüz takımı. Yanı sıra çarşı içindeki işyerlerinden, dükkânlardan yağmur gibi yağan siparişler... Ocak başındaki Muhsin, çıraklar, Nusret, Nevzat ve oradan oraya koşturan İsmail, zor yetişiyordu müşterilerin taleplerine.

Her akşam topladığı hâsılatın bir önceki günden fazla oluşu, yüzünde güller açtırıyordu İsmail'in. Memnundu gidişattan. "Aklımı seveyim!" diyordu. "Ne iyi etmişim de kapağı İstanbul'a atmışım..."

Kalabalık evlere alışkın olan Keder ise kendi içinde gitgide ıssızlaşmaktaydı. Sabahları İsmail'le çocukları uğurladıktan sonra, yalnızlığıyla baş başa geçiriyordu bütün gününü. Örgü, nakış, akşam yemeği hazırlığı... Yetmiyordu. Şehrin diğer ucunda değil de, daha yakınında olsaydı keşke ablası. Ama o da çocuk sahibiydi, işi gücü başından aşkındı. Bir hafta gelse, sonraki hafta gelemiyordu.

Daha fazla dayanamadı Keder.

"Memleketteyken haftada bir anneme gidiyordum hiç değilse" diye sızlandı İsmail'e. "Ha ana, ha abla... Neden ben de ablama gidemiyorum ki?"

Olumlu bir yanıt beklemiyordu elbet. Kocasını kızdırmak pahasına, öylesine döküvermişti içinden geçenleri.

Şaşırmıştı İsmail. Böyle bir çıkışı beklemiyordu karısından. Başka zaman olsa ağzının payını verirdi, ama keyifli gündeydi. Kahvehane dolup taşmıştı o gün. Dükkân açıldığından bu yana en yüksek hâsılatı koymuştu cebine.

"Üsküdar dünyanın bir ucu be kızım!" dedi. "Ama bir şeyler yaparız."

Karın, buzun ortasında açıvermiş mucizevi bir yediveren güle elini uzatır gibi, "Nasıl yani?" dedi Keder. "Şimdi sen, ablama gitmeme izin veriyor musun?"

"Tek başına beceremezsin sen! Cuma günleri nispeten gevşek oluyor iş. Namaza gidenler falan... Çıraklardan birini veririm yanına, vapurla karşıya geçersiniz. Ablana da haber et, iskeleden karşılasınlar seni."

Düğündü bu sözler, bayramdı, en büyük müjdeydi Keder için. Utanmasa sarılıp yanaklarından öpecekti İsmail'i. Zor tuttu kendini.

Cuma sabahı bayram çocuğu sevinciyle, özenle hazırlandı Keder. İstanbul'a geldiklerinden bu yana ilk kez çıkacaktı sokağa. Kaynanasının önceki yıl bayram için diktiği çiçek desenli emprime elbisesinin üzerine mantosunu geçirdi, siyah rugan ayakkabılarını giydi, İsmail'in peşine takıldı. Kahveye vardılar.

Keder'e eşlik etmesi için çıraklardan en gariban olanını, Remzi'yi seçmişti İsmail. Ama karısını çırağıyla baş başa Üsküdarlara göndermeyi içine sindirememişti. En münasibi, Nusret'i de yanlarına katmaktı.

Keder, Remzi ve Nusret dükkânın az ötesindeki duraktan dolmuşa bindiler önce. Eminönü'nde indiler dolmuştan. Vapur iskelesine doğru yürüdüler.

Üsküdar Vapuru! İçi içine sığmıyordu Keder'in.

"İçeride mi oturmak istersin yenge?" diye sordu Remzi.

"Güverteye çıkalım" dedi Keder.

İstanbul'a ilk gelişindeki heyecanı yeniden yaşıyordu. Çocuksu bir sabırsızlıkla güvertenin en ucuna, denizi en rahat görebileceği sıranın başına geçip oturdu. Remzi karşısına geçti, Nusret de yanına. İki muhafızla korunan tutuklu gibi hissetti bir an kendini. Gülüverdi düşündüklerine. Tutsaklığın böylesine can kurbandı!

"Çay içer misin yenge?"

Allah için efendi çocuktu Remzi. Saygıda kusur etmemek bir yana, ince düşünceliydi de. Çelimsiz kavruk bedeni, esmer teni, ince uzun suratının ortasında haşmetle uzanan kemerli burnuyla çirkin sayılabilecek dış görünümünü inkâr edercesine sevimli bir yüzü vardı. "İnsanı güzel gösteren huyudur!" derdi babaannesi. En somut örneği karşısındaydı işte.

"İçerim" dedi Keder, gözlerinin derinliklerine kadar gülümseyerek.

Askılı tepsiyle sıraların arasında gezinen çaycıdan aldığı tavşankanı çayı Keder'e uzattı Remzi. Bir bardak kendine, bir bardak da Nusret'e aldı. Elini cebine daldırıp para çıkaracaktı ki, yüzünde ciddi bir ifadeyle, "Dur hele sen!" diyerek engelledi Nusret onu. Ceketinin cebinden çıkardığı parayı tepsiye bıraktı, "Afiyet olsun!" dedi afili bir tavırla.

Oğluna dikkatle baktı Keder. Gururla gülümsedi. Büyümüş adam olmuş da anasına çay ısmarlıyordu oğulcuğu. Babasının verdiği harçlıktı cebindeki, ama olsundu, gün gelecek kendi kazandığı parayı da harcayacaktı elbet. Ne var ki baba yanında çırak gibi çalışmakla nasıl başaracaktı bu işi, orasını Keder de kestiremiyordu henüz.

Gülistan'la Ahmet Üsküdar iskelesinden aldılar konuklarını. İkisi birden gelmişti karşılamaya. Ahmet'in arabasının arka koltuğuna Gülistan, Keder ve Nusret oturdu; Remzi de ön koltuğa, Ahmet'in yanına kuruldu.

Evin önüne geldiklerinde Remzi'ye, "Sen de benimle mağazaya gel istersen" dedi Ahmet.

Doğruydu, kadınların arasında ne işi vardı çocukcağızın?

"Ben de seninle geleyim enişte!"

Oğlunun kendini erkek safında görmesi bir kez daha gülümsetti Keder'i. Üstelik anasından izin alma gereği de duymamıştı Nusret.

İlk anda hoşuna gitse de, Gülistan'la beraber eve doğru yürürlerken, "İsmail'in oğlu, ne olacak!" diye geçirdi içinden. Anasıyla, teyzesiyle, teyze çocuklarıyla vakit geçirmeyi kendine yakıştıramıyordu kerata. Körle yatan şaşı kalkardı, İsmail'in yanında ömür tüketenin de onun huyundan suyundan nasibini alması kaçınılmazdı.

İstanbul'a geldiğinden bu yana böylesine mutlu hissetmemişti kendini Keder. Abla kardeş lafı birbirlerinin ağzından alarak uzun uzun sohbet etmiş, dertleşmiş; öğlen, Gülistan'ın önceden hazır ettiği birbirinden enfes yemekleri yemiş, ikindi vakti de Keder'in pek sevdiği şeker lokumla[2] çay içmişlerdi.

Akşamüstü Keder, Remzi ve Nusret'i iskeleye bıraktı Ahmet. Vapurla Eminönü'ne, oradan dolmuşla Fatih'e ve eve... Karşı tarafa gidip gelmek o kadar zor değildi. Biraz zaman alıyordu, hepsi o. Bu yolu tek başına bile gidip gelebilirdi Keder. Ama kabul etmeliydi ki, İsmail'in onu yalnız başına İstanbul'un diğer ucuna göndermeye razı olması gerçekleşmeyecek bir düşten ibaretti. Hatta tadı damağında kalan bu günün tekrarının olabileceğinden bile emin değildi.

Acaba İsmail'in iyi tarafına gelir de her cuma ablasına gönderir miydi karısını? Hiç sanmıyordu doğrusu. Ama denemekten ne çıkardı? "İsteyenin bir yüzü kara, vermeyenin iki yüzü" hesabıyla çarşamba akşamından yaptı hazırlığını.

"İsmail..." dedi, sustu. Derin bir soluk aldı, "İsmail..." diye devam etti kocasından bakışlarını kaçırarak. En süklüm püklüm, en boynu bükük haliyle, "Bu cuma da ablama gidebilir miyim?" deyiverdi.

İsmail tam ağzını açıp "Olmaz!" diyecekken, gözlerini yere dikmiş, ondan gelecek olumlu yanıtı bekleyen karısının

2. Un kurabiyesi.

mahzun yüzüne takıldı kaldı. Konuşurken elleri titriyordu Keder'in, dudakları... Dokunsan ağlayacak... Taş olsa erirdi karşısında. İsmail'in taştan pek farklı olmayan kalbi erimese de yumuşar gibi olmuştu nasılsa.

"Kahvede işler aksıyor, Remzi'yi veremem yanına" diyerek işi yokuşa sürmeyi denedi.

"Ben götürürüm annemi!"

Nusret'ti! Onun bu beklenmedik çıkışı İsmail kadar Keder'i de şaşırtmıştı. Minnetle baktı oğluna. Nasıl da destek çıkmıştı anasına...

İyi de, ana oğul yollara düşmelerine "he" der miydi İsmail?

"O iş sandığın kadar kolay değil Nusret Efendi!" dedi İsmail. "Şunun şurasında bir defa gittiğin yer. Bizim memlekete benzemez buralar. Ben bile sora sora buluyorum yolumu."

Pes edecek gibi değildi Nusret. Anasını götürmek bir yana, kahvehanenin tekdüze havasından uzaklaşıp bir günlüğüne de olsa İstanbul'u farklı boyutlarıyla yaşamanın keyfini çıkaracaktı bu bahaneyle.

"Ne var ki?" dedi. "Ezberledim yolu. Takıldığım bir yer olursa senin yaptığın gibi, birilerine sorarım ben de. Ayıp değil ya."

Keder aradan sıyrılmış, babayla oğul karşı karşıya kalmıştı. Karısına hayır demek kolaydı da, yere göğe sığdıramadığı oğluna, "Boyundan büyük işlere kalkışma, otur oturduğun yerde!" demesi zordu İsmail'in.

"Öyle olsun bakalım" dedi gönülsüzce. Keder'e dönerek ekledi hemen: "Ama öyle her hafta, her hafta olmaz! Bir hafta sen gidersin ablana, sonraki hafta o gelir."

Kulaklarına inanamıyordu Keder. Mucizeydi! İstanbul'un mucizesi... Memlekette olsa böyle bir izni asla vermezdi İsmail. Deniz havası ona da mı iyi gelmişti ne? Nereye kadar sürerdi kocasının bu mutedil tavrı bilemiyordu, ama zar zor da olsa masum sayılabilecek isteklerinin geri çevrilmemesi, gelecek günler için umut vaat ediyordu. Devamı gelirdi inşallah...

Fidan Abla

Erzak dolabından üzerinde "kuru fasulye" yazan bez torbayı çıkardı Keder. Ölçü olarak kullandığı bakır tasa doldurduğu fasulyeleri yıkadı, büyük bir kâseye boşalttı, üzerini örtecek kadar sıcak su koydu, biraz tuz ekledi. Geceden ıslamamıştı fasulyeleri. Akşamüzeri pişirecekti nasılsa. O vakte kadar saatler vardı önünde. Nasıl geçeceği baştan belli, amaçsız, tek başınalığın zirve yapacağı saatler...

Birbirinin kopyası, tekdüze günlerden biriydi işte. Evi baştan aşağı silip süpürecek, yemek yapacak, sonra da eline örgüsünü alıp kocasıyla çocuklarının yolunu gözleyecekti.

Tam elektrik süpürgesini çıkarmış fişini prize takıyordu ki, kapı çalındı. Günün bu saatinde kim çalardı Keder'in kapısını? İsmail ya da çocuklar... Başka bir ihtimal gelmiyordu aklına.

Göz deliğinden baktı, seçemedi. Karanlıktı apartman boşluğu. Kapının kenarındaki zinciri yuvasına yerleştirdi, araladı kapıyı. Eşiğin gerisinde kısa boylu, tombalacık bir kadın duruyordu.

Elini uzatıp otomatın düğmesine bastı kadın.

"Cimri herifler!" diye söylendi. "Işıkları yarım dakikaya mı ayarlamışlar ne? İşin yoksa karanlıkta düğme ara..."

Karşısına dikilen hiç tanımadığı kadının birileri hakkında –ki bu birileri apartman yöneticisi ya da yönetim kurulu üyeleriydi büyük bir ihtimalle– ileri geri konuşması afallatmıştı Keder'i. Kapı aralığından ürkek bakışlarla süzüyordu muhatabını.

"Ne o, içeri almayacak mısın beni?" diyerek sivri uçlu oklarını bu kez de Keder'in üzerine çevirdi kadın. "Şunun şurasında komşumuza bir 'hoş geldin' diyelim dedik, onu da burnumuzdan getirdin. Aferin sana!"

Komut yerine geçen bu sözler Keder'i canlandırmaya yetti. Aceleyle zinciri yuvasından çıkardı, ardına kadar açtı kapıyı. Bir adım geri çekilerek, "Buyurun" diye yol gösterdi. "Hoş geldiniz. Kusura bakmayın, biraz titizdir bizim bey. Göz deliğinden bakmadan kapıyı açmayasın diye tembihlediydi de."

"İyi ki seni de zincirlememiş!" diyerek eşikten adımını attı kadın. İçeriye girmeden, apartman boşluğunun karşı köşesindeki daireyi gösterdi. "Aha şurada, senin evin tam çaprazında oturuyorum ben" dedi. "Daha önce uğrayacaktım ama olmadı, telaşım çok bu aralar. Bugüneymiş kısmet."

"Şöyle geçin isterseniz."

Keder'in kendisini salona yönlendirmek istediğini görünce, "Öyle misafir odalarında falan rahat edemem ben" dedi kadın. "Oturma odan yok mu senin?"

"Olmaz olur mu?" diye güldü Keder. "Nasıl rahat ederseniz."

"Rahatımı düşüneceksen, elimdeki şu tabağı al önce!"

Nasıl da fark edememişti! Hemen uzanıp tabağı aldı Keder.

"Sarığıburma" dedi kadın. "Asıl adı budur. Şimdikiler 'sargı burma' deyip çıkıyorlar işin içinden. Her neyse. Ellerimle açtım. İlk ziyaret edilen eve ağız tadıyla girmek âdettendir. Ağzın tatlı olacak ki, sohbetin de bal şeker olsun."

Tabağı sehpanın üzerine koyarken, "Sağ olun" dedi Keder. "Zahmet etmişsiniz."

"Bırak beylik lafları!" diye kesti kadın. "Adın ne senin?"

"Keder."

"Ne biçim isim o öyle? Kader'i çok duydum da, Keder'i hiç duymamıştım doğrusu. Neden Keder demişler sana?"

İsminin nereden geldiğini, nasıl konulduğunu merak eden herkese olduğu gibi, teklifsizce konuğu olan komşusuna da kısaca anlattı Keder.

"Dedemin öldüğü gün doğmuşum ben. Taziye evine... Bu yüzden *Keder* demiş bana babam."

"İyi halt etmiş! İsimler insanın ruhunu şekillendirir derler. Neyse ki pek kederli görünmüyorsun sen, yüzün gülüyor... Benim adım da Fidan. Kel alaka! Hiç uyuşmayız kendisiyle. Baksana şu halime... Fidan'la uzaktan yakından ilgim var mı?"

Gülüverdi Keder. Gülüşünü gizlemek ister gibi öte yana çevirdi bakışlarını. Haklıydı Fidan. Kısacık boyu, başından ve ayaklarından bastırılmış gibi enine yayılmış tombul gövdesi, tostoparlak suratı, başıyla gövdesi arasında yitip gitmiş boynuyla "Fidan" ismini hiç mi hiç hak etmiyordu doğrusu. Ama şipşirindi o yuvarlacık surat, kalın kaşlarının altında iki küçük zeytin tanesi gibi duran gözleri ışıl ışıldı. Sıcacıktı bakışları, sıcacıktı gülüşü, cıvıl cıvıldı. Dili biraz sivriydi ama tatlıydı da. Şu kısacık süre zarfında içini ısıtıvermişti Keder'in.

"Kuru kuruya mı oturacağız? Çayın, kahven yok mu senin?"

"Kusura bakmayın" dedi Keder. "Ne ikram edeyim size?"

"Çayımı içtim. Kahve zamanıdır şimdi. Kahve yap sen bana!"

Ok gibi fırladı Keder. Doğru mutfağa... Tam cezveyi eline almıştı ki, elinde tatlı tabağıyla arkasında bitiverdi Fidan.

Mutfak masasının başındaki sandalyeye kurulurken, "Ağız tadı olsun diye getirdik, piç gibi ortada bıraktın, gittin!" diye çıkıştı Keder'e. "Komşudan gelen yemeği yememek gibi bir âdetiniz varsa, baştan bileyim. Geçende benim yan dairemde oturan gözleri sürmeli hatuna uğrayayım dedim. Elim gene dolu tabii. Evde dört kişi olduklarını biliyorum. Dört kâse sütlacı tepsiye koyup gittim. İnkâr edemem, iyi ağırladı beni. Ama akşam kapıyı açtığımda ne göreyim? Benim sütlaçlar ağzı açık çöp bidonunun üstünde tersyüz edilmiş vaziyette durmuyor mu? Kafamın tası attı haliyle. Günahtır ayol, onu bulamayanlar da var. Yemeyeceksen kapıcıya falan ver. Çöpe gideceğine birilerinin kursağına gitsin, değil mi ama?"

"Çok haklısınız! Sormayı unuttum, kahveniz nasıl olsun?"

"Sade! Ne o, sen içmiyor musun? Tek fincanlık su koydun..."

"Bilmem. Kahve alışkanlığım yok. Kahveyi erkekler içer bizde."

"Tabii ya" diye güldü Fidan. "Analarımızın şartlandırması. Kızlar kahve içmez, kararırlar sonra... Kadınlar da kahveyi kocaları ya da misafirleri için pişirir, öyle değil mi? Yok efendim, yok! Değiştireceksin bu kafayı... Hadi, ikile bakalım fincanları! Kahve bahane... Önemli olan kahve sayesinde koyulaşan muhabbet."

Bir fincan daha çıkardı Keder; suyu, kahveyi koydu, cezveyi ocağa sürdü.

"Sabah kahvemi hiç ihmal etmem" dedi Fidan. "Evde tek başıma da olsam mutlaka içerim. Bir de sigara yakarım yanına. Oh kekâ... Ama şimdi evini kokutmayayım senin."

"Rahat olun lütfen. Beyim de içiyor. Her sabah havalandırmasam, tütün kokusundan geçilmez bu ev."

Tezgâhın altından kül tablası çıkardı, Fidan'ın önüne koydu. İçeri gidip İsmail'in sigaralarından bir paket getirmeye niyetlenmişti ki, durdurdu Fidan.

"Benim sigaram var! Bu mereti zıkkımlanan, paketini de yanında taşıyacak!"

Basma entarisinin cebinden sigara paketiyle çakmağını çıkardı, sigarasını yaktı. Dumanını Keder'in yüzüne savurdu. Onun şaşkın halini gülerek izledi.

"Yanımda paket taşıdığıma bakma. Tiryaki falan değilim. Sigara kahvenin pezevengidir derler ya... Ben de kahveden kahveye içiyorum bu mereti."

Ne biçim bir kadındı bu böyle? Keder'in kadın ağzından duymaya alışık olmadığı argolu, küfürlü sözler pervasızca dökülüyordu dudaklarından. Ama hakkını teslim etmeliydi, başka birinin ağzında sakil duracak yakası açılmadık sözler, bu kadına yakışıyordu.

Fidan'ın, "Ee, 'güle güle oturun'a gelen misafirine evini gezdirmeyecek misin?" demesiyle kalktılar. Keder önde, Fidan arkada, oda oda gezmeye başladılar evi.

"Senden önce kocanla tanıştık" dedi Fidan. "Bahçe kapısından içeriye girerken kenara çekilip yol verdi bana. Allah için efendi adam! Belli ki eli de açık. Pek güzel döşemiş evi. Rabbim ağız tadıyla oturmayı nasip etsin."

Arka taraftaki, çatı katına çıkan merdivenlerin başına geldiklerinde durakladı Fidan.

"Ah bu merdivenler!" dedi. "Bu patates çuvalı gövdemle çıkamıyorum ki. Kooperatif kurasında bu kat çıkmasa iyiydi ya, neyse..."

"Biz de pek çıkmıyoruz" dedi Keder. "Fazlalıkları, çocukların öteberisini attık yukarıya."

"Bizimki de oğlanla kızın bisikletlerini, ortada kalabalık yapan eski oyuncaklarını, kendi alet edevat takımlarını çıkardı. Ayağımı atmadım ben."

"Çocuklar mı?" dedi Keder.

"Çocuklar ya..." derken gözleri daldı gitti Fidan'ın. "Bir oğlan, bir kız. Ama ben doğurmadım onları."

"Nasıl yani?"

"Çocuklar bizimkinin öbür karısından."

"O... Yani öbür kadın... Öldü mü?"

"Yok canım, yaşıyor. Zebella gibi maşallah. Ben yalnız enine gelişmiş, etine dolgun bir fidanım ya... O hem enine, hem boyuna, hem de etine dolgun bir hatun. Kumam olur kendisi!"

Ev turunu tamamlayıp mutfağa döndüklerinde, kendinin değil de, bir başkasının başından geçmiş gibi, umursamaz görünerek –ya da öyle görünmeye çalışarak– hikâyesini anlatmaya koyuldu Fidan.

"Bulgaristan göçmeniyiz biz. Fazıl'ın ailesi Karadenizli. Komşuyduk, birbirine bakardı evlerimiz. Göz gördü gönül sevdi derler ya... Bizimki de o hesap. Pek yakışıklıydı Fazıl. Eh, ben de böyle çam yarması değildim o zamanlar. Vurulduk birbirimize. Ailelerimiz karşı çıktı. Yok efendim, kendi memleketlileri dururken yabancıdan kız almak, yabancıya kız vermek neyin nesiymiş? Ama kan kaynamış, göbek oynamıştı bir kere. Deli akıyordu kanlarımız.

Kaçtık! Baktılar olmayacak, mecburen nikâhladılar bizi. Ne güzel günlerdi onlar... Bir de çocuğumuz olabilseydi! Olmadı... Allah vermeyince kul neylesin?

Kabahat bendeydi. Kısırdım! 'Rahim hiç gelişmemiş' dedi gittiğimiz doktorlar. Ne yapabilirdim? Fazıl'ı körocak bırakacak değildim ya. Ellerimle evlendirdim kocamı. Neyse ki benim veremediğimi o kadın verdi Fazıl'a: Bir kız, bir oğlan. Uzun ömürlü olsunlar, pek severim ikisini de. Kendi evlatlarımmış gibi."

"Görüşüyor musunuz onlarla?"

"Anaları uğramaz semtime. Ama çocuklar gelir. Sevdikleri yemekleri pişirir; tatlılar, börekler, çikolatalı pastalar yaparım onlara. Çikolata yedirmez anneleri. Sağlıklı besleneceklermiş efendim! Bende yerler kendi evlerinde yiyemediklerini."

"Çok seviyor olmalılar sizi."

Buruk bir gülüş dolandı Fidan'ın dudaklarında.

"Solucan eğrilir büğrülür çıktığı deliği tanır, derler. Aynen öyle. Benim zaaflarımı olabildiğince kullanırlar, ama sıra sevgi faslına geldiğinde hepsini analarına saklarlar. Umurumda değil, karşılık beklemiyorum. Benim yüreğimdeki sevgi hepimize yetiyor."

Fidan'ın şen şakrak duruşunun arkasından sızılı bir kadın hikâyesinin çıkması fazlasıyla etkilemişti Keder'i. Aklına takılan bir noktayı sormadan edemedi.

"Bizim oralarda aynı evde yaşar kumalar. İstanbul'da farklı oluyor demek."

"Öyle" dedi Fidan. İçindeki devasa derdi dışa vurmanın ferahlığı vardı üstünde. "Nikâh bende!" diye devam etti. "Evse ev, paraysa para, beni de ihmal etmiyor Fazıl. Haftada iki üç gece burada, diğer geceler öbür evde. Büyük bir manifatura dükkânı var Fazıl'ın, kazancı iyi. İki evi dört başı mamur geçindirecek kadar... Bana da yetiyor, onlara da."

Duydukları derinden etkilemişti Keder'i. Konuşmak istiyor, ama kelimeler boğazına takılıp kalıyordu.

"Böyle vurdumduymaz göründüğüme bakma" dedi Fidan. "Bunca kiloyu nasıl aldım sanıyorsun? Keyiften mi? Beni avutacak, arkamda duracak bir ailem olsa, işler değişirdi belki. Ama evden kaçarak evlenmenin bedeli yalnızlıktı ne yazık ki. Yemeye verdim kendimi. Çılgın gibi, yaşadıklarımın acısını yemekten çıkarırcasına... İşte sonuç: Boyu enine eşit bir fidan!"

Anlattıklarıyla taban tabana zıt, gamdan kasavetten uzak, şuh bir kahkaha attı. "Boş veeer!" dedi. "İyiyim ben böyle. Bir defa dünyaya gelir insan. Her günün, her saatin, her dakikanın tadını çıkaracaksın."

Fısıltıya dönmüş sesiyle, "Tabii çıkarabilirsen!" diye ekledi, doğruldu kalktı. "Yeter bu kadar laklak! Gidiyorum ben."

"Ayağınıza sağlık Fidan Hanım" dedi Keder. "İyi ki geldiniz."

"Hop hop!" diye kesti Fidan. "Ne o öyle küfür eder gibi hanım manım demeler? Abla diyeceksin bana: Fidan Abla! Sevdim seni kız... Sütlaçlarımı çöp bidonunda gördüğüm o yelloz karıya benzemiyorsun. Sen de bana geleceksin ama! Kocandan izin mi alırsın, yoksa başına buyruk, hop diye kapımı mı çalarsın, bilemem orasını. Geldin, geldin... Gelmezsen unut beni. Ne diyor şarkıda: Silersem tam silerim! Yeni kaydoldun defterime, mürekkebin kurumadan sildirme kendini..."

O akşam pek neşeliydi Keder. Fidan'ı, onun şen şakrak konuşmalarını, argolu ve küfürlü bölümlerini keserek uzun uzun anlattı durdu yemek boyunca.

"Kapıda karşılaşmışsınız. Kenara çekilip yol vermişsin ona. 'Efendi adam!' dedi senin için."

Tabağındaki sargı burmadan irice bir lokma attı ağzına İsmail. "Haa... Şu yerden bitme şişko kadın!" dedi.

Ağzına yayılan tadı gerçekten çok beğendiğinden mi, yoksa bu tadın yaratıcısının kendisine "efendi" diye iltifat etmesinden mi kaynaklandığı belli olmayan mültefit bir tavırla, "Pek hamaratmış komşun!" dedi. "Senin gibi hazıra yatmıyor. Geldik geleli hazır çarşı yufkasına talim ediyoruz. Nerede senin o açma böreklerin? Pek çabuk İstanbullu oldun bakıyorum."

"İstediğin açma börek olsun" dedi Keder. Asıl konuya nereden gireceğini bilememenin sıkıntısıyla duraksadı bir an. "Fidan Abla giderken dedi ki" diye devam etti, "ben de ona iadeiziyaret yapmalıymışım. 'Sen bana gelmezsen bir daha evine adım atmam' dedi."

Kocasından ses çıkmayınca bütün cesaretini toplayıp ağzındaki baklayı çıkardı: "İzin verirsen ben de ona gidebilir miyim?"

Gülümser gibi oldu İsmail. Karısının, attığı her adımda ondan izin istemesi hoşuna gidiyordu. İyiydi böyle, kadın kısmına fazla yüz vermeye gelmezdi, başına çıkarlardı sonra adamın. Ama Keder'in dört duvar arasındaki tekdüze yaşamına renk getirecek komşu buluşmalarını engellemesi de anlamsızdı.

Büyük bir lütufta bulunuyormuş gibi, "Git bakalım" dedi. "Ama elin karısına da mahcup etme bizi. Eli boş gitmek olmaz. Eh, sen de bütün hünerini döker, avratlığını gösterirsin artık..."

Sabah İsmail'le oğlanları uğurladıktan sonra doğruca mutfağa geçti Keder. Geceden planlamıştı, kolböreği yapacaktı. Keyfi yerindeydi. Şarkılar, türküler mırıldanarak işe girişti.

Çukurca bir tepsiye unu boca etti önce. Tuz serpti, ardından bir bardak ılık su döktü unun üzerine. Pürüzsüz bir hale gelinceye kadar yoğurduğu hamuru yuvarladı, bıçakla bezelere ayırdı. Tezgâhın üstünü ve bezeleri unladı, oklavayla incecik yufkalar açtı. Erittiği tereyağını gezdirdiği yufkaların yarısının kenarına şeritler halinde, kavurduğu kıymayı, diğer yarısına da maydanoz ve dereotuyla hazırladığı peynirli içi yayarak sıkıca rulo yaptı. Üzerlerine yumurta sarısıyla yağ sürdü. Tepsiye dizip fırına verdi.

Fidan'ın tatlı getirdiği servis tabağının bir yanına kıymalı, diğer yanına peynirli börek dilimlerini dizdi. Yayvan çay tepsisinin üzerine yerleştirdi tabağı. İçine sinmemişti, ilk ziyarette ağız tadı niyetine tatlı bir şeyler de götürülmeliydi. Bir kâseye iki gün önce kaynattığı şeftali reçelinden doldurup tabağın yanına koydu. Tamamdı, Fidan Ablasının kapısını çalabilirdi artık.

"Aman efendim kimler gelmiş, kimler gelmiş!"

İki yana açtığı tombul kollarıyla ve yüzünden yansıyan ışıltılı sevinç ifadesiyle abartılı karşılama töreninin başoyuncusu rolünün hakkını fazlasıyla vermekteydi Fidan. Keder'in elindeki tepsiyi kaptığı gibi masanın üzerine koydu. Yıllardır görmediği can dostuna sarılır gibi sımsıkı kucaklayıverdi Keder'i.

"Ne zahmet etmişsin kız!" derken, eliyle ucundan kopardığı böreği ağzına attı. "Mmm... Nefis!" diye mırıldandı dolu ağzıyla. "Bıraksan hepsini şıp diye götürüveririm, ama yok... Yemeyeceğim! Bu akşam bizimkinin sırası bende. Mis gibi ev böreği yesin de midesi bayram etsin herifin."

"Öyle deme abla" diye mahcubiyetle mırıldandı Keder. "Sen çok daha iyilerini yaparsın. Benimkisi acemi işi."

“Keşke her acemi senin gibi olsa! Acemi görmemişsin sen. Tek marifeti yavrulamak olan o çarpana suratlı karının, doğru dürüst yemek koyduğu yok adamın önüne.”

Gülüverdi Keder. Kumasının arkasından atıp tutuyordu, ama kocasına zerrece toz kondurmuyordu Fidan. Uzaktan uzağa da olsa, yediğinin içtiğinin takipçisiydi.

Keder'i mutfağa değil, oturma odasına buyur etti Fidan. Odaya girmesiyle gözlerinin fal taşı gibi açılması bir oldu Keder'in. Halının üstüne serilmiş çiçekli çarşafın üzerinde kilolarca patlıcan ve biber vardı.

“Bunlar ne böyle?” diye haykırmaktan kendini alamadı.

“Neye benziyor? Hayatında hiç dolmalık patlıcan, biber görmedin mi sen?”

“Kusura bakma ama abla, hiçbir evin içinde bu kadarını görmedim. Pazar yerine dönmüş burası. Ne yapacaksın bunca zerzevatı?

“Oyacam, kurutacam, satacam.”

“Satacak mısın?”

“Satacam ya... Bizim burada bir Kadınlar Pazarı var. Yiyecek içecek dedin mi oradan sorulur. Neler yok ki? Anlatmakla olmaz, götürürüm seni bir gün, gözlerinle görürsün.”

“Nasıl yani? Pazarda mı satacaksın bunları?”

“Aynen öyle. Ama tezgâhın başına geçip çığırtkanlık yapacak değilim tabii ki. Bana düşen, patlıcanları, biberleri oyup kurutmak. Sonra da kurumuş dolmalıkları torbaya doldurup pazara götürmek. Oradaki dükkânlar satacakları ürünleri genellikle toptancıdan alıyor. Köylerde, kenar mahallelerde bu işi yapan kadınlar var. Onlardan toplar malı toptancı. Ama ben ‘birinci el’im! Dükkân sahibi benden alınca maliyeti ucuza getiriyor haliyle.”

Kafası karışmıştı Keder'in. Kendi halinde bir ev kadınının bu işlere kalkışabilmesi hayret vericiydi. Bu gayretkeşliğiyle Fidan, daha da özel bir yere oturmuştu gözünde.

"Ne duruyorsun öyle yalı kazığı gibi karşımda?" diye terslendi Fidan. "Hadi, sallanma... İşin bir ucundan da sen tutuver. Kahveyi bedavaya içirmem ben adama."

Tahta saplı oyacaklardan birini Keder'in eline tutuşturdu. "Kâğıt gibi incecik oyacaksın patlıcanları" dedi. "Ama dikkat et, ince olsun derken patlatıp yırtmayasın!"

Bu işin yabancısı değildi aslında Keder. Memleketteyken kaynanası, eltileri hep beraber oturur, kışlık patlıcan oyarlardı.

"Bizim oralarda tek dolmalık küçücük patlıcanlar vardır" dedi bilmiş bilmiş. "Sarma gibi iki çatalda yenir bizim minik dolmalarımız."

"Memleketini özledin ha!" dedi Fidan. "Yapma kız, ağlatacaksın beni şimdi" diyerek kahkahasını patlattı ardından. "Bırak hele şunları, kahvemizi içelim önce. Peşimizden kovalayan yok ya..."

Akşamüzerine kadar durmaksızın çalıştılar. Oyulan patlıcanlar, ayıklanan biberler mutfağa taşınıp yıkandı, süzdürüldü. Fidan'la Keder ellerinde birer yorgan iğnesi, patlıcanları ve biberleri ipe dizdiler. Balkon demirlerine boylu boyunca, sıra sıra asıldı dolmalıklar.

"Patlıcanların içlerini ne yapıyorsun abla?"

"Kalın taraflarını dilim dilim kesip kurutuyorum. Kışın haşlanıp kavrulmuş kıymayla, salçayla pişirilince ağzına layık oluyor. Ufak parçalar da çöpe gidiyor haliyle."

"O ufak parçalardan 'çırtma' diye bir yemek yaparız biz. Dövülmüş sarmısakla pek güzel olur."

"Bana yaramaz. Al götür istersen."

Fidan'ın kocaman plastik bir kaba doldurduğu patlıcan artıklarını alıp kalktı Keder. Eve girer girmez de işe koyuldu. Küçük küpler halinde doğradığı patlıcanları tuzda bekletti bir süre. Sonra süzgece koyup akan suyun altında yıkadı, iyice sıktı. Çentilmiş soğan ve ince doğranmış yeşilbiberle kavurdu. Domates doğradı üzerine, pişmeye bıraktı.

Tencereden aldığı çırtmayı iki ayrı tabağa yaydı. Biri kendilerine, diğeri Fidan Ablasına. Üstlerini, ince doğranmış maydanoz serperek süsledi. Bir baş sarmısağı ayıkladı, dövdü, iki küçük çay tabağına bölüştürdü.

"İşte bizim çırtmamız" diyerek Fidan'ın kapısını çaldığında, çöpe gidecek artıklardan afiyetle yenilecek bir yemek çıkarmanın gururu vardı sesinde. "Sana zahmet olmasın diye, sarmısağını da dövüp getirdim."

"Aferin sana kız! İş var sende... Yarın da gel. Yarısı duruyor daha dolmalıkların. Kaytarmaya kalkma, karışmam."

"İsmail'e sorayım" dedi Keder cılızlaşan sesiyle. "He derse... Gelirim."

Keder'in hazırladığı sofrayı görünce gözleri ışıldadı İsmail'in. Kolböreği, çırtma, ayran ve Keder'in kaşla göz arasında kavuruverdiği un helvası.

"Fidan Abla'ya da götürdüm börekten" dedi Keder ve neşe içinde, gün içinde yaşadıklarını anlatmaya koyuldu. Saatler boyu süren serüveni, hazırlanan dolmalıkların Kadınlar Pazarı'nda satılacak olmasını, patlıcan artıklarının çırtmaya dönüşmesini ve Fidan'ın tatlı dilini, becerikliliğini, sıcaklığını...

"Yetti be!" diye kesti sonunda İsmail. "Bir Fidan Abla'dır tutturmuş gidiyorsun. Neyin nesidir, kimin fesidir? Kocası necidir? Tanıyor muyuz bu insanları? Hayır! Hem nasıl oluyor da her yere eli kolu uzanıyor, çocuğu mocuğu yok mu bu kadının?"

Duralayıverdi Keder.

"Kocasının manifatura dükkânı varmış" dedi. "Durumları iyi."

Asıl can alıcı konuya nasıl gireceğini bilemedi bir an. "Çocukları hem var, hem yok" dedi. Sustu.

"O da ne demek?"

Anlattı Keder. Fidan'ın kısır olduğunu, kocasının hoca nikâhıyla evlendiği bir başka kadından bir oğlu, bir kızı olduğunu, Fidan'ın onları kendi çocuklarıymış gibi sevdiğini, Fazıl Bey'in iki ev arasında gidip geldiğini...

"Helal be!" diye sırıttı İsmail. "Döl vermeyen kadının sonu budur işte. Eee Keder Hanım... Sen daha ne kadar yayılıp yatacaksın? Yeni eve yeni bebe isterim ben! Ayağını denk al. Fidan Ablan gözünün önünde en güzel örnek. Doğurdun, doğurdun... Yok, ben doğuramam dersen, şu koca İstanbul'da doğuracak kadın mı yok bana?"

Bir anda neşesi sönüvermişti Keder'in. Kocaman bir yumruk boğazına çöreklenmiş, her geçen saniye daha da büyüyerek, değil konuşmasını, nefes almasını bile engelleyecek boyutlara erişmişti.

Söylediklerinde ne kadar ciddiydi İsmail, bilemiyordu. Ama hiç de kurusıkı bir tehdide benzemiyordu kulağında yankılananlar.

Sahi, bir daha çocuk doğuramayacak olsa, üstüne kuma getirir miydi kocası?

Ona ne şüphe! İki oğlum var diye köşesine çekilip oturacak adam mıydı İsmail? Hele bir fırsatını yakalasın... Gözünün yaşına bakmadan, bir değil iki kuma getirirdi Keder'in üstüne.

Suskundu Keder. İçini yakıp kavuran sırrıyla baş başa, kocasının eline koz vermemek için ne yapması gerektiğini kestirmeye çalışıyor, ama işin içinden çıkamıyordu bir türlü...

* * *

Cumaydı. Keder'in ablasıyla buluşma, hasret giderme günü. Gülistan'daydı sıra, bu defa o gelecekti.

Erkenden kalktı Keder. İzzetle ikramla ağırlanması gereken bir misafir bekliyormuş gibi kısırlar, çörekler, kurabiyeler hazırladı. Üzerine gezmelik elbiselerinden birini giydi, geride kalan bir haftanın özlemiyle karşıladı ablasını.

Keder'in davranışlarındaki tutukluk ve sıkıntılı hali gözünden kaçmamıştı Gülistan'ın. Durgundu Keder, bakışları süzgündü. Zayıflamış mıydı ne?

"Neyin var senin?" dedi. "İyi görünmüyorsun. Canını sıkan bir durum mu var?"

"Yok bir şeyim" diye geçiştirmeye çalıştı önce Keder. Ama daha fazla tutamayacaktı içinde. Bir gün önceden hazırladığı bademli gül şerbetini ablasının önüne koyarken, "İsmail!" dedi. "Yeni eve yeni bebe diye tutturdu. Çocuk istiyor benden. Ona takıldı kafam."

Şerbetinden bir yudum aldı Gülistan, "Buna mı dertlendin?" diye gülümsedi. "Geç bile kalmış eniştem. Bu kadar sabrettiğine şükret. Baksana bana... Senden sonra evlendim. Peş peşe sıraladım çocukları. E, artık sıra sende..."

Bir an yabancı biriyle konuşuyormuş gibi hissetti Keder. Canıydı ablası, gurbet ellerdeki anasıydı. Ama dünyaları öylesine farklıydı ki... Tuzu kuru zengin tüccarın, gariban marabayla konuşması gibiydi aralarındaki şu muhabbet. Allah daha iyi etsindi, son derece mutlu bir evliliği, bir dediğini iki etmeyen, her bakımdan mükemmel bir kocası vardı Gülistan'ın. Onun yerinde olsa üç değil, beş çocuğu olsun isterdi Keder.

Keder'in aklından geçenlerden habersiz, "Sen de fazla sallanma ama" diye üsteledi Gülistan. "Evde boş boş oturacağına... Doğacak bebe meşgale olur sana da."

Sıkıntıyla içini çekti Keder. Farklı dillerden konuşuyorlardı ablasıyla. Ona laf yetiştireceğine konuyu değiştirmeyi tercih etti.

"Yeni bir meşgale buldum ben" diye başladı, Fidan'ı, tanışmalarını, günlerdir onunla beraber kurutmalık dolma hazırladıklarını, her sabah beraberce kahve içtiklerini, peşinden birileri koşturuyormuşçasına soluk almadan anlattı, anlattı...

"Kıskanırım bak!" diye güldü Gülistan. "Ne o öyle iki gündür tanıdığın elin kadınına abla, mabla? Bir değil bin 'Fidan Abla' dökülüyor ağzından."

"Öyle deme, sabahtan akşama içinde kısılıp kaldığım dünyama ışık oldu o Fidan Abla."

Hemen toparlandı Gülistan.

"Aldırma sen söylediklerime, şakaydı. Gönüllerimiz bir olsa da uzaktayız birbirimizden. Ha deyince kalkıp gelemiyorum. Aklım hep sende, ama elim kolum yetmiyor. Çocuklar, evin düzeni... Benim yokluğumda seninle yakından ilgilenecek candan bir komşunun olduğunu bilmek içimi rahatlattı inan."

"Tanışmak ister misin onunla?"

Işıldayıvermişti Keder'in yüzü. Ablasının yanıtını beklemeden fırladı, Fidan'ın kapısında aldı soluğu.

"Kahveyi bizde içelim bugün. Ablam bende. Gelirsin değil mi? Hem tanışmış da olursunuz."

Bir an durakladı Fidan. "Sen git, ben gelirim" diyerek kapattı kapısını.

Az sonra içeri girdiğinde üzerindeki gündelik elbisesini değiştirmiş, saçını başını düzeltmiş, ayağında fiyonklu misafir terlikleriyle, her günkünden farklı bir Fidan vardı Gülistan'ın karşısında.

Gülistan'la Fidan'ın gözucuyla birbirlerini tepeden tırnağa süzerek ölçüp tartmaya çalışmalarını gülümseyerek izledi Keder. Birisi kanından, canından öz ablası, diğeriyse sonradan olma, ama Keder'in canı gönülden "Abla" diyebildiği bir yabancı. Herkesin yeri ayrıydı, ama sevgileri benzeşebiliyordu.

"Kahveleri yapayım ben" diyerek mutfağa seğirtti. Çocuksu bir sevinç vardı içinde. İki ablayı, Gülistan'la Fidan'ı ortak bir noktada buluşturabilmenin sevinci. Yanı sıra, onlar tarafından paylaşılamamanın gizli gururu.

İkisi sade, bir orta şekerli üç fincan kahve... Önce Gülistan Ablasına ikram etti.

"Şu öndeki orta şekerli senin. Bizimkiler sade."

Tek kalmanın huzursuzluğuyla, yarı şaka yarı ciddi, "Kardeşimi kahveye alıştırmışsınız" dedi Gülistan. "Daha önce elinde fincan görmediğim Keder, hem de sade içiyor kahveyi. Ben bile orta şekerli içerken..."

Hiç üstüne alınmadı Fidan.

"Boynuz kulağı geçermiş" dedi. "Sonradan alışan da, daha iyi verir kahvenin hakkını. Kahve kahveliğini, şeker şekerliğini bilecek! Şerbet değil ki bu, şekeri doldurasın içine. Keder'e gelince... Mayasında varmış kızın! Ben aracı oldum sadece. Fena mı ettim?"

"Yok canım" diye alttan aldı Gülistan. "Zararlı bir şey değil ki içtiği."

Gülistan'ın, söylediklerini ciddiye alması keyiflendirmişti Fidan'ı. Delidolu kahkahalarından birini havaya savurdu. Görücüye çıkmış geçkin kızlar gibi, Keder'in hatırına takındığı zoraki hanım hanımcık tavırlardan sıkılmıştı. Özüne dönmenin şerefine döktü, döküştürdü Gülistan'a:

"Dur hele sen! Sigaraya da alıştıracağım onu. Keş olup çıkacak kardeşin, keş!"

Kendi söylediğine kendi güldü uzun uzun. "Her dediğimi ciddiye alma Gülistan bacım" dedi sonunda. "Gözün arkada kalmasın, bundan böyle kardeşin bana emanettir."

Biraz önceki küçük çaplı gerginliğin üzerine iyi gelmişti bu sözler. Önce biraz yadırgamıştı tavırlarını, ama sevmişti bu delidolu kadını Gülistan. Kendi yokluğunda kardeşine kol kanat gerecek birinin varlığı içini serinletmişti.

Fazla kalmadı Fidan. "Yapılacak yığınla işim var" diyerek toparlandı. İş bahaneydi aslında, iki kardeş arasında karaçalı gibi oturacağına, ziyaretini tadında kesmeyi uygun görmüştü.

"Yarın sabah Kadınlar Pazarı'na gidiyorum" dedi kapıdan

çıkarken. "Dolmalıkları teslim edeceğim dükkân sahibiyle konuşacağım. Kocandan iznini al, takıl peşime." Keder'in kararsız haline bakıp ekledi: "Beni söyle, 'Fidan Ablamla gideceğim' de, gıkı çıkmaz seninkinin."

İki parmağıyla Keder'in yanağından sıkı bir makas aldı, "Hele bir çıksın!" diyerek kahkahasını patlattı. "Hele bir yanılıp da olmaz desin... Dünyanın kaç bucak olduğunu gösteririm ben ona!"

"Senin afran tafran benim kocama işlemez be abla!" diyecekti, diyemedi Keder.

Kabul edeceğine pek ihtimal vermiyordu ama İsmail'le konuşmayı deneyecekti. Daha önce olumlu sonuç veren, "İsteyenin bir yüzü kara, vermeyenin iki yüzü!" taktiğini devreye sokacaktı gene. Ne kaybederdi ki? İsteyen olarak yüzünü eğmeye razıydı, İsmail düşünsündü gerisini.

Umduğundan kolay oldu! Önce hık mık etti İsmail. Nusret'i ya da Nevzat'ı yanına takmaktan dem vurdu.

"Madem Fidan Hanım olacak yanında, çocukları boş yere avare etmeyelim" diyerek Keder'in sabırsızlıkla beklediği izni verdi sonunda. Ama karısını altüst edecek kılçığı attıktan sonra:

"Körle yatan şaşı kalkar derler. Kısırla sarmaş dolaş ola ola sen de kısır ayağına yatarsan var ya... Fidan Ablan da kurtaramaz seni elimden, bilmiş ol. Benden söylemesi, ayağını denk al, dediklerimi unutma..."

Yeni eve yeni bebe

Sabah İsmail'le oğlanlar evden çıkar çıkmaz giyinip hazırlandı Keder, doğruca Fidan'ın kapısını çaldı.

Hazır değildi Fidan. Üzerinde salaş bir sabahlık, saçı başı darmadağın, perişan bir halde karşıladı Keder'i.

"Gel hele içeri" dedi. "Afyonum patlamadı daha. Kahvemizi içer öyle gideriz."

Fidan'ı ilk kez böyle görüyordu Keder. Kıpkırmızıydı gözleri, ağlamıştı galiba. Dudakları titriyordu konuşurken. Onu bu hale getiren nedeni ya da nedenleri merak etse da soramadı. Kendiliğinden anlatırsa ne âlâydı, üzerine giderek dedikodu malzemesi toplayan meraklı tazeler gibi davranması yakışık almazdı.

Kahvelerini içerken çözüldü Fidan.

"Allah'ın belası şırfıntı!" diye homurdandı. "Çocukları göndermeyecekmiş bana. Bayramdan bayrama yeter demiş. Onların her gelişinin benim bayramım olduğunu biliyor yelloz. Bu kadarcık bir avuntuyu bile çok görüyor bana. Hadi onu anladık... Boynuz kulağı geçer ya, sonradan gelen kuma da öncekinin önüne geçecek illa! Ya benim herif? Ağzını açıp da tek söz edemiyor gül danesine. Anca bana yetiyor gücü. Mikrop karının söylediklerini idam fermanımı yüzüme okur gibi, sayıp döküyor utanmadan.

Ah ulan ah! Bir elime geçirsem, bacaklarını aha şöyle –kollarını iki yana alabildiğine açarak söylüyor bunları– cart diye ayıracağım yosmanın. Ama kabahat onda değil ki... Kocam olacak o kavatta! Uçkur düşkünü herif! Yuları kaptırmış bir kere. O fitne fücur kaltağın sözünden çıkabilir mi hiç?"

İçindeki bütün zehri dökmüş, ferahlamış gibiydi Fidan. Fincanın dibindeki telveyi parmağıyla sıyırdı, ağzına attı.

"Neyse" dedi. "Böyle yakındığıma bakma, bunun da altından kalkarım ben. Ama benim ahım var ya... O sümsük karı benim ahımın altından nasıl kalkacak bakalım."

Kendi derdinden Keder'in durgunluğunu, suskunluğunu fark edememişti. Meraklı gözlerle süzdü Keder'i.

"Ne o kız?" dedi. "Senin neyin var?"

"Yok bir şey abla. Anlattıklarına üzüldüm, hepsi o."

"Hepsi oymuş! Pöh... Külahıma anlat sen onu. Hadi, dökül bakalım!"

Şöyle bir ölçtü biçti Keder. Fidan yüreğini bütün samimiyetiyle açmıştı ona. Sır küpü gibi davranmanın, içinde fırtınalar koparken sahte gülücükler atmanın âlemi var mıydı? Anlatacaktı!

Derin bir soluk aldı, "Benimki de çocuk istiyor be abla!" deyiverdi.

İlk anda algılayamadı Fidan. Sorunun nerede olduğunu kestirememenin sıkıntısıyla, "Ee?" diyerek devamını getirmesini bekledi Keder'in.

"Yeni eve yeni bebe diyor. Sen doğurmazsan doğuracak kadın mı yok bana diyor bir de."

"Önünde Fidan Ablan gibi bir örnek var, demiyor mu? Demiyor deme sakın! Adım gibi biliyorum beni örnek gösterdiğini."

"Yok abla, öyle şey olur mu hiç?"

Keder'in utanç içinde geveledikleri duymazdan geldi Fidan. "Merak etme" dedi. "Kızmıyorum kocana. Üstelik adam haklı. Anadolu erkeği çocuk ister, yanı beli çocukla dolsun taşsın ister. Allah elinden almış! Doğur doğurabildiğin kadar be kızım. Ben senin yerinde olsam var ya... Her sene bir tane doğururum."

"Ben de istiyorum ama..."

"Eee? Neymiş aması?"

Birilerinin duymasından korkar gibi sesini alçalttı Keder. Öz ablasına, Gülistan'a bile söyleyemediği sırrını Fidan'a fısıldayıverdi:

"Bende spiral var abla!"

"Ne!" diye haykırdı Fidan. "Hangi ara taktırdın o mereti?"

"Tee memleketteyken. Ana çocuk sağlığı merkezine gittik büyük eltimle. Orada taktılar."

"Kocanın haberi var mı?"

"Yok. Haberi olsa keser beni! Ama pek bir çaresizdim be abla. Çok huysuzdu o zamanlar İsmail, aksiydi. Üç öğün yemek yerine üç öğün dayak yerdim de sesim çıkmazdı. İki çocuk başından fazla böyle adamın, dedi eltilerim. Onlara uydum."

"İyi halt etmişsin! Sana iyilik değil kötülük etmiş o eltiler. Her neyse... Kaç yıl oldu o zımbırtıyı taktıralı?"

"Çok oldu. Nevzat iki yaşındaydı taktırdığımda."

"O günden beri öylece içinde duruyor yani... Kontrole falan gitmedin mi hiç?"

"Gitmedim."

"Hay senin gözün kör olmasın e mi! Aktı mı, koktu mu, çürüdü mü? Merak etmez mi insan? Dua et ki rahmin bu eziyete dayanmış olsun. O rahmi küstürdünse var ya... Ayıkla pirincin taşını!"

Keder'in ürküntü taşan gözlerine daha fazla dayanamadı. "Korkma" dedi. "Bir daha böyle münasebetsiz işlere kalkışma diye söylüyorum. Dert edecek bir şey yok. Kısrak gibi kadınsın maşallah, daha çok çocuğun olur senin. Ama öncelikle şu spiral işini halletmemiz şart."

"Nasıl?"

"Orasını bana bırak. Nasıl takıldıysa öyle çıkarılır, tasalanma."

O ana kadarki gamlı kasavetli konuşmalarıyla taban tabana zıt, şen bir kahkaha attı.

"Sen ne yere bakan yürek yakan bir hatunmuşsun yahu! Kocasının izni olmadan tek adım atamayan Keder, adamın ruhu duymadan gidip spiraller taktırıyor ve o kocayı yıllarca oyalayabiliyor... Pes valla! Korkulur senden..."

Neşesi yerine gelmişti Fidan'ın. "Spirali çıkardığın gibi, doğru kocanın altına!" dedi. "Doğur doğurabildiğin kadar. Nasıl bakılır, nasıl büyütülür düşünme. Kapı gibi Fidan Ablan var burada. Elbirliğiyle bakar büyütürüz evvel Allah."

Fatih Kadınlar Pazarı

"Diyarbakır'ın surlarına benziyor burası!"

Pazarın girişindeki, üst kısımları yarım çember, alt kısımları düz olan geniş pencerelerle birbirinden ayrılmış taş sütunların uç uca eklenmesiyle oluşmuş surları hayranlıkla seyrederken, Keder'in ağzından dökülen ilk sözlerdi bunlar.

"Bozdoğan Kemeri!" dedi Fidan. Sonra da bilmiş bilmiş, *buralar benden sorulur* edasıyla, "Bizanslılar zamanında yapılmış, ama daha çok Osmanlılar tarafından kullanılmış" dedi. "İstanbul'un su ihtiyacını karşılamak için, toplama havzalarından suyu nakleden kemerlerden biri bu. Nereden biliyorsun diyecek olursan... Bizim çokbilmiş bir Pakize Teyzemiz var yan apartmanda. Sanırsın mahallenin muhtarı. O anlattıydı."

Yan yana dizili çok sayıdaki sur kapılarının birinin altından geçtiler. Meydan desen dar, cadde desen fazla geniş bir alanın iki yanında boylu boyunca dizilmiş, önlerinde envai çeşit yiyeceğin sergilendiği dükkânlara doğru yürüdüler.

"İşte meşhur Kadınlar Pazarı!" dedi Fidan. "Avrat Pazarı diye de anılır ama 'avrat' demek kaba geliyor insanlara. Halbuki ne var, avradın manası da kadın değil mi? Ama olmaz! Kibarlıktan ortamızdan ayrılıyoruz ya... Yakında birileri çıkıp da Hanımefendi Pazarı derse hiç şaşma."

Tenekeler içinde çeşit çeşit peynirin sergilendiği bir dükkânın önündeydiler. Tezgâhın önündeki kara yağız delikanlı,

"Koyun peyniri şu" dedi. "Bu da Siirt'in *sirike* peyniri. Bendeki Van'ın otlu kelle peynirini de hiçbir yerde bulamazsınız. Tereyağı, sadeyağ... Tadına bakmadan almayın."

"Van peynirini pek sever İsmail" dedi Keder. "Benim pek aram yok. Yabani sarmısak otu var ya içinde... Önceleri yerdim. Nevzat'a hamileyken kötü geldi kokusu, yemez oldum."

"Al istersen kocana."

"Yok abla, peynir var evde."

Üstelemedi Fidan. Kocasının, alışveriş etsin diye Keder'e para verdiğinden emin değildi.

Bir dükkândan diğerine, bir tezgâhtan diğer tezgâha... İrili ufaklı plastik kovalarda üzüm pekmezi, tahin; beyaz bez torbalar içinde cevizli, bademli pestiller, tatlı sucuklar; pilavlık, içli köftelik, çiğköftelik bulgurlar...

Mutlu bir gülümseme vardı Keder'in yüzünde. Okşar gibi bakıyordu her bir yiyeceğe.

"Memlekette gibi hissettim kendimi be abla" dedi. "Bizim oralardan farkı yok bu pazarın."

"Doğrudur, tam bir Anadolu pazarı burası. Önceleri Siirt Pazarı'ymış adı. Siirtliler çoğunlukta olduğu için. Ama gördüğün gibi, Doğu ve Güneydoğu'nun her yanından ürünler satılıyor. Siirtli, Diyarbakırlı, Urfalı, Mardinli, Vanlı, Bitlisli, Antepli... Hepsi burada."

"Neden Kadınlar Pazarı demişler abla? Baksana, satıcıların hepsi erkek. Kadınların satış yaptığı bir yer olduğunu sanıyordum ben."

"Kadınlar perde gerisinde. Gördüğün ürünlerin hepsi onların elinden çıkıyor. Erkekler sadece vitrinde duruyor. Sen hiç dolma oyan erkek gördün mü? Ya da nane kurutan? Hem, alışveriş edenlerin çoğu da kadın.

Pazarın adına gelince... Pakize Teyze'nin yalancısıyım ama, pek çok rivayet varmış bu konuda. Cerrahpaşa'daki Avrat Pazarı'nda bir dönem kadın kölelerin satıldığı söylenirmiş. Buraya da aynı yakıştırmayı yapanlar çıkıyormuş. Ama farklı hikâyeler de yok değil. İçlerinde en namuslu olanını anlatayım sana: İstanbul'a göç eden ve buralara geçici olarak yerleştirilen muhacirlerin mağduriyetini hafifletmek amacıyla, muhacir kadınların el emeği ürünlerinin satılarak onlara gelir sağlanması için burayı pazaryeri haline getirmişler. Zaman içinde kadınların yerini erkek satıcılar alsa da, bu bölge Kadınlar Pazarı olarak isim yapmış.

Bir başka görüşe göre, burası eskiden *Kadınlar* değil, *Kadılar Pazarı* olarak bilinirmiş. Sadece kadıların alışveriş yaptığı, halkın girmesi yasak olan bir alan... Zamanla yasakların kalkması ve kadınların pazara adım atmasıyla Kadınlar Pazarı olarak anılmaya başlanmış.

Bir de sözüm ona, İkinci Dünya Savaşı sırasında ve sonrasındaki yokluk döneminde semt kadınları, İstanbul'un çeşitli yerlerindeki pazarlardan topladıkları öteberiyi buraya getirip satarlarmış. Pazarın adı da buradan geliyormuş. Hangisine inanırsan artık..."

"En namuslusu diye anlattığın hikâye var ya abla... Muhacir hikâyesi. En çok o yattı aklıma."

"E tabii" diye güldü Fidan. "Köle kadınların, cariyelerin pazarlarda satılması meşrebine uymaz senin."

Her türden esnaf vardı pazarda. Balcılar, tütüncüler, baharatçılar, doğal otçular... Ve kasaplar!

"Eskiden burası, inanca uygun helal et kesen ve bunları satan kasaplardan geçilmezmiş" dedi Fidan. "Açıkhava mezbahası gibiymiş dört bir yan."

"Şimdi de eskisinden pek farklı görünmüyor" dedi Keder, tezgâhların üzerine serilmiş etlere, sakatatlara bakarak.

"En iyi hali bu" diye güldü Fidan. "Kan revan içindeki hayvan gövdeleriyle selamlaşmıyorsun hiç değilse."

"Aa, mumbar!" diye haykırdı Keder, kocaman bir sininin

içindeki temizlenmiş, tuza yatırılmış mumbarları göstererek.

"Bu kadar iyi temizlenmişini hiçbir yerde bulamazsın" dedi Fidan. "Dolması güzel olur derler ama hiç yemedim ben."

"Kaynanam pek güzel yapardı" dedi Keder. "Onunki kadar olmasa da, ben de yapabilirim pekâlâ."

Önünde beyaz önlüğüyle müşteri bekleyen kasaba döndü, "Mumbar istiyorum" dedi. "İncelerinden olsun."

"Ne kadar olacak? Bir kilo, iki kilo?"

"Bir kilo yeter."

Yarım kilo da kıyma çektirdi. Cebinden cüzdanını çıkarıp, İsmail'in işe giderken, "Yanında bulunsun" diyerek bıraktığı paranın bir kısmıyla ödemesini yaptı. İstanbul'a geldi geleli yaptığı ilk alışverişti...

Baharat ve kuruyemiş satan kamburu çıkmış yaşlı adam Siirtliydi. Siirt fıstığı, Siirt'in halka şeklindeki uzun süre dayanan kuru tandır ekmeği, Pervari'nin her derde deva Karakovan balı –hem süzme, hem petek–; kestane, çiçek, yonca, pamuk balları, benzerlerine göre hayli iri Zivzik narı, yeşil bıttım sabunu... Ve binbir çeşit baharat!

"Baharatlarımı buradan alırım ben" dedi Fidan. "Hilesi hurdası yoktur Beşir Efendi'nin. Gözün kapalı alışveriş yapabilirsin."

Keder'in, kavrulmuş kavun ve karpuz çekirdekleri, kabuklu ve iç cevizler, bademler, sarı ve siyah üzümler; yağda bekletilerek terbiye edilmiş, turuncudan bordoya renk renk pul biberler, kişniş, reyhan, dağ kekiği, tane ve öğütülmüş sumak torbaları üzerinde gezdirdiği bakışları, tane sumak torbasının üstünde sabitlendi.

"Sumakla ekşili dolma yaparız biz" dedi Fidan'a. "Pek nefis olur. Bir de meftune. Az bir şey getirmiştim gelirken, kalmadı."

"Yarım kilo sumak lütfen" dedi Beşir Efendi'ye.

Tam o sırada gözüne ilişen torbaya doğru yürüdü.

"Menengiç değil mi bu?"

"Evet" diye güldü Beşir Efendi. "Yabancılar pek bilmez ama meraklısı çoktur."

"Neymiş o meneviş benzeri şey?" diye lafa karıştı Fidan.

Hele şükür, Fidan'ın bilmediği, fikir sahibi olmadığı bir şey çıkmıştı sonunda!

"Aslında yabani antepfıstığıdır!" diye keyifle anlatmaya koyuldu Keder. "Çitlembik de derler bizim oralarda. İster çerez yerine ye, istersen bu taneleri kavurup kahve olarak iç. Menengiç kahvesi deriz biz, seninle içtiğimiz kahvelere pek benzemese de..."

"Bıttım sabunu da menengiç yağından yapılır" diye tamamladı Beşir Efendi.

Duymadı bile Keder. Uzun zamandır görmediği, hasretini çektiği bir yakınına kavuşmuşçasına sevinçli, "Biraz da menengiç alayım ben" dedi. "Kahvesini yaparım akşam İsmail'e.

Dolmalıkları teslim edeceği dükkânı sona bırakmıştı Fidan. Kapıların, pencerelerin pervazlarına kurumuş patlıcan, biber ve bamyaların asılı olduğu; ev yapımı domates ve biber salçaları, erişteler, turşular, sebze meyve kuruları ve reçellerle göz dolduran, diğerlerine göre daha kalabalık bir dükkândı burası. Dükkân sahibiyle konuşabilmek için uzunca bir süre beklemeleri gerekti.

"Hoş gelmişsin Fidan bacım" diyebildi dükkân sahibi sonunda. "Beklettim, kusura kalma. Benim çırak gelmedi bugün. Tek başıma bunca işi..."

"Tamam Nezir, tamam!" diye kesti Fidan. "Çok kalmayacağız zaten. Senin dolmalıklar hazır, onu demeye geldim. Haftaya kalmaz, kuruyup takır takır olurlar. Getirir teslim ederiz."

Nezir'in, bu kadın da kim dercesine dikkatle Keder'e baktığını görünce panter gibi atladı.

“Komşum Keder Hanım! Böyle taze göründüğüne bakma, boyunca iki oğlu var! Onunla beraber oyduk dolmalıkları. Haftaya da beraberce getiririz” derken, “Ayağını denk al, o dolmalıklar gibi seni de oyarım alimallah!” bakışı vardı gözlerinde...

Temizdi mumbarlar. Gene de içine sinmedi Keder’in. Kebap şişleriyle tersyüz edip, bıçağın sırtıyla üzerlerini kanırtarak içlerini dışlarını iyicene yıkadı, süzülmeye bıraktı.

Pazardan aldığı kıymanın üzerine pirinç, soğan, maydanoz, domates ve biber salçası, karabiber, kırmızı pul biber, bir fiske de tarçın ekledi. Özleşinceye kadar yoğurdu. Kabak oyacağının sapıyla iteleyerek doldurduğu mumbarların iki ucunu iple bağladı, derin bir tencereye yerleştirdi. Patlamasınlar diye çatalın ucuyla delikler açtı mumbarların üzerinde. Kaynattığı suyu döktü üstüne, yağını tuzunu ekledi, pişmeye bıraktı.

Pişen mumbarlar ılınınca iplerini ayıkladı, birkaç parçasını öylece bir tabağa aldı, geri kalanını yağda kızarttı. İsmail de, oğlanlar da kızarmış olanını severlerdi. Keder’in tercihi ise daha hafif olan haşlamasından yanaydı.

Yemeğin yanına toz sumakla ovaladığı bol soğanlı, yeşilbiberli, maydanozlu bir domates salatası yaptı. Haftada bir kapıya gelen yoğurtçudan aldığı yoğurdu çırptı, üstüne iki parmak köpüğün oturduğu ayranı sürahiye boşalttı.

Bakalım buram buram memleket kokan bu küçük çaplı ziyafet sofrası karşısında nasıl bir tepki verecekti İsmail?

Beğenmesine beğendi, hatta Keder’in, halinden tavrından çıkardığı kadarıyla bayıldı bile, ama “Eline sağlık” demeyi gereksiz buldu İsmail. Her zamanki tavrıydı, aldırmadı Keder. Kocasından bu tür ince davranışlar beklememeyi çoktan öğrenmişti. Kafasını bu tür gereksiz ayrıntılara takacağına, gün içinde yaşadıklarını anlatmaya koyuldu.

"Görecektin İsmail" dedi. "Bizim oraları buradaki pazara taşımışlar sanki. Aklına ne gelirse, binbir çeşidiyle arzı endam ediyor. Tane sumak aldım bugün. Bir dahaki sefere de kenger alacağım. Meftune yaparım. Özlemişsindir."

"Pazarı suyolu yapmak için bahanen hazır yani" derken belli belirsiz gülümsüyordu İsmail. Engellemeye niyeti yoktu, madem kendini eyleyecek bir şeyler bulmuştu karısı, varsın oyalansındı.

İsmail'in yumuşak yüzünden cesaret alınca, içindekileri dışarı vurmadan edemedi Keder.

"Ah İsmail, ah!" dedi. "Huyunu biraz hoş etseydin, anangiller gönderirdi bunların hepsini. Geleceğimiz gün, 'Otlu örük peynirleri tenekeye basarız; bulgur, pirinç, bastırma... Otobüse verdik mi ertesi gün elinizde olur' demişti hanımanne."

Suratı bir anda allak bullak oluverdi İsmail'in.

"Kes sesini!" diye bağırdı. "Onlardan gelecek Allah'tan gelsin! O defteri kapadım ben. Bir daha ağzını açıp bu konuda tek söz edersen, seni de ayağımın altına alır ezerim, bilmiş ol."

Sustu hemen Keder. Boşa konuşmuştu zaten, söz işler miydi İsmail'e? Ağabeylerini, amcalarını, akraba, eş dost kimi varsa memlekette herkesi, hatta anasını bile tek kalemde silip atmıştı. Kopmuşlardı birbirlerinden. Ama Keder –kocası öğrenirse canına okuyacağını bilse de– kendi anasına mektup yazarken hanımannesine de iki satır karalamayı ihmal etmiyordu. Gün gelir, İsmail biraz olsun akıllanırsa, aradaki kopma noktasına gelmiş bağı onarmak mümkün olsun diye...

Kenger meftunesi

Dolmalıklar kurumuş, teslim edilecek hale gelmişti. Pazara gitme iznini bir gün önceden almıştı Keder. Fidan Abla tek başına nasıl götürürdü onca yükü? Eğer izin verirse, beraberce gidebildiler miydi?

Sesini çıkarmadı İsmail. Suratını ekşitse de, başını yana eğerek olurunu verdi.

Sabah erkenden patlıcan ve biber kurularını, Fidan'ın diktiği iki büyük patiska torbaya doldurdular. Doğru Kadınlar Pazarı'na...

"Kolay gelsin Nezir Efendi!" diyerek içeriye seslendi Fidan. "Nerelerdesin ayol? Emanetini getirdik."

Torbaları boşalttılar. Birkaç sıra dolmalığı kapının pervazındaki çengele astı Nezir.

"Kaç tane var her bir sırada?" diye sordu.

"Konuştuğumuz gibi, tamı tamına elli kuru var her ipte. İnanmazsan say."

"Yok abla" diye güldü Nezir. "Kendimden şüphe ederim, senden etmem. Bunca yılın hukuku var aramızda."

"İyi o zaman. Fazla vaktimiz yok, hesabı görüp gidelim."

"Tamam. Ama başka siparişlerim de var. Malum, turşunun, reçelin tam zamanı. Ev yapımı olunca da kapış kapış gidiyor. Senin geçende yaptığın turşuyu pek beğenmişti müşteriler. Bir parti daha yapmaya ne dersin? Reçel işini de unutma ama..."

"Yaparız" dedi Fidan. "Turşu benden, ama reçel işini Keder halledecek."

Dükkânın önünde dizili torbalara, kavanozlara, plastik kovalara basılı binbir çeşit nevaleye dalıp gitmişti Keder. Adının kulağına çalınmasıyla irkildi.

"... Reçel işini Keder halledecek!"

"Ben mi?" dedi, üzerine isteği hilafına yabancı bir elbise giydirilmiş gibi.

"Sen ya!" diye terslendi Fidan. "Burada senden başka Keder var mı? Hani şu bana getirdiğin şeftali reçeli var ya... Onunla başlasak?"

"Çok iyi olur valla Fidan Abla" diye atıldı Nezir. "Büyüklü küçüklü kavanozlar olsun. 'Ev reçeli' diye etiketler hazırlarım ben, üstlerine yapıştırırız. Tamamdır bu iş!"

Keyiflenmişti Nezir. Cebinden, önceden hazırladığı parayı çıkarıp Fidan'a uzattı.

"Güle güle harca ablacığım!"

Parayı dikkatle saydı Fidan. Yarısını cüzdanına yerleştirdi, diğer yarısını Keder'in avucuna sıkıştırdı.

"Ne bu abla?"

"Neye benziyor? Para derler bizim buralarda. Anlamadınsa anlatayım: Bu senin hakkın! Onca çalışmanın karşılığı."

"Ama abla... Para için yapmadım ki ben bu işi."

Boş bulunup, "Tam sağılmalıksın!" deyiverdi Fidan. Ama hemen toparlandı. "Ananın ak sütü gibi helal bu para" dedi. "Koy şunu çantana da kafamın tasını attırma benim!"

Pazarın içine doğru yürümeye başladılar.

"Gelmişken şeftalileri de alırdık ama şimdi olmaz" dedi Fidan. "Daha önemli bir işimiz var bugün." Keder'in merak dolu bakışları karşısında, onu daha fazla bekletmeden devam etti: "Şu spiral işini halledelim hele..."

"Nasıl yani?" diye kekeledi Keder.

"Ne zamandır aklımdaydı, ama özellikle bugüne denk düşürdüm. Başka zaman olsa nasıl izin alacaktın kocandan? 'Rahmimde yıllar yıllı gözüm gibi baktığım, kaşarlanmış bir spiralim var, onu çıkartmaya gidiyorum' diyemeyeceğine göre... Hadi sallanma, doğruca ana çocuk sağlığına gidiyoruz."

"Ama abla... Kenger alacaktım ben. Meftune yaparım diye söz vermiştim İsmail'e."

"Hay sana da, kocana da... Kengerine de, meftunene de..."

"Buzluktan eti indirdim, öyle çıktım evden. Akşama meftuneyi önüne koymazsam keser beni İsmail."

"Hay kör bıçakla kesilesi herif!" diye söylendi Fidan. "Neyse... Al şuradan kengerini de, düş önüme."

Beyaz badanalı binanın giriş kapısının üzerinde asılı tabelayı yüksek sesle okudu Keder:

"Ana Çocuk Sağlığı ve Aile Planlama Merkezi."

"Aile planlama merkezi dediğine bakma" diye güldü Fidan. "Lazım geldiğinde, hatalı yapılmış planları da bozar bu merkez."

Yoğun bir kalabalık vardı içeride. Sıra numarası aldılar önce. Sonra da uzun bir koridor boyunca sıralanmış sandalyelere ilişip beklemeye koyuldular.

Kömür karası gözleri korku yüklüydü Keder'in, tedirgindi, gergindi, huzursuzdu.

"Ne bu halin kız?" dedi Fidan. "Rahat ol, gevşe biraz. Altı üstü sana ait olmayan bır fazlalığı atacaksın bedeninden."

Gözlerini yere indirdi Keder. Pençe pençe kızarmıştı yüzü.

"Utanıyorum be abla!" dedi fısıldar gibi.

"Niye utanıyorsun? Kimse tanımıyor ki burada seni. Baksana şu insanlara, hepsi kendi derdinde."

Sustu, Keder'i süzdü inceden.

"Sen hepsinden farklısın ama!" derken, bulundukları ortama hiç de uygun düşmeyen bir kahkaha patlattı. "Elinde kenger torbasıyla buraya, spiral çıkarttırmaya gelmiş ilk kadın olduğuna iddiaya girerim."

Başka zaman olsa gülerdi belki, ama tüm bedenini saran korku ve heyecandan nutku tutulmuştu Keder'in. Değil gülmek, ağzını açıp tek söz edecek gücü yoktu. Gözleri yerde, içinde kopan fırtınaları yadsırcasına sessiz, sıranın kendisine gelmesini bekliyordu.

Orta yaşını çoktan devirmiş, bir deri bir kemik kalmış kadın doktor, kemerli burnunun üzerine oturttuğu gözlüğünün arkasından Keder'le Fidan'a şöyle bir baktı. "Hanginiz hasta?" diye sordu.

Hemen atıldı Fidan.

"Kardeşim! Hasta falan değil ama. Spiralini çıkarttırmaya geldik."

"Pekâlâ. Çamaşırını çıkar, muayene masasına geç kızım."

Doktorun muayene masası dediği, ilk bakışta dişçi koltuğunu çağrıştıran, siyah deri kaplı koltuğa kaykılarak oturdu Keder. Bacaklarını koltuğun iki yanındaki bacaklıklara dayadı, sımsıkı yumdu gözlerini.

Ellerine lastik eldivenlerini geçirdi doktor, tabureyi altına çekip Keder'in iki yana açılmış bacaklarının karşısına geçti.

"Korkma" dedi Keder'e. "Spiralin çıkarılması takılmasından kolaydır. Bak gör, hiç canın acımayacak. İpin ucunu yakaladık mı tamamdır. Sen de kendini kasma ama, gevşek bırak..."

Ördekgagası şeklindeki aleti rahim ağzına yerleştirdi. "Hay Allah!" diye söylendi. "Spiralin ipi görünmüyor. İçeri kaçmış ya da kopmuş. Neyse, telaşlanmayın, biraz uğraştıracak ama hallederiz."

Bu kez daha ince uçlu bir aletle çalışmaya başladı doktor. Muayene koltuğunun üzerinde kaskatı kesilmişti Keder. Acı içinde kıvranırken, sesi çıkmasın diye kâh tırnaklarını avucuna batırıyor, kâh eliyle ağzını kapatıp parmaklarını dişliyordu.

"Tamam" dedi sonunda doktor. "Senin ipsiz spirali yakaladık. Bundan sonrası kolay."

Spiral çıkmıştı çıkmasına ama, hali hal değildi Keder'in. Fidan'a yaslanarak güçlükle indi masadan. Doktorun karşısındaki sandalyeye yığıldı kaldı. Telaş içindeydi Fidan. Keder'in alnında birikmiş terleri siliyor; korkudan, acıdan, heyecandan buz kesmiş ellerini, darmadağın olmuş saçlarını okşuyordu.

"Geçecek gülüm, geçecek..." diye yineliyordu durmadan.

"Geçecek elbet" dedi doktor da reçete kâğıdına bir şeyler karalarken. "Yarına hiçbir şeyi kalmaz. Zahmeti bu gece. Antibiyotik yazıyorum, enfeksiyona karşı. Altı saatte bir alınacak. Bir de ağrı kesici. Antibiyotik kutu bitene kadar kullanılacak. Ama ağrı kesiciyi sancın geçince bırakırsın. Geçmiş olsun..."

"Bir şey sorabilir miyim doktor hanım?" dedi Fidan. "Ne zaman hamile kalabilir bacım?"

"Spiral yumurtlamayı önleyen bir korunma yöntemi değil" dedi doktor. "Sadece rahimde kaldığı süre içinde gebeliği engeller. Spirali bıraktığı gün hamile kalan da var; üç ay, altı ay, bir yıl bekleyen de. Kesin bir şey söylemek mümkün değil."

Sağlık merkezinin karşısındaki eczaneden reçetede yazılı ilaçları aldılar. Ayakta duracak hali yoktu Keder'in. Fidan'ın koluna asılarak güçlükle yürüyebiliyordu. Dar attı kendini eve.

Kasıklarından yükselip bütün karnına yayılan keskin sancının yanı sıra, beli de kopacakmış gibi ağrıyordu. Onu bu halde bırakamazdı Fidan. Koltuğa oturttu Keder'i, ilaçlarını içirdi.

"Uzan, dinlen biraz" dedi.

"Yok!" diye kalkmaya davrandı Keder. "Kengeri pişirmem lazım. İsmail'e ne derim sonra?"

"İsmail, İsmail..." diye bağırdı Fidan. "Hay ziftin pekini yiyesice herif! Yüz vere vere tepene çıkarmışsın kocayı. Bir akşam da yemeği eksik olsun beyefendinin. Kırarsın ikişer yumurta, zıkkımlanırlar. Hastayım demeye hakkın yok mu senin?"

"Olmaz abla! Doktora gittiğimi ölsem söyleyemem. Sürüne sürüne de olsa pişireceğim yemeği."

"Anlaşıldı" dedi Fidan. "Geç otur şöyle sen. Ben yaparım yemeği."

"Ama abla, daha önce adını bile duymadığın değişik bir yemek bu."

"Biz de mutfak yüzü görmemiş, beceriksizliği paçalarından akan tazelerden değiliz hoş! Tarif edersin, yaparız."

Ancak düşündüğü kadar kolay değildi kenger meftunesini pişirmek. Neyse ki kabukları soyulmuş ve ayıklanmıştı kengerin. Gene de dikenleri vardı üzerinde. Hepsini tek tek elden geçirdi Fidan, dikenlerini ayıkladı, suya bastı.

"Emret sultanım, şimdi n'apacaz?" diye sordu Keder'e.

"Estağfurullah!" dedi Keder. "Sana zahmet dolabın alt gözündeki bakır tencereyi çıkarıver. Geceden et indirmiştim buzluktan. Onu koyuver tencereye, haşlansın. Bir de şu kavanozdan göz kararı bir bardak kadar tane sumağı sıcak suya bırak, et haşlanana kadar beklesin."

Keder söyledi, Fidan dinledi, Keder tarif etti, Fidan söyleneni yaptı. Birinin dili, diğerinin el emeğiyle suyunu çeken etin üzerine kengerler, yağ, süzülmüş sumak suyu, salça, pul biber, tuz, karabiber konuldu, pişmeye bırakıldı meftune.

"Kafamız tüttü yahu! Birer bardak çay içelim de kendimize gelelim" diyerek çaydanlığı ocağa sürdü Fidan.

Çay mı iyi gelmişti, yoksa aldığı ilaçların tesiriyle miydi bilemiyordu, ama kendini daha iyi hissediyordu Keder. Sandalyeden kalktı, tezgâhın altındaki dolaptan havanla bir baş sarmısak çıkardı.

"N'apıyosun sen?"

"Sarmısak döveceğim. Dövülmüş sarmısakla yenir meftune."

"Ver şunu bana!" diyerek Keder'in elindeki havanı kaptı

Fidan. Sarmısakları dövdü, ayranı çırptı, sofrayı kurdu. Her şeyi hazır etmişti, ama içi rahat değildi. Ağrısını sızısını belli etmeden kocasının önünde nasıl dönecekti Keder? Nasıl yıkayacaktı bulaşığını?

Gitme zamanıydı. Evin beyi gelecekti neredeyse.

Ona kalsa pişen yemekten tek lokma almaya niyetli değildi ama Keder'in ısrarıyla dumanı üstünde meftuneden iki kaşık koydu bir tabağa, yanına da biraz dövülmüş sarmısak.

"Aklım sende kalacak" dedi. "Kıçını kaldıracak bir yardımcı lazım sana. Keşke senin oğlanlardan biri kız olsaydı. İşin bir yanından tutardı hiç değilse."

Sarılıp öptü Keder'i. "Onu bilir, onu söylerim ben: Doğurabilen her kadının mutlaka bir kız evladı olmalı!" diye söylene söylene çıktı kapıdan.

Gece boyunca, Fidan'ın son sözleri çınladı Keder'in kulaklarında. Yeniden palazlanan ve kasıklarında depremler yaratan sancıyla kıvranarak tabaklara yemek koyarken, sofrayı güçlükle toplayıp içi çekile çekile bulaşıkları yıkarken... Ve bayıldı bayılacak raddesine geldiğini, evin içindeki hiç kimseyle paylaşamazken!

Gerçekten de, iki çocuğundan hiç değilse biri kız olsaydı; sıkıntısını, derdini, bedeninin ve ruhunun sancılarını onunla paylaşmaz mıydı? Evet, oğullarını çok, pek çok seviyordu. Ama ana oğul arasındaki paylaşım sınırlıydı. Oysa ana kız etle tırnak gibiydi. Doğruydu Fidan'ın söyledikleri, her kadının mutlaka bir kız evladı olmalıydı.

Doktorun söylediğine göre hemen de hamile kalabilirdi, ama altı aya, hatta bir yıla kadar da uzayabilirdi bekleyişi. Kocası yanında horlaya horlaya uyurken, bu sürenin mümkün mertebe kısa olması için dua etti Keder.

Bir de... Erkek evlat tutkunu İsmail'in beklentilerinin tam tersi olsa da... Doğacak çocuğun kız olmasını diledi Tanrı'dan.

Bekleyiş

Umduğundan uzun sürdü Keder'in bekleyişi. Üç ay, altı ay, bir yıl olabilir demişti doktor, ama üçüncü aydan itibaren sabırsızlanmaya başladı Keder. Altıncı ayın sonunda ise yüzünden düşen bin parçaydı.

Belli etmemeye çalışsa da, en az onun kadar sabırsızdı Fidan da. Her ay, "Gene mi kirlendin kız?" diye söylenmeye başlayacakken kendini tutup, "Dellenme hemen" diyordu. "Bir yıla kadar yolu var demedi mi doktor?"

Spirali çıkaralı sekiz ay olmuştu. Üzüntüsünden ne yapacağını bilemez haldeydi Keder. Keyifsizdi, halsizdi, solgundu. Ruh hali bedenine de yansımıştı. Had safhadaydı iştahsızlığı, yemeden içmeden kesilmişti. Hiçbir şey istemiyordu canı. İyiden iyiye zayıflamış, bir deri bir kemik kalmıştı.

"Kendine gel yahu!" diyordu Fidan. "Bu halinle çocuk falan tutmaz rahmin. Yiyip içip güçleneceksin ki, gelecek bebe seni beğensin, karnının içini kapılanmaya değer görsün."

"Benimki de laf mı?" diye kahkahayı basıyordu ardından. "Yiyip içmekle olsa, bugüne kadar yarım düzine doğurmuştum ben. Baksana şu halime... Balinadan farkım yok. Ama iş yumurtlamaya gelince, doğuştan emekliye ayırmış beni Yaradan."

İştahsızlığının yanına gün ortasında bastırıveren uyku hali, yemek kokularından aşırı etkilenme de eklenince, küçük bir "acaba" ışığı yandı Keder'in beklentilerle kavrulan yüreğinde.

"Bir şeyler oluyor bana abla" dedi Fidan'a. "Yataktan doğrulamıyorum sabahları. Bir de bir bulantı musallat oldu ki sorma... Hasta mıyım ne?"

Umutla ışıldadı Fidan'ın gözleri.

"Âdet gördün mü bu ay?"

"Yok. Geçen ay da az oldu zaten. Güçsüz kaldım ya, ondandır zahir."

Ok gibi fırladı yerinden Fidan. Mutfak dolabının alt gözünden küçük bir kavanoz çıkardı.

"Hemen çişini yap şuna" dedi. "Tahlile götüreceğim."

Tahlil laboratuvarından çıktığında, sevincinden etekleri zil çalıyordu Fidan'ın. Koşar adımlarla, uçarcasına yürüdü eve. Muzaffer bir kumandan edasıyla Keder'in karşısına geçti.

"Pozitif!" diye şakıdı keyifle. "Başardık sonunda."

Çın çın öten kahkahasını havaya savururken, "Duyan da seni ben gebe bıraktım sanacak" dedi. "Neyse, yalı kazığından pek bir farkları olmasa da kabul etmeliyiz ki, bu işi kotaran erkekler! Kocana müjdeyi vermenin zamanıdır yavrucuğum..."

"Hamileyim ben!"

Keder'in utana sıkıla söylediği sözlere İsmail'in verdiği ilk tepki şaşkınlıktı. Ne anlama geldiğini kavrayınca gözlerinin içi güldü, gözlerinin içinden bütün yüzüne yayıldı gülümsemesi.

"Hadi hayırlısı bakalım!" dedi. "Bir oğlan daha geliyor desene..."

Ah şu erkekler! Aynıydı hepsi. Babası da, kocası da, diğerleri de aynı hamurdan yoğrulmuşlardı sanki. Doğacak çocuk erkek olmuş, kız olmuş ne fark ederdi? Evlat değil miydi ikisi de? İkisi de kendi kanından, kendi canından vücut bulmuyor muydu?

Duymazdan geldi İsmail'in sözlerini. Karnının içine tutunmaya çalışan bir damlacık bebenin cinsiyeti üzerine konuşmanın, tartışmanın ne anlamı vardı?

* * *

Rahat ve sorunsuz geçiyordu Keder'in hamileliği. İlk aylardaki bulantıları, önüne geçilmez, abartılı bir iştaha bırakmıştı yerini.

"Tombalacık oldun kız!" diye takılıyordu Fidan. "Dikkatli ol, bu gidişle bana benzeyeceksin."

Eski düzenlerine kaldıkları yerden devam ediyorlardı. Turşular kuruluyordu gene, reçeller kaynatılıyor; patlıcanlar, biberler, naneler kurutuluyor, hazırlanan ürünler kavanozlara, plastik kaplara, torbalara doldurulup pazara taşınıyordu.

Daha en baştan, "Benim evimde yapılacak bu işler" demişti Fidan. "Kocalı kadınsın sen. Yayıntı, döküntü olmasın evinde."

Kıyamıyordu Keder'e, ağır işleri kendisi yükleniyordu. Satışa hazır ürünlerin taşınmasını da Nezir'in gönderdiği çırakla beraber hallediyorlardı.

Çocuk doğunca ne olacak bu işler, diye kara kara düşünmeye başlamıştı Keder.

"Tasalanma sen" diyordu Fidan. "Hele bir doğsun bebemiz... Su akar, yolunu bulur."

Tahsilatı yaptığında, Keder'in payına düşeni anında ödemeyi de ihmal etmiyordu.

"Biriktirdiğin paraları bana ver" dedi bir seferinde. Keder'in şaşkın bakışlarına aldırmadan, "Yemeyeceğiz, merak etme!" diye güldü. "Sandık, dolap köşelerinde duran para yerinde sayar, değerini kaybeder hatta. Elime geçen parayla her ay altın alırım ben. Sakla samanı gelir zamanı derler ya, o hesap. Senin de el emeğin be yavrum! Bir bir, iki iki... Bir köşede karınca kararınca tasarrufu olmalı insanın. Altınlarının, takılarının yanına koyarsın, gün gelir lazım olur."

"Altınlarımı çoktan bozdurdum ben!" diyemedi Keder. Fidan Ablasının aldığı ilk çeyrek altını tülbendine sardı, dolabın köşesine yerleştirdi. Çocukları içindi... Bereketli olsundu.

Her kadın kız doğuramaz

Karnının içindeki, dalgalanmayı çağrıştıran garip devinimle uyandı Keder. Gün ışımamıştı daha. Doğruldu kalktı. Tuvalete gidecekti, gidemedi. Ayağını yere basmasıyla bacaklarının arasından ılık bir suyun boşalması bir oldu.

İsmail'i uyandırsa mıydı? Çekiniyordu. Sessizce iki adım atmaya çabaladı, beceremedi. Gerisingeri döndü, yatağın ayakucuna ilişti.

"İsmail..." dedi usulca.

Duymadı İsmail.

Bu defa yüksek perdeden, "İsmail!" diye haykırdı. Kocasının toparlayamadığı mahmur bakışlarına yanıt verme çabasıyla, "Suyum geldi!" dedi. "Doğuruyorum galiba."

Fırladı kalktı İsmail.

"Emin misin?" derken bir yandan da pijamasını çıkarıp pantolonunu, gömleğini giymeye çalışıyordu.

İyi de, ne yapacaktı şimdi? Oğlanlar doğarken kalabalıktı evin içi. Anası, diğer gelinler yapacak iş bırakmazlardı ona. Ebe desen, "of" çeksen karşında. İstanbullarda ebeyi ara ki bulasın!

Hemen yan odaya seğirtti.

"Kalkın!" dedi oğlanlara. "Ananız doğuruyor. Nusret koş, Fidan Hanım'a haber ver. Gelsin hemen."

Göz açıp kapayıncaya kadar Hızır gibi yetişti Fidan. Ve anında komutayı eline alıverdi. Keder'in üzerine pazen sabahlığını giydirdi, ayaklarına terliklerini geçirdi.

"Doğru hastaneye!" dedi.

Apar topar indiler aşağıya. Önde oğlanlar, arkalarında İsmail. En geride de Keder ve koluna sımsıkı yapıştığı Fidan.

Cebinden çıkardığı anahtarları Nusret'e uzattı İsmail.

"Dükkânı açarsınız siz" dedi. "Ananız doğurunca gelirim ben."

İsmail'in yüzüne ters ters baktı Fidan. "Pöh!" diye söylendi içinden. "Dükkânı açacaklarmış! Sen de zahmet edip gelmeyeydin... Biz bize doğururduk çocuğu."

Nusret'in köşe başındaki duraktan çağırdığı taksiye bindiler.

"Hastaneye gidiyoruz" dedi Fidan. "Doğum bölümüne ya da acile..."

Hemen doğumhaneye aldılar Keder'i.

İçeride doğum sancıları çeken Keder, kapının önünde o sancıyı bedeninde aynen hisseden, içerideki bir doğururken kendisi dokuz doğuran Fidan ve bostan korkuluğu misali bir koca!

Saatler sonra geldi müjde:

"Nur topu gibi bir kızınız oldu!"

İsmail'de gizleyemediği, gizlemeye de gerek görmediği bir hayal kırıklığı... Fidan'da ise, başına devlet kuşu konmuş şanslı kulların coşkulu sevinci. Ve bir an önce içeriye girip Keder'le bebeğini kucaklama sabırsızlığı...

Kendi kabına sığmaz halinin yanında İsmail'in okyanusta gemileri batmışçasına kararmış, kahır dolu yüzünü görünce durakladı Fidan. Elini İsmail'in koluna koydu.

"Gözün aydın İsmail Efendi!" dedi. "Bilirim, siz Doğulular, daha doğrusu siz erkekler, on tane oğlunuz olsa, gene de erkek evlat istersiniz. Yanlış! Onu söyler, onu bilirim; her ana babanın mutlaka bir kız evladı olmalı! Hele babaların... Yarın öbür gün senin hatırını soracak, eline kahveni verecek, dertlerinle dertlenecek, sevincini paylaşacak olan kızındır! Bu sözlerimi unutma."

Arkasını dönüp kapıya doğru yürüdü. İki adım gerisinde de İsmail... Omuz farkıyla girdiler içeriye.

"Hobarey!" diye kendine has bir sevinç çığlığı attı Fidan. Doğruca beşiğin içindeki yıkanmış, kundaklamış bebeğe doğru yürüdü. "Yüzü ışıklı bu çocuğun" dedi. "Hayırlı uğurlu olsun ikinize de."

Komşu kadının aşırı sevincinin yanında sönük kalmaktan çekinir gibi, beşiğe yaklaştı İsmail de. Bebeğin tüy misali yumuşacık saçlarına değdirdi parmağını. Belli belirsiz bir gülümseme dolandı yüzünde. Kız doğurmuş olmanın ezikliğiyle yatağın içinde büzüşüp kalmış Keder'e döndü.

"Hayırlı olsun" dedi fısıltı gibi çıkan güçsüz sesiyle. "Dükkâna gideyim ben. Yiyecek bir şeyler gönderirim size."

İsmail'in arkasından bakarken, "Çok bile kaldın!" diye söylendi içinden Fidan. Keder'in terden ıslanmış saçlarını okşadı.

"Her kadın kız doğuramaz!" dedi titreyen sesiyle. "Yedi tane altın perçemli oğlan bir yana, şu kız bir yana. Biliyor musun, asıl şimdi anne oldun sen! Ne kadar kurumlansan hakkındır. Allah güle güle büyütmeyi, mürüvvetini görmeyi nasip etsin sana. Amin!"

Pembe Bebek / Pembeyaz

"Bütün bebekler melektir!" diyordu Fidan. "Ama bizimki melekten de öte bir şey. Hayatımda gördüğüm en muhteşem yaratık! İyi ki doğurdun kız... Bana da evlat sıcaklığını tattırdın ya, Allah senden razı olsun."

Keder'in kızını kendi çocuğu gibi benimsemişti Fidan. Öz teyzesi Gülistan'dan bile önde görüyordu kendini. Telaşesi çoktu Gülistan'ın; evi, kocası, çocukları... Ancak iki günde bir, o da birkaç saatliğine uğrayabiliyordu Keder'e. Fidan ise sabah erkenden geliyor, akşam İsmail'le oğlanların işten dönüş saatine kadar kalıyor, canla başla hizmet ediyordu Keder'le Pembe Bebek'e.

Bebeğin adı konmamıştı henüz. Okşamaya kıyamadıkları pespembe, yumuşacık tenini hayranlıkla seyrederken, "Siz ne derseniz deyin, ama ben *Pembe Bebek* diye çağıracağım onu" demişti Fidan. Keder'in aklında da benzer bir şeyler vardı ama kocasıyla konuşmalıydı önce.

"Bebeğin adını ne koyacağız?" diye sordu İsmail'e.

O ne dese o olacaktı kuşkusuz, aksini hayal etmek bile abesti.

Önemsemez bir tavırla omuz silkti İsmail.

"Düşünmüşsündür sen. Oğlan olsa neyse da... Kızın adı Ayşe olmuş, Fatma olmuş fark etmez benim için."

Kocasının aksiliği ve huysuzluğu ilk kez işine gelmişti Keder'in.

"Fidan Abla'yla *Pembe Bebek* diye çağırıyoruz" dedi. "Eğer uygun görürsen, *Pembe* koyalım mı adını?"

Kafasında şöyle bir ölçtü biçti İsmail.

"Siz o işi çoktan halletmişsiniz zaten" dedi. "Ne diye soruyorsun ki? Fidan Ablanla sen... Ne haliniz varsa görün!"

Kocasının azarlayıcı bir tavırla söylediği bu sözler okşama gibi geldi Keder'e.

"Pembe..." diye fısıldadı. "Kızımın adı Pembe olacak!"

Müjdeyi Fidan Ablasına uçurmak için sabırsızlanıyordu...

* * *

Kendisi anne olamamıştı ama bebeğin kırkı nasıl çıkarılır, kırk banyosu nasıl yaptırılır, yolunca yordamınca pek iyi biliyordu Fidan. Üç çocuk anası Keder'den bile daha iyi...

Derince bir leğenin içine su doldurdular önce. Dirseğini değdirerek suyun sıcaklığını ayarladı Fidan. "Taş gibi sağlam olsun yavrumuz" diyerek küçük bir taş attı suyun içine. Ardından da Keder'in çeyrek altınlarından biri leğendeki yerini aldı. Bebeğin ömrü bereketli geçecekti bu altın sayesinde.

Başından sular inerken hiç sesi çıkmadı Pembe'nin. Ağlamak bir yana, elini kolunu salmış, keyfini çıkarıyordu sanki kırk banyosunun. Şeffafmış gibi duran kadifemsi teni örselenmesin diye üzerine tülbent geçirilmiş havluyla kuruladılar bebeği. Zıbınını, tulumunu giydirdiler.

Pembe'yi kucağında tutarken içi titriyordu Fidan'ın.

"Küçükken, bize her gelişinde pembeli beyazlı peynirşekeri getirirdi dedem" dedi. "Çocukluğumun şekerlemelerine benziyor bu kız. Pembe, beyaz ve dünya tatlısı..."

Gözlerini Pembe'nin her saniye farklı kıpırdanışlarla şekil değiştiren mimiklerinden ayırmadan, "Benim hayatımda bahar olmadı hiç" dedi Keder'e. "Yaz da! Hep kışları yaşadım ben. Ama bu kız var ya bu kız... Pembe beyaz bahar tomurcukları açtırdı şu çorak yüreğimde. Yaz güneşinin ışığını, sıcağını taşıdı bana avuçlarında. Pembe beyaz gülüşüyle Pembeyaz'ım oldu benim."

Kızının, kan bağı bile olmayan bir yabancı tarafından bu kadar sevilmesi, gururunu okşuyordu Keder'in. Hem, sokaktan geçen bir yabancı da değildi Fidan. Can yoldaşı, arkadaş, sırdaş olmuştu Keder'e. Laf olsun diye abla demiyordu, en az kendi ablası kadar yakın hissediyordu onu kendine.

Pembe'yle Fidan'ın sarmaş dolaş haline bakıp, "Yalnız doğurmakla ana olunmaz" dedi. "Sen de anası sayılırsın onun. En az benim kadar emeğin var üzerinde. Hele bir büyüsün, dillensin... Fidan Ana diyecek sana."

"O güne kurban! Bir kez olsun Fidan Ana desin, öbür dünyaya göçüp gitmeden cennete taşısın beni..."

Keder de bir başka düşkündü Pembe'ye. İlk kez anne oluyordu sanki. Oğlanlardan sonra fazla ara verdiğindendi belki. Ya da kız çocuğu farkı! Kendi yaşadıklarının etkisiyle olsa gerek, kız çocuklarının daha çok sevgiye ve ilgiye ihtiyaç duyduğunu düşünmüştü hep.

Çocuk, kadının en özel, en nadide eseriydi. O eserin beğeni görmesi, sevilmesi onurlandırırdı kadını. Kendi verdiği sevgi yetmezdi, çevresindeki herkes çocuğunu sevsin isterdi. Özellikle de babası!

Bu yüzdendi akşamüstleri elinin ayağının dolaşması, İsmail'in işten dönüş saati yaklaşırken duyduğu o tatlı telaş... Banyosunu o saatte yaptırıyordu Pembe'nin, kurulayıp mis kokulu pudralar serpiyordu minicik bedenine. Her gün farklı renkte tulumlar giydiriyor, tüy gibi uçuşan seyrek saçlarını elleriyle şekillendirip süslüyordu kızını. Babası görsün, beğensin, sevsin, her gün bir önceki günden daha uzun süre kucağında tutsun diye.

Kaynanasından duymuştu, kız çocuğu doğduğunda, "Beni

kırk gün atmasınlar, kendimi sevdirmesini bilirim ben" dermiş. Doğruydu işte. İsmail de Keder'in umduğundan daha sıcak davranıyordu artık Pembe'ye. Açıktan açığa dile getirmiyordu gerçi, ama Keder "Babasını özlemiş kızım" diyerek Pembe'yi kucağına bıraktığında aydınlanıveriyordu yüzü. Ya da Keder'e öyle geliyordu. Öyle olmasını delicesine istediği için.

Kendi çektiklerini çekmesindi kızı, yok sayılmasındı, görmezden gelinen bir evlat olmasındı babası için. Sevsinlerdi birbirlerini, sevgilerini göstermeyi son ana bırakmasınlardı. Geriye dönüp baktıklarında hayıflandıkları, "keşke" diyecekleri hiçbir şey kalmasındı arkalarında...

* * *

"Gene hamileyim ben!"

Keder'in süklüm püklüm, biraz da bıkkınlıkla söylediği bu sözler, Fidan'ı sevinçten çılgına çevirmeye yetmişti. Sımsıkı kucakladı Keder'i, neresi rast gelirse, yüzünü gözünü, saçlarını öpücüklere boğdu.

Keder'in, kollarının arasında cansız bir bebek gibi durduğunu fark edince bir adım geri çekildi, "Ne o?" dedi. "Pek memnun görünmüyorsun."

"Pembe'ye kıyamıyorum be abla! Üç yaşını doldurmadı daha. İlgiye, sevgiye ihtiyacı var yavrumun. Yeni bebek bir adım öne geçecek haliyle."

"Herkesin yeri ayrı!" diye kesti Fidan. "Pembe'nin sevgisini alıp yeni doğacak çocuğa verecek değilsin ya. Pembe doğdu diye oğlanları defterden sildin mi? Hayır! Bu sefer de öyle olacak."

"Bana kalsa başka çocuk istemezdim. Ah İsmail, ah! Bir oğlan daha isterim diye tutturmasa, bu zamanda üç çocuk neyimize yetmezdi?"

"Doğacak bebenin erkek olacağının garantisi var mı?" diye güldü Fidan.

Kararıverdi Keder'in yüzü.

"Eğer bu da kız olursa, İsmail'in elinden kurtuluşum yok! Ama yeter be abla! Yeminle söylüyorum, bu son! Kız olsun, oğlan olsun, takat kalmadı bende. İsterse üstüme kuma getirsin, bu defteri kapatıyorum ben."

Ağzı kulaklarındaydı İsmail'in. Piyangoda büyük ikramiyeyi yakalamışçasına sevinçli, üçüncü oğlunun yolunu gözlüyordu. Hayır, başka bir ihtimali düşünmek bile istemiyordu. Bir aileye bir kız yeterdi. Hatta onun kafasına göre fazlaydı bile ya, neyse... Pembe'yi doğurarak bir kez tökezlemişti Keder, ama bu sefer karısının oğlan doğuracağından adı gibi emindi İsmail.

Hepsinin beklentisi aynı noktada kesişiyordu. Keder, İsmail'in sesi kesilsin diye istiyordu oğlan doğurmayı. Fidan ise Keder'in, kocasının gözünde değer kazanması, bir kez daha oğlan anası ayrıcalığını tatması, yüzünün gülmesi için.

Hem, aileye katılacak yeni bir erkek çocuk, Pembe'nin de hayrınaydı. Hep "biricik" olarak kalacaktı. Ailenin biricik kızı, evin biricik prensesi... Üzerindeki sevgi yoğunluğu azalacağına, katbekat artacaktı...

Yusuf

Zor bir doğumdu. Saatlerce sancı çekmişti Keder. Beklentileri boşa çıkmamıştı neyse ki. Erkekti bebek! Dört buçuk kiloluk bir tosuncuk...

Yusyuvarlak bir çehre, kalemle çizilmiş gibi duran simsiyah muntazam kaşlar, iki üç aylık bebeğin yüzünde bile ender görülen ciddi bir yüz ifadesi...

Emzirmesi için kucağına verilen bebeğe hayretle baktı Keder. "Babam!" diye mırıldandı usulca.

Kucağında tuttuğu, babasının minik bir kopyasıydı sanki. Kendi çocukları bile Servet'e bu denli benzemiyordu. Acıyla burkuldu yüreği. Keşke o da görebilseydi diye geçirdi içinden. Kim bilir, belki bir gün... Dedeyle torun, kısa süreliğine de olsa aynı havayı soluyabilirler miydi acaba?

"Oğlumun adı Yusuf olacak!" dedi İsmail.

Önceden düşünüp tasarlamıştı besbelli. Ses etmedi Keder. İsmail ne dese oydu! Yusuf adı onun da hoşuna gitmişti üstelik.

Kocasına, "Neden Yusuf?" diyecek cesareti bulamadı kendinde. Fidan'a sordu.

"Oğluna peygamber adı koymuş kocan! Daha ne istiyorsun?" dedi Fidan.

Cehaletinden duyduğu utançla, "Peygamber mi?" diye mırıldandı Keder.

"Evet. Teyzemin oğlunun adı da Yusuf, oradan biliyorum.

Allah tarafından kendisine rüyaları yorumlama ilmi bahşedilmiş, üstün vasıflara sahip bir peygamber o. Kıskanç kardeşleri babalarından gizli kuyuya atmışlar Yusuf'u, sonra da köle olarak Mısırlılara satılmış. Başından neler geçmiş neler... Muhteşem bir güzelliğe sahipmiş Yusuf Peygamber. Tıpkı bizim Yusuf'umuz gibi."

Gerçekten de pek güzeldi Yusuf. Özenle oyulmuş heykel misali yüzüne bakmaya doyamıyordu Keder. Bebecik hali böyleyken, delikanlılığında ne kadar yakışıklı olacak, ne canlar yakacaktı kim bilir! Hiçbirine yüz vermeyecekti Yusuf, annesinin gösterdiği kızla evlenecekti.

Kaynana olacaktı Keder, kaynana!

Aklından geçenlere gülüverdi. Ama olmayacak şeyler de değildi düşündükleri. Yeter ki Allah o günleri göstersindi Keder'e...

Baba

Sizin hiç babanız öldü mü?
Benim bir kere öldü kör oldum
Yıkadılar aldılar götürdüler
Babamdan ummazdım bunu kör oldum.

Cemal Süreya

Aylardır karşı tarafa, Gülistan Ablasına gidememişti Keder. Doğumdan önceki ağır hamilelik döneminde de, doğum sonrasının telaşlı günlerinde de koşup gelen ablası olmuştu hep. Yusuf'un kırkını döktükleri gün de çocukları alıp gelmiş, ama giderken, "Haftaya cuma günü bekliyorum" demişti. "İtiraz istemem. Ha... İki küçük çocukla zor olur dersen, Fidan Ablanı da takarsın koluna."

"Fidan Ablan" derken biraz sitemli miydi sesi, yoksa Keder'e mi öyle gelmişti, bilemiyordu. Belli etmemeye çalışsa da, kardeşinin Fidan'la olan yakınlığından pek hazzetmiyor gibiydi Gülistan.

Önce İsmail'den izin aldı Keder. Kocasının, "Onca yol, iki küçük çocuk" diye başlayıp binbir dereden su getirerek itiraz edeceğini bildiğinden, "Fidan Abla da bizimle gelecek" diyerek gidiş yolunu araladı.

Tamamdı. Bir gün önceden hazırlıklarını yaptı. Pembe'yle Yusuf'un yedek giysilerini bir çantaya doldurdu. Gülistan'ın çocuklarının pek sevdiği marmelatlı kurabiyelerden pişirip paketledi.

Fidan da en az Keder kadar hevesliydi. İlk ziyarete eli boş gidilmezdi. Çarşının içindeki kuyumcudan aldığı gümüş telkâri işlemeli nazarlığı götürecekti Gülistan'a.

Ama olmadı, gidemediler!

Perşembe akşamı yemekten sonra, İsmail'le oğlanlar televizyonun karşısına kurulurken, Keder de Yusuf'u uyutup ortalığı toparlamaya koyulmuştu. Telefonun sesiyle irkildi. Akşam vakti, kim arardı ki onları?

Gülistan'dı! Garipti sesi, boğuktu. Ağlıyordu. Ne söylediği anlaşılmıyordu hıçkırıklarından.

"Babam!" diyebildi güçlükle. "Babam... Kapının önüne yığılıvermiş. Hastaneye kaldırmışlar... Nafile! Babamızı kaybettik Keder!"

Telefonluğun önündeki tabureye çökercesine oturdu Keder. Cereyana tutulmuş gibi titriyordu her yanı. Bir anda bütün duyularını yitirmişti sanki. Ahizeyi tutan keçeleşmiş parmaklarını hissetmiyordu.

"Nasıl yani?" dedi. "Öldü mü şimdi babam?"

"Maalesef!" derken yeniden hıçkırıklara boğuldu Gülistan. "Annemin ne kadar perişan olduğunu düşünebiliyor musun?"

Dili tutulmuştu sanki Keder'in, ağzını açıp tek laf edemiyordu.

"Ahmet'le ben yarın sabah uçağıyla gidiyoruz" dedi Gülistan. "Sen de gelir misin? Böyle bir günde anamızın, kardeşlerimizin yanında olmazsak... Ne diye yaşıyoruz ki?"

Keder'in suskun halini fark edip üsteledi:

"Geleceksen söyle, bileyim. Yer ayırtacağım."

Telefonu kapatıp, eli kolu iki yanına düşmüş, perişan bir halde oturma odasına doğru yürüdü Keder.

"Başın sağ olsun" dedi İsmail, duygudan yoksun, inişsiz çıkışsız tekdüze ses tonuyla, yabancı birine âdet yerini bulsun diye başsağlığı diler gibi.

"Gülistan'la Ahmet yarın sabah uçağıyla gideceklermiş"

dedi Keder. "İznin olursa... Ben de gidebilir miyim?"

Ateş saçan gözleriyle, "Ne izni be kadın!" diye haykırdı İsmail. "Biri elinde, biri kucağında iki küçük çocukla nereye gidecekmişsin? İzin falan yok! Kıçını kır, otur oturduğun yerde!"

Başka zaman olsa başını eğer susardı, ama bu kez durum farklıydı. "Ölüm bu!" dedi. "Hiçbir şeye benzemez. Babam ölmüş benim! Anam, kardeşlerim..."

"Başlatma anandan, bacından! Babası ölmüşmüş! Pöh... Baba da baba olsa bari. O adam değil miydi, seni evlattan saymayan; bir an önce başından atmak için ablanı isterken seni bize kakalayan? Ne gün hatırını sordu, bağrına bastı seni? Yerinde olsam, adını bile anmam öyle herifin. Hadi, gözünün önü kuruyken yıkıl karşımdan! Sinirlerimi tepeme çıkartma da ayağımın altına almayayım seni."

O gece odasına gitmedi Keder, yatağına girmedi. Pencerenin önünde oturup karanlığın koynuna teslim etti gözlerini, sabaha kadar için için ağladı.

"Baba da baba olsa!" demişti İsmail.

Babasıyla olan hesabını çoktan kapatmıştı Keder. Ona en olmayacak adı verip ömür boyu "Keder" diye çağrılmasına neden olsa da, onu bile bile kör kuyulara özdeş bir evliliğe sürüklese de, ayrılacakları ana kadar varlığını görmezden gelip yok saysa da...

Bunların hepsini unutmuştu Keder. Babasıyla ilgili tek bir kare canlanıyordu gözlerinin önünde. İstanbul'a gelmeden önceki vedalaşmaları!

İlk kez saçlarını okşamıştı babası, ilk kez sarılmıştı kızına. Öncesinde yaşananlar silinivermişti o an. Keder'in zihninde kalan, babasının gözlerindeki, pişmanlıkla yoğrulmuş umarsız bakışlar ve gözpınarlarında göllenen gözyaşlarıydı yalnızca...

Saat onda buluşacaklardı, öyle sözleşmişlerdi. Ona on kala Keder'in kapısındaydı Fidan. Sabah erkenden banyosunu yapmış, geçen bayramda diktiği küf yeşili krep elbisesini giymiş, tüy tüy uçuşan seyrek saçlarını ensesinde toplamış, hiç âdeti olmadığı halde suratını pudralamış, dudaklarını belli belirsiz renklendirmiş; bütün bunları yaparken kendini görücüye çıkacak yeniyetme kız gibi hissederek, aynadaki aksiyle dalga geçmişti. Eh, Gülistan Hanım'ın huzuruna çıkmakla görücüye çıkmak arasında de pek fazla fark yoktu zaten.

Uzun uzun bastı kapının ziline. Hayret, ne ses vardı, ne soluk... Bir daha asıldı zile. Uykuda mı kalmışlardı ne? Tam yumruklamaya hazırlanıyordu ki aralandı kapı.

Saçı başı darmadağın, suratı kıpkırmızı, gözleri kan çanağıydı Keder'in; zor duruyordu ayakta. Onun bu perişan halini görmesiyle, "Ne oldu sana böyle?" diyerek kapıyı iteleyip içeri girmesi bir oldu Fidan'ın.

"Sorma abla!" demesiyle hıçkırıklara boğuluverdi Keder. "Babam... Babam öldü! Dün akşam geldi haberi."

Elindeki çantayı, Gülistan'a götüreceği hediye paketini koltuğun üzerine fırlattı Fidan. "Vah benim güzel yavrum!" diyerek Keder'in başını göğsüne yasladı. "Baba acısının ne demek olduğunu iyi bilirim. Hele arada hasretlik varsa..."

"Benimki katmerli acı abla! Cenazesine bile gidemedim babamın. Çok istedim ama göndermedi İsmail. Gülistan Ablam kocasını koluna takıp giderken, acımı bile paylaşmadı benim kocam."

Keder'in perişanlığının yalnızca babasının ölümünden kaynaklanmadığının farkındaydı Fidan. Ölüm bardağı taşıran son damla olmuş, yıllar yılı içinde biriktirdiği zehirli tortuyu fütursuzca, isyanla haykırma noktasına getirmişti Keder'i.

"Benim de kendisi gibi olmamı istiyor abla. Bütün bağlarını kopardı ailesiyle, adlarını almıyor ağzına. Benden de aynı davranışı bekliyor. Anamı, bacımı, gözümde tüten erkek kardeşimi nasıl yok sayarım? Geldiğimizin altıncı ayında babaannem öldü, sesim çıkmadı; göndermeyeceğini adım gibi biliyordum çünkü. Geçen yıl Hacer Ablam evlendi, düğününe gidemedim. Gülistan Ablamın anlattıklarıyla avunup oturdum. İstanbul'a geldim geleli iki defa gördüm anacığımı. O da, Gülistan Ablama geldiğinde. Evimde misafir edemedim! Neymiş, İsmail Efendi kendi anasını arayıp sormazken, kaynanasını mı kabul edecekmiş evine?"

Bağrış çağrış arasında, kanepenin köşesine büzüşüp oturmuş Pembe'nin gözlerinden süzülen yaşları ilk fark eden Fidan oldu.

"Bıcırık kızım benim!" diyerek kucaklayıverdi Pembe'yi. "Annen ağlıyor diye mi üzüldün? Kurban olurum ben o yaşlara. Geçecek yavrum... Şimdi güldürürüm ben annenin yüzünü."

Keder'e döndü. "Yapma böyle, toparlan biraz" dedi.

"Ne toparlanması abla?" diye haykırdı Keder. "Daha bu yaşında, anasının neler çektiğini zaten görmüyor mu o çocuk? Bu evde şu çiçek saksısı kadar kıymetim yok benim. Hakaret, aşağılama, dayak... Hem de en beterinden. Hepsine göğüs gerdim. Çocuklarımın hatırına..."

İlk kez bu kadar çözülüyordu Keder. Ablam deyip her şeyini paylaşsa da uzun uzadıya dertleşmekten, İsmail'in kötücül kişiliğini gözler önüne sermekten kaçınmıştı o güne kadar. Ama bıçak kemiğe dayanmıştı! Hem, yabancı mıydı Fidan Abla? O da bilsindi Keder'in neler yaşadığını.

Aslında Fidan, ilk günden notunu vermişti İsmail'in, ne meymenetsiz bir herif olduğunu tahmin edebiliyordu. Keder'in ürkek halinden, kocasının bahsi geçtiğinde istemsizce kapıldığı telaştan, o adamın elinden neler çektiğini kestirmek zor değildi. Ama o anlatmadıkça, meraklı mahalle karıları gibi saçma sapan sorular sorup bunaltmak istememişti Keder'i.

"Bir bardak su getireyim sana" diye doğruldu Fidan.

"Ben getiririm Fidan Teyze" diyerek yerinden fırladı Pembe.

"Aferin benim güzel kızıma, annesine hizmet etmeyi de bilirmiş."

Pembe'nin arkasından dalıp gitti Keder.

"Ah abla!" dedi. "Tam bir kâbus yaşadım dün gece. Canıma kıymayı bile düşündüm inan..."

"Hay ağzından yel alsın!" diye bağırdı Fidan. "Yaşanılan hiçbir şey, insanın hayatından önemli ve değerli değildir. Bunu aklından çıkarma."

Fidan'ı duymamış gibi devam etti Keder:

"Pembe'yle Yusuf olmasa... Yapardım be abla!"

"Ya büyük oğlanlar?" diye sinirle güldü Fidan. "Nusret, Nevzat?"

"Boş ver onları!" diye omuz silkti Keder. "Her geçen gün biraz daha benziyorlar İsmail'e. Evin içinde onlara hizmet eden bir kadınım ben sadece. Babalarından ne gördülerse o. Anasına değer vermeyen bir babanın evlatları da kendi analarını hiçe sayıyor haliyle. İnanır mısın, aynı çatı altında, 'oğlum' diye bağrıma basamıyorum çocuklarımı. Daha bu yaşta aynı babaları gibi horluyorlar beni. Yeminle söylüyorum, bana bir şey olsa umurlarında olmaz."

Pembe'nin, iki eliyle sıkı sıkı tuttuğu bardağın içindeki su dökülmesin diye küçük adımlar atarak odaya girmesiyle susuverdiler.

"Şu dünyalar tatlısı kızın elinden içilecek bir yudum su için bile yaşamaya değer!" diyerek bardağı aldı, Keder'e uzattı Fidan. "Kafanda dolanan saçmalıkları bir yana bırak da, bundan sonra ne yapabileceğini düşün" dedi. "Boş yere efelenmekle hiçbir yere varamazsın. Hani bir laf vardır: Ya bu deveyi güdersin ya da bu diyardan gidersin, derler. Dört çocuğu bırakıp bu diyardan gidemeyeceğine göre... Gitmeye kalksan gidecek yerin de yok ya, neyse. Tek ihtimal kalıyor. Bu deve gibi aksi ve huysuz kocayı gütmeye razı olmak."

Keder, elindeki bardakla bütünleşmiş gibi, dikkatle dinliyordu Fidan'ı.

"İçsene suyunu!"

Bir iki yudum yetmişti Keder'e. Su bile inmiyordu boğazından.

Bardakta kalan suyu avucuna döktü Fidan, eliyle Keder'in yüzünü, saçlarını sıvazladı.

"Madem bu diyardan gidemiyorsun, madem bu kavanoz dipli dünyada yaşamaya mecbursun... Madem ille de Pembe'yle Yusuf diyorsun... Onlar için olsun, ayakta durmak zorundasın be güzelim."

İçeriden yükselen Yusuf'un ağlama sesi tam üstüne geldi.

"İşte" diye güldü Fidan. "Adınız okundu Keder Hanım! Ama sen dur, alır getiririm ben oğlunu."

Az sonra kucağında Yusuf'la geri döndüğünde suratı beş karıştı Fidan'ın.

"Beline kadar ıslanmış çocuk! Belli ki aç da. Hadi Pembe, bezini getir de altını değiştirelim kardeşinin."

Yalnız altını değiştirmekle kalmadı Fidan, yüzünü gözünü sildi Yusuf'un, temiz bir zıbınla tulum giydirdi, Keder'in kucağına verdi.

"En son ne zaman emzirdin çocuğu?"

Şöyle bir düşündü Keder. Hatırlamıyordu.

"Sabaha karşıydı galiba. Emzirirken uyudu kucağımda, beşiğine yatırdım. Of ya... Kaç saat olmuş!"

"Hadi bakalım" dedi Fidan. "Gamı kasaveti üstünden at da doyur çocuğunu! Senin üzüntünü hisseder o, memenden sütünle beraber üzüntünü de çeker içine."

El kadar bebe anasının üzüntüsünü nasıl içine çekerdi, bilemiyordu Keder. Bildiği tek şey vardı: Yusuf, memesindeki sütü çekemiyordu!

"Dur bakayım hele" dedi Fidan. Keder'in memesini sıktı, sıktı... Tek damla süt gelmiyordu.

"Hay Allah kahretsin!" diye söylendi. "Sütün çekilmiş! Üzüntüden. Olacağı buydu. Hay ben böyle işin... Böyle kocanın..."

"Dolapta benim sütüm var!"

Pembe'nin cansiperane ikramını kabul etmekten başka çareleri yoktu. Şişedeki sütü kalaylı bakır tasa boşalttı Fidan. Ocağın üstüne koyup ılıştırdı. Tezgâhın üzerindeki, o güne kadar kullanılmasına gerek duyulmayan biberona boşaltıp Keder'in eline tutuşturdu.

"Kucağında tut çocuğu" dedi. "Sen emziriyormuşsun gibi hissetsin bari gariban."

Ana memesine alışık Yusuf, plastik biberon başlığını yadırgadı önce. Debelendi, başını iki yana sallayarak direndi bir süre. Ama ağzına değen sütün tadıyla salıverdi kendini. Saatler süren açlığının verdiği iştahla yapışıverdi biberona.

"Artık hiç mi sütüm gelmez Fidan Abla? Gerçekten de üzüldüm diye mi kesildi sütüm? Üzüntüyle kesilen süt, üzüntü geçince geri döner mi?"

Keder'in içi acıyarak, biraz da kendini suçlayarak sorduğu bu sorulara cevap vermekten âcizdi Fidan.

"Ne bileyim ben? Ne doğurdum, ne emzirdim, ne de sütüm oldu. Olmayan bir şeyin kesilmesi hakkında nutuk atacak halim yok. Ne diyelim, inşallah gittiği yerden döner gelir senin o nazenin sütün..."

Olmadı! Bir daha sütün zerresi uğramadı Keder'in memelerine.

"Hazır mamalara aklım ermez benim" diyordu Fidan. "Yusuf'uma öyle bir mama hazırlayacağım ki..."

Hevesle girdi mutfağa. Pirinci havanda dövüp un haline getirdi, seyrek dokumalı tülbentten eledi. Hazırladığı bu ev yapımı pirinç ununu sütle karıştırdı, biraz şeker ekledi. Pişirip biberona doldurdu.

Bundan sonrasında annesinin sütüyle değil, Fidan Teyzesinin hazırladığı bu özel mamayla beslenecekti Yusuf bebek. Biraz ele gelip farklı ağız tatlarıyla tanışıncaya kadar...

Haber vermek var, izin istemek yok

Şafak sökene kadar uyutmamıştı annesini Yusuf. Gazı vardı. Ayaklarını karnına çekip avaz avaz haykırıyordu. Kaynanasından öğrendiği usulle kimyon suyu kaynatıp kaşıkla ağzına dökmüştü Keder. Avucunun içiyle karnını, sırtını ovalayarak sakinleştirmeye çalışmıştı bebesini. Nafileydi!

Neden sonra ağlamaya, bağırmaya mecali kalmamış gibi, kendinden geçiverdi Yusuf. Ayağında sallayarak güçlükle uyuttuğu oğlunu beşiğine alırken, altından nasıl kalkacağını bilemediği kendi iç sancılarıyla boğuşmaktaydı Keder.

Kara kara düşünüyordu iki gündür. Annesini görmeye gideceğini nasıl söyleyecekti İsmail'e?

Cenaze ve taziye günlerinin ardından İstanbul'a dönerken, annesini de beraberinde getirmişti Gülistan. Telefonda haberi aldığından beri içi içine sığmıyordu Keder'in. Ne yapıp edecek, görecekti anacığını!

Ya İsmail bir maraza çıkarırsa? Ya huysuzluğu tutar da, "Gitmeyeceksin!" derse?

Endişelerini dile getirdiğinde, "O kadar da uzun boylu değil!" demişti Fidan. "Ana bu! Hem de yaralı, acılı bir ana. Kalkmış, yaşadığın şehre gelmiş ve sen ona gidemeyeceksin ha! Senin karşına dikilecek koca bende olacak... Ayağından tavana ters asar sallandırırdım billahi!"

En can alıcı sırlarını kendisiyle paylaşmasından aldığı cesaretle Keder'e, nasıl hareket etmesi gerektiği konusunda akıl vermeyi de ihmal etmemişti.

"İzin almak yok artık! Bundan sonra böyle... Köle misin sen? Dört çocuk vermişsin bu adama. Ananı görmek için bile izin isteyeceksen, hiç yaşama daha iyi. Ha... çat diye kapıyı vurup çek git demiyorum sana. Söylemeden olmaz! 'Ben şuraya gidiyorum, haberin olsun!' Hepsi bu. Neymiş? Haber vermek var, izin istemek yok!"

Sabahı sabah etti Keder. Kahvaltı sofrasını hazırladı, İsmail'le oğlanların kalkmasını bekledi.

"Gülistan'la Ahmet dönmüş" dedi çayları doldururken. "Annemi de getirmişler gelirken."

"Ooo..." diye sırıttı İsmail. "Kocasının kırkını beklemeden gezmelere çıkmış ha Zehra Hanım!"

Duymazdan geldi Keder. Derin bir soluk aldı. Aklında Fidan'ın önceki gün adeta ezberlettikleriyle, dersine iyi çalışmış öğrenci gibi, "Yarın annemi görmeye gideceğim!" dedi. Kocasının eline itiraz edecek koz vermemek için de, "Fidan Abla da bizimle gelecek" diye ekledi hemen.

Kelimelerin üzerine keskin bir bıçak inmiş de konuşmalarını bölüvermiş gibi kısa bir sessizlik anı... İsmail'in, karısının kararlı tutumu karşısındaki şaşkınlığı. Nusret'le Nevzat'ın, Keder'le İsmail arasında gidip gelen, "Nereye varacak bu iş?" yolundaki merak dolu bakışları... Ve Keder'in, yaptığı bu alışılmadık çıkıştan sonra, verilecek cezayı beklercesine süklüm püklüm, boynu bükük hali.

Zaman kazanmak ister gibi, "Çay doldur hele sen!" diyerek, son yudumunu kafasına diktiği bardağı Keder'in önüne itti İsmail. "Dilin uzamış senin!" dedi çayını karıştırırken. "Bu seferlik susuyorum ama... O dili kökünden kesmesini bilirim ben!"

Başını önüne eğdiği için kocasının yüz ifadesini göremiyordu Keder, öfke saçan sesini duyuyordu yalnızca. Bu yüzden de kulağına çalınan sözleri algılamakta zorlandı, daha doğrusu inanamadı o sözlerin gerçekliğine.

"Git bakalım! Kocasının taziyesi bitmeden, utanmadan yollara düşmüş ananın eteğine yüz sür de başın göğe ersin..."

Olmuştu! Olmuştu işte... Haklı çıkmıştı Fidan Abla. Bir arpa boyundan öteye geçmezdi belki ama engebeli, taşlı topraklı da olsa yepyeni bir yol açılmıştı Keder'in önüne. "Haber vermek var, izin istemek yok!" yazıyordu bu yolun giriş tabelasında...

* * *

Sızılıydı kavuşmaları, hüzün kokuluydu. Ama bir o kadar da coşkulu... Kaybedilenin acısı yanında, iki yıllık hasretin kısa süreliğine de olsa rafa kaldırılmasının sevincini yaşıyorlardı. Tamı tamına iki yıl önce kucaklaşmışlardı en son. Zehra, Hacer ve Hamdullah, Gülistan'ın ısrarıyla bir haftalığına İstanbul'a geldiğinde.

Yusuf'u ilk kez görüyordu Zehra, ilk kez bağrına basıyordu torununu.

"Keşke Hamdullah da gelseydi" dedi Keder. "Öyle özledim ki onu." Okulu vardı Hamdullah'ın, ablasında, Hacer'de kalmıştı.

"O kadar çok özledinse kalkar gelirsin!" dedi Zehra. Sitem akıyordu gözlerinden, sözlerinden.

Haklıydı anası. Gülistan baba evine gitmek için fırsat üstüne fırsat yaratırken, yıllardır o eşikten bir tek kez bile adımını atamamıştı Keder.

"Yapamadım, elim kolum bağlıydı! Dört duvar arasında yaşadım hasretlerimi" diyemedi. Yüreğini deşip dışarı vursa içindekileri... Şu kısacık beraberliğin tadını kaçırmaktan başka ne işe yarardı?

Her şeye rağmen, hepsi için çok güzel bir gündü. Sık sık gözyaşlarıyla bölünse de...

Yusuf'a önceden hazır ettiği, çengelliiğneyle mavi kurdeleye tutturulmuş bir altın lira taktı Zehra. Pembe'ye de göztaşlarıyla bezeli bir bilezik. Yediler, içtiler, söyleştiler. Ağlaştılar... Gözyaşları buruk gülüşlerle kucaklaştı, kahkahaya dönüştü kimi zaman.

Hiç yabancılık çekmemişti Fidan da.

"Bana da buyurun" dedi vedalaşırken. "Zehra Hanım dönmeden, mutlaka bekliyorum."

Gördüğü izzet ikramın karşılığını vermek istiyordu besbelli. Ama Keder için uyarı yerine geçti bu sözler. Ne kadar yakın olursa olsun, kapı komşusu annesini evine davet edecekti de, Keder boş mu duracaktı?

"Haftaya cuma bendesiniz!" dedi Gülistan'a. "Çocukları da getirin. Sabah erkenden bekliyorum."

İsmail'le konuşurken hiç olmadığı kadar öfkeliydi. Hele bir laf etsindi anası gelecek diye! Çocukları –iki büyük oğlanı hesaba katmıyordu–, Pembe'yle Yusuf'u aldığı gibi çeker giderdi evden! Onu bile göze almıştı.

Ne demeye hakkı vardı İsmail'in? Neyi yolunca yordamınca yapmıştı bugüne kadar? Cenazeydi, taziyeydi bir yana, buralara kadar gelmiş anasına en azından kuru bir başsağlığı dilemesi gerekmez miydi?

Kocasının yapacaklarından çoktan vazgeçmişti Keder, kendisine karışmasın yeterdi.

"Bu cuma annemler gelecek" dedi. "Gülistan, çocuklar... Haberin olsun!"

Ses etmedi İsmail. Kaynanasının, baldızının gelecek olmasından duyduğu memnuniyetten değil, ters bir şey söylemeye, karşısında kendince efelenen karısının ağzının payını vermeye üşendiğinden.

Hem ne olacaktı ki? Sabah gelip akşam gideceklerdi nasılsa. Gözüne görünmesinler de, o evde olmadığı saatlerde ne halt ederlerse etsinlerdi...

Boşlukta asılı kalmak

Avaz avaz haykırarak uyanmıştı Yusuf. Acıkmıştı. Mutfağa dar attı kendini Keder. Eli ayağına dolaşmış bir halde hazırladığı mamayı biberona boşalttı. İçeriden gelen seslere kulak kabarttı... Hayret, kesilivermişti Yusuf'un sesi. Telaş içinde koştu odaya.

Karşısındaki manzaraya kızsın mı, gülsün mü bilemedi. Pembe çelimsiz kollarıyla Yusuf'u kucaklamış, annesinden gördüğü gibi, minicik elleriyle sırtına pat pat vurarak, gücünün yettiğince sağa sola sallayarak kardeşini susturmayı başarmıştı.

"Ne yaptın sen kızım?" diye haykırarak Yusuf'u kucakladı Keder. "Ya düşürseydin? Sakın ha bir daha yapmayasın!"

"Çok ağlıyordu ama anne!" diyerek itiraz etti Pembe. "Kucağıma almazsam ölür diye korktum."

"Merak etme, ağlamakla ölmez bebekler."

Kızmıştı, daha doğrusu kızar görünmüştü. Hoşuna gitmişti aslında Pembe'nin Yusuf'a sahip çıkışı.

Dört yaşındaydı henüz Pembe. Yusuf doğduğunda, kızının yeni bebeği kıskanacağını düşünmüştü Keder. Yanılmıştı neyse ki. Oyuncak bez bebeklerini bir kenara bırakıp kardeşini kucaklayıvermişti Pembe. Tüm dünyası Yusuf'tu artık. O uyurken çıt çıkarmıyor, uyanacağı zamanı iple çekiyordu. Sanki akranlarmış gibi, bıkıp usanmadan konuşuyordu kardeşiyle, annesinden öğrendiği masalları anlatıyor, ağlar gibi olduğunda emziğini veriyordu ağzına.

"Evcilik oynuyor bu kız!"

Başlangıçta, Fidan'ın koyduğu teşhis buydu. Ona göre, oyuncak bebek yerine canlısıyla oynamak cazip gelmişti Pembe'ye. Ama zaman içinde işin rengi değişti. Pembe'nin, Yusuf'un altı değiştirilirken koşup bezini getirmesi, yaptığı şaklabanlıklarla ağlayan bebeği şıp diye susturarak onu saatlerce oyalayabilmesi ve bütün bunları yaparken yüzüne yayılan o çocuksu sevinç ifadesi... Sıradan bir oyuna benzemiyordu bunlar.

"Senin kızın *küçük anne* olmuş, haberin yok!" dedi Fidan. "Evcilik oynamak falan değil yaptığı. Boyuna bosuna bakmadan, resmen çocuk eğliyor kerata!"

Pembe'nin kardeşine düşkünlüğü karşılıksız değildi. Yusuf iki yaşını doldurduğunda, o da en az onun kadar düşkündü ablasına. Uykudan uyanır uyanmaz, "Anne" değil, "Aba" diye açıyordu gözlerini. Hele Pembe ortalarda görünmesin! "Aba... Aba..." nidalarıyla evin içinde dört dönerek, oda oda aranıyor, bulduğunda sevinç çığlıklarıyla sarılıyordu ablasına. Onların sarmaş dolaş birliktelikleri biricik mutluluk kaynağıydı Keder'in.

Bir keresinde, "Çok istediğin bir şey olmazsa, boşlukta asılı kalırsın!" demişti Fidan.

Derin laftı, inceliğine varamamıştı Keder. Hayatında çok istediği bir şeyin olmaması halinde mi boşlukta kalırdı insan, yoksa istekleri gerçekleşmediğinde mi, orasını tam olarak kavrayamamıştı. Ama "Bugüne kadar neyi şiddetle istedim ben?" diye uzun uzun düşünüp sorgulamıştı kendini.

Bir zamanlar, televizyonda izlediği romantik filmlerdeki gibi sevilmeyi ve sevmeyi isterdi mesela. Olmamıştı. Hayal ettiği ölçüde ne sevilmiş, ne de sevmişti.

Yolunda giden, kavgasız gürültüsüz bir evlilik... Fazlasında gözü yoktu, o kadarı da yeterdi Keder'e. Olmamış, olamamıştı. Kocasının peşinden, onun yürüdüğü çapraşık yolda, gösterdiği yöne doğru ilerlemek zorunda kalmıştı hep.

Kısa bir süre öncesine kadar hiçbir beklentisi yoktu hayattan. Ama şimdi tüm varlığıyla, yüreğinin ve beyninin tüm hücreleriyle istediği bir şey vardı:

"Pembe'yle Yusuf'un oluşturduğu bu sıcacık sevgi yumağı hiç mi hiç çözülmesin!"

Çözülmesin ki... O karanlık, derin ve anlamsız boşlukta asılı kalmasın Keder!

İkinci bölüm

Ezenler ve ezilenler

Oyuncak bez bebeklerini bir kenara bırakıp kardeşini kucaklayıvermesinin üzerinden yıllar geçmişti Pembe'nin. Kucaklayış o kucaklayış, bir daha hiç bırakmamıştı kollarından Yusuf'u. Yusufsa nasıl gözünü açıp ilk Pembe'yi görmüşse, öylece beynine nakşetmişti ablasını. Minicik bedenlerine bakmadan bölünmez bir bütünün parçaları haline geldikleri ilk günlerdekinden de güçlü bağlarla bağlıydılar birbirlerine.

Ne babalarının şefkatten uzak, sevgisiz, katı davranışları, ne de babalarının birer kopyası olmaya aday, kendi kısır dünyalarının içine hapsolmuş ağabeylerinin sevgiden yoksun ve uzak duruşu etkiliyordu onları. Evin etkisiz bireyi olmaktan öteye geçemeyen, hiçbir konuda fikri sorulmayan, sözü dinlenmeyen, her fırsatta itilip kakılan anneleriyle gizli bir dayanışma içinde, terazinin kefesine konulduğunda tüy kadar ağırlığı olmayan, iddiasız, kendi halinde bir üçlü oluşturmuşlardı.

İsmail Efendi –mahalleli ve çarşı esnafı böyle çağırıyordu artık İsmail'i– kendi kiralık dükkânından sonra yanındaki dükkânı da satın alarak kahvehaneyi genişletmiş, parasına para, namına nam katarak İstanbul'a ilk geldiğinde hedeflediği konuma fazlasıyla kavuşmuştu. İki büyük oğlu Nusret'le Nevzat'a da yanı başında büfe açmış, evlendirmiş, ev bark sahibi yapmıştı ikisini de.

Hayır, çocuklarının hiçbirini okutma gereği duymamıştı İsmail, ilkokulu bitireni çekip almıştı okuldan. Nusret de Nevzat da ses etmemişti, ama en ufakları, Yusuf yumurcağı, başını yastığa bastırıp geceler boyu ağlamıştı yatağında. Onun sesini duymazdan, karısının yalvaran bakışlarını görmezden geldi İsmail. "Vakitlice işi öğrensin, hamlıktan pişkinliğe adım adım yürüsün" diyerek Yusuf'u çırak aldı yanına.

Kahvede çalışanların hepsinden ağırdı Yusuf'un işi. Hem kahvehanede oradan oraya koşturuyor, hem de yan taraftaki, ağabeylerinin çalıştırdığı sandviç büfesinin ayak işlerine bakıyordu. Kahvehane için çay, şeker, kahve, deterjan mı alınacak; çevre dükkânlardan sipariş edilen sıcak soğuk içecekler yerlerine mi ulaştırılacak, hepsi Yusuf'un sırtınaydı.

Bu kadarı yetmezmiş gibi, eleman eksikliği yüzünden, büfeye gelen siparişlerin yerlerine ulaştırılması da Yusuf'un üstüne kalmıştı. Zaman içinde, "Yedekçi" diye anılmaya başlandı Yusuf. Joker gibi, nereye konursa o işe yarıyordu ya.

"Hadi Yedekçi, al şu paketi, şu adrese yollan bakalım!"

"Ense yapmak yok, fırla hemen Yedekçi! Müşteri sipariş bekliyor."

Ezenler ve ezilenler... Aynı aile içinde, ayrı kutuplarda yaşıyor gibiydiler. İsmail'le iki büyük oğlu Nusret ve Nevzat *ezenler*, Keder, Pembe ve Yusuf da *ezilenler* rolünü öylesine benimsemişlerdi ki, hiçbiri yerinden ve konumundan şikâyetçi görünmüyor, kurulu düzeni değiştirmeye yeltenmiyordu. Ezenler memnundu zaten gidişattan, ezilenlerin ise seslerini yükseltmeye ne niyetleri vardı, ne de cesaretleri. Böyle gelmiş, böyle gidecekti işte...

Ancak, hiç hesapta olmayan gelişmeler kurulu dengeleri sarsmakta gecikmedi...

Talip çıkmıştı Pembe'ye!

Kahvehanenin tam karşısındaki beyaz eşya bayii Süleyman –ki kendisi İsmail'in yirmi yıllık dükkân komşusu ve arkadaşıydı– karısının ölümü üzerine yeni eş arayışına girmiş, gözünün görüp gönlünün beğendiği ilk aday da, işyeri komşusunun yeniyetme kızı Pembe olmuştu.

Tesadüfen görmüştü Pembe'yi Süleyman. Pembe'nin, işlediği sofra örtüsü için, Fidan'la beraber nakış ipliği almaya çıktıklarında, kahveye uğradıkları gün.

Fırından çıkardığı suböreğini dilimleyip tepsiye doldurmuş, "Yolunuzun üzeri" demişti Keder. "Dükkâna bırakıverin. Taze taze yesinler."

İçeriye girmemişti bile Pembe, kapıdan uzatmıştı börek tepsisini. Ama o kadarcık bir görüntü bile, masaya kurulmuş, İsmail'le beraber çay içen Süleyman'a yetmişti.

Ertesi sabah İsmail'in karşısına geçti Süleyman. Lafı dolandırmadan, "Kızına talibim!" dedi. "Senin de rızan olursa..."

İlk anda celallenir gibi oldu İsmail. Komşusunun kızına yan gözle bakmak, olacak iş miydi?

Ama... Neden olmasındı? Süleyman'dan iyisini mi bulacaktı Pembe?

Kızcağız henüz on yedisinde bile değilmiş, talibi olacak adam en az otuz yaş büyükmüş ondan, üstüne üstlük ikisi erkek üçü kız, beş çocuğu varmış evde...

Ne gam! Varidatı yerindeydi ya. Parası pulu, evi, arabası... Böyle kısmet herkesin başına konmazdı.

Önce karısına söyledi İsmail, kızlarına yağlı bir talip çıktığını. Yok, ana olarak onun da fikrini almak için falan değil! Haberli olsunlar, birkaç gün sonra gelecek görücülere iyi hazırlansınlar diye.

Şaşkınlıktan ne söyleyeceğini bilemedi Keder. Karısı öldüğünde taziye evine sinilerle, tencerelerle yemek göndermişti Süleyman'ın. Ve o adam şimdi yaşına başına, evdeki boy boy çocuklarına bakmadan kızına talip oluyordu!

"Seninle akran değil mi bu Süleyman Efendi?" diyecek oldu. Hemen kesti İsmail.

"Ne var benimle akran olmuşsa?" diye gürledi. "Dayalı döşeli evi, dükkânı, bok gibi parası var herifin! Cebinden taşıyor banknotlar. Bundan iyi kısmet mi olur? Hem senin kıtıpiyos kızını başka kim alır ki?"

Kördü İsmail! Kıtıpiyos dediği kızının vasıflarını; bir göreni bir daha dönüp baktıracak güzelliğini, tazeliğini, şirinliğini, albenisini, becerikliliğini, uysallığını görmekten âcizdi.

Daha fazla uzatmadı İsmail.

"Pembe'yle konuş" dedi. "Ama şu ekşi suratını doğrult önce. Kara yas haberi değil, müjde veriyorsun kızına."

Durumu önce Fidan'a açtı Keder.

"Pembe'yle konuşurken yanımda ol" dedi.

Fidan'ın tepkisi büyüktü.

"Süleyman Efendi ha! Efendiler götürsün onu. Kart zampara! Tırnağına kurban olsun Pembe'min!"

İlk kez isyan etti Pembe de.

"O adama varmam ben!" diye çığlıklar attı. Annesinin, üzerine ikinci bir deri gibi yapışmış suskunluğuna, kaderciliğine, boyun eğişine karşı çıktı.

"Yeter!" dedi. "Babam yaşında, beş çocuklu adamla evleneceğime ölürüm daha iyi."

Annesi gibi ezilmeye şartlanmış, ezilmeyi kader bellemiş Pembe'yi yüreklendiren, mühür vurulmuş dilini çözen geçerli bir nedeni vardı: Sevdalanmıştı!

Annesiyle birlikte Gülistan Teyzesine bayram ziyaretine gittiklerinde karşılaşmışlardı Mustafa'yla. Ahmet Enişte'nin uzaktan akrabasıydı.

Yakışıklıydı Mustafa, ama yakışıklılığın ötesinde son derece sıcakkanlıydı. Gözlerinin içine kadar gülüyordu güldüğünde. Kadifeyi çağrıştıran esmer teni, konuşurken bir tutamı alnına düşen kuzguni siyah saçları, kömür karası gözleri ve dudağının kıvrımını mesken tutmuş gülüşüyle, televizyon dizilerinden birinde başrolü oynayan kara yağız delikanlıya benziyordu.

İlk kez bir şeyler kıpırdanmıştı Pembe'nin içinde, ilk kez bu denli hızlı çarpıyordu kalbi.

Misafir kalabalığının arasında, birbirlerine takılı kalmıştı gözleri. Bakışlarını Pembe'nin üzerinden alamıyordu Mustafa. Görür görmez vurulmuş muydu ne? Çay bardaklarını toplayıp mutfağa götürürken kapı aralığında yakaladı Pembe'yi.

"Tekrar görebilir miyim seni?"

Eli ayağı birbirine dolandı Pembe'nin.

"Bilmem ki..." diye geveledi. "Karşı tarafta oturuyoruz biz."

"O da laf mı?" diye güldü Mustafa. "Dünyanın öbür ucunda olsan gelirim sana. Yeter ki sen iste."

Böyle başladı beraberlikleri. İki kişilik cennet misali bir dünyanın kapıları böyle açıldı önlerine.

Gizli saklıydı buluşmaları, elverişsizdi şartlar. Teyzesine gittiklerinde, Gülistan'ın çocuklarıyla beraber parka gitme bahanesinin arkasına sığınarak... Ya da Mustafa'nın işten güçten fırsat bulup karşı tarafa geçebildiği zamanlarda, kısa süreliğine yaratılmış kaçamaklarla.

Ekmek fırınında ateşçi olarak çalışıyordu Mustafa. Kendi yağında kavrulan mütevazı bir ailenin tek oğluydu. Zengin değillerdi. Her şeyi açık açık anlatmıştı Pembe'ye.

"Ekmeğimi taştan değil, ateşten çıkarıyorum ben" diyor, yaptığı işten gurur duyuyordu. Zamane gençlerine benzemiyordu. Gözü pekti, dürüsttü, efendiydi ve kendine güveniyordu.

Ne İsmail Efendi'nin uzlaşmazlığı, ne de ağabeylerinin efelenmeleri korkutuyordu gözünü. "Zamanı gelsin, çekip alacağım seni o evden" diyordu.

O zaman gelmişti işte! Biraz erken olmuş, hazırlıksız yakalanmışlardı ama fark etmezdi. Süleyman Efendi meselesini öğrenir öğrenmez ailesiyle konuştu Mustafa.

"Ya bu kızı alırım ya da Mustafa diye bir evladımız yok der, unutursunuz beni!" diyerek kesin tavrını koydu.

Kimseye itiraz hakkı tanıyacak durumda değildi. Acil bir durum vardı ortada ve düğüm bir an önce çözülmeliydi.

Babasını küçük yaşta kaybetmişti Mustafa, muhatabı annesi ve ablasıydı.

"Tamam oğlum, sakin ol" dedi annesi. "Gider isteriz kızı. Ama her şey adabına göre olmalı. Önce bir haberci gönderelim, rızasını alalım kız babasının... Sonrasında Allah kerim."

Ablasının kocası Veysel seve seve üstlendi bu görevi. Yarından tezi yok, İsmail Efendi'nin kapısını çalacak, münasip bir lisanla niyetlerini anlatacaktı.

Hop oturdu hop kalktı İsmail. Haberci gelen Veysel'i kovmaktan beter etti. Mustafa ve ailesi kim oluyordu da, kızlarını isteyecek cesareti kendilerinde bulabiliyorlardı? İki dünya bir araya gelse, Pembe'yi Mustafa'ya vermezdi İsmail!

Kendini dar attı dışarıya Veysel.

"Benim çulsuza çaputsuza verilecek kızım yok!" diye arkasından bar bar bağırıyordu hâlâ İsmail.

En çok da Veysel'in, "Gençler birbirini görmüş, tanımış, anlaşmışlar" lafına bozulmuştu. Boynunun iki yanındaki damarlar patlayacak gibi şişmiş, suratı öfkeden kıpkırmızı, "Bostan korkuluğu muyuz biz burda ulan!" diye haykırıyordu. Pembe denen o küçük orospuya dünyanın kaç bucak olduğunu gösterecekti.

İsmail'in alelacele dükkâna çağırttığı Nusret'le Nevzat da zaten heyheyleri gelmiş babalarını daha da kışkırtmak için ellerinden geleni artlarına koymadılar.

"Vay be!" dedi Nusret. "Bizim kız arkamızdan ne işler çeviriyormuş da haberimiz yokmuş!"

"Sen elini yorma baba" dedi Nevzat da. "Bırak, gidip ağzını burnunu kırayım kaltağın."

"Karışmayın siz!" dedi İsmail. "Daha ben ölmedim. Elimiz ayağımız tutuyor evvel Allah."

Bir tek Yusuf katılmamıştı bu şiddet kokan muhabbete. Bir köşeye sindi, ablasının başına gelecekleri kestirmeye çalıştı... İçi bulandı. Keşke babasına, ağabeylerine kafa tutacak, onları engelleyebilecek gücü olabilseydi.

Korktuğundan değil, çaresizliğindendi suskunluğu. Konuşmaya kalksa, kim dinlerdi ki onu? Kim zerrece değer verirdi söyleyeceklerine? Haddini bilmek zorundaydı! Gariban bir "yedekçi"ydi altı üstü...

Eve girer girmez, "Nerede o kız?" diye gürledi İsmail.

Kızını koruma içgüdüsüyle bir adım öne çıktı Keder.

"Çekil önümden be kadın!" diye haykırarak elinin tersiyle karısını ittiği gibi Pembe'nin odasına daldı İsmail. Karyolanın köşesine ilişmiş Pembe'nin saçlarını parmaklarına doladı.

"Katil mi edeceksin beni kaltak!" diye bağırarak okkalı bir tokat aşketti suratına.

Yatağın üstüne seriliverdi Pembe. Kolundan çekip kaldırdı İsmail.

"Kızı orda burda elin herifleriyle oynaşıyor dedirmem kendime ben!" derken tekme tokat, var gücüyle hırpalamaya başladı Pembe'yi.

"Yapma İsmail!" diye araya girip kızına siper olmaya çalıştı Keder. Ama bu çabası İsmail'in azmış kudurmuş öfkesini daha da kamçıladı.

Yeni hedefi Keder'in suratına sağlı sollu tokatlar indirirken, "Hep senin başının altından çıkıyor!" diye bas bas bağırıyordu. "Kapılarında bekçi gibi durup kızının o itle fingirdemesine seyirci kalmasan, bunlar gelmezdi başımıza."

Bir Keder'e hücum ediyordu İsmail, bir Pembe'ye. Bir Keder'i yumrukluyordu, bir Pembe'yi. Kapının ağzında hiçbir şey yapamamanın çaresizliğiyle kıvranan Yusuf ise oracıkta yitip yok oluvermek için yanıp tutuşuyordu o an.

Gücü tükeninceye kadar sürdü İsmail'in dayak faslı. Keder bir yana, Pembe bir yana pestil gibi yığılıvermişlerdi.

"İkinizin de ağzını burnunu kırardım ya, Süleyman Efendi'ye, gelecek görücülere şükredin siz. Onun hatırına dağıtmadım suratınızı, onun hatırına leşinizi yere sermedim. O olmasa gözümü kırpmadan gebertirdim ikinizi de."

Ertesi sabah evden çıkarken, "Tez elden toparlanın, ağzınızı yüzünüzü doğrultun, hazırlığınızı yapın" dedi İsmail. "Gelecek hafta için gün vereceğim Süleyman'a. Sabırsızlanıyor adamcağız."

Cebinden bir tomar para çıkardı, "Üstünüze başınıza bir şeyler alırsınız" diyerek ayakkabılığın üzerine bıraktı, kapıyı çarptı çıktı.

İsmail'in ardından, "Gidişin olsun da dönüşün olmasın!" diye ilk defa beddua etti Keder. Kendisi için değildi ilenişi, alışıktı koca dayağına. Ama İsmail'in kızına, Pembe'sine reva gördüğü şiddeti asla affetmeyecekti...

Kaderin gözü kör olsun!

Bir hafta sonra Pembe'yi istemeye geldiler.

Hayretti, hiç itiraz etmemişti Pembe. Babasından yediği acımasız dayağın ardından süngüsü düşmüş gibiydi. Her zamanki uysallığıyla, kaderine razı, annesiyle beraber aldıkları mavi krep elbisesini, bilekten bağlı siyah ayakkabılarını giydi, saçlarını özenle tarayarak görücülerin karşısına çıkmaya hazırlandı.

İsmail'in, "Hoş geldiniz efendim, şerefler verdiniz" diye şatafatlı sözlerle süslediği abartılı karşılama töreni eşliğinde salona aldılar misafirlerini.

Fazla kalabalık değildi erkek tarafı. Süleyman'la yanında annesi gibi duran oldukça yaşlı ablası ve üçü kız ikisi oğlan, boy boy çocukları...

Kız tarafını ise İsmail'le Keder'in yanı sıra Nusret, Nevzat ve karıları Nurten'le Selma temsil ediyordu. Yusuf ise salonun uzak bir köşesine sinip oturarak, "yedekçi" kimliğinin hakkını vermekteydi.

Hal hatır sorarken, bir yandan da dünürü olacak bu insanları dikkatle inceliyordu Keder.

Oğullarını ve kızlarını tam kadro getirmekle, "İşte çocuklarım! Onlarla beraber yaşayacağız, bilmiş olun!" demeye mi getiriyordu Süleyman Efendi?

Karşı kanepede yan yana oturan kızlardan ikisiyle oğlanlardan biri yaşça Pembe'den büyüktü galiba. Süleyman Efendi de üzerine iki beden büyük gelen takım elbisesi, bağlamayı beceremediği, boynunda kocaman bir düğüm gibi duran kravatı ve tepesi dökülmüş bembeyaz saçlarıyla İsmail'den bile yaşlı görünüyordu.

Pembe ise her zamankinden de güzeldi o gece. Omuzlarına dökülen kumral saçları, belli belirsiz makyajı, dudaklarındaki ne kadarının gerçek olduğu belirsiz sıcacık gülüşü... Kızına bakarken içi sızladı Keder'in. Bu görgüsüz, kaba saba adam mı koca olacaktı kızına?

"Kaderin gözü kör olsun!" diye söylendi içinden.

Keşke o kaderi değiştirecek gücü olabilseydi...

Bir kutu çikolata, bir demet çiçek, bir şişe limon kolonyası... Erkek tarafının hediyeleriydi. Çiçekleri vazoya yerleştirdi Pembe. Yüzünden eksik etmediği gülümsemesiyle kolonya serpti misafirlerin eline. Ağızlara tat niyetine çikolata ikram etti.

Bütün bunları yaparken uzaktan kumandalı bir robot gibi mi hareket ediyordu, yoksa ona mı öyle gelmişti, bilemedi Keder.

Kahveler içildi. Süleyman Efendi'nin ablası yayılıp oturduğu koltukta şöyle bir dikeldi.

"Allah'ın emri Peygamber'in kavliyle..." diye başladı.

İsmail, ağzı kulaklarında, "Hayırlı uğurlu olsun, Allah bir yastıkta kocatsın!" diyerek son noktayı koydu.

Pembe'nin görümcesi –söz kesildiğine göre damat beyin ablası görümce oluyordu artık– çantasından çıkardığı burma bileziği koluna taktı, sarılıp öptü Pembe'yi.

Erkek tarafı, kız tarafı, kadın erkek, çoluk çocuk... orada bulunan herkesin yüzünde duygularının izini taşıyan olumlu ya da olumsuz bir ifade vardı o an.

Pembe hariç!

Kendisinin değil de bir başkasının sözü kesiliyordu sanki. Öylesine tepkisiz, öylesine sakindi Pembe. Gözlerini kızının üzerinden ayırmayan Keder'le o gece yaşananları uzaktan uzağa izlemekle yetinen Yusuf bile şaştı onun bu ipeksi duruşuna.

İsmail ise misafirlerini uğurlarken, üzerinden ağır bir yük kalkmış gibi, memnuniyetle ellerini ovuşturuyordu.

* * *

Göz deliğinden İsmail'le Yusuf'un evden çıktığını görür görmez soluğu Keder'de aldı Fidan.

Erkendi, Pembe kalkmamıştı henüz. Mutfağa geçtiler. Kahvaltı masasını topladı Keder. Çaydanlığın altını kapatmamıştı daha, iki bardak çay doldurup Fidan'ın karşısına geçti.

"Anlat hele" dedi Fidan sabırsızlıkla. "Neler oldu, neler bitti, çatlayacağım merakımdan."

"Ne olacak ki?" diye omuz silkti Keder. "Geldiler, istediler. Verdik gitti... Ah Fidan Abla, ah! Söyle Allah aşkına kızımın layığı mı o içi geçmiş adam?"

"Dur hele... Tane tane anlat. Misafirlere nasıl davrandı Pembe? Afra tafra yapmadı mı hiç?"

"Hayır! Beni şaşırtan da o ya... Gönül verdiği birine sözleniyormuş gibi, yüzündeki bütün gülleri açtırarak dolandı durdu ortalıkta. Çikolata ikram ederken, 'Bir tane daha alır mıydınız?' diye öyle içten bir soruşu vardı ki, gözlerime, kulaklarıma inanamadım."

"Yapma ya! İnanması zor ama, kendini bu evliliğe adamakıllı hazırlamış galiba senin kız. Üstelik gönlünü bir başkasına kaptırmışken..."

"Hiç oraya girme!" diye kesti Keder. "Dün gece burada olsan, gönlünün bir yerlere kaymış olduğunu asla düşünemezdin."

"Yahu Keder... Bu işte bir gariplik yok mu sence de? Sevdalandığı birini böyle tek kalemde silip atabilir mi insan?"

"Nereden bileyim ben? Hiç sevdalanmadım ki hayatımda."

"Ben sevdalandım!" diye gevrek bir kahkaha attı Fidan. "Bizim mahallede yakışıklı mı yakışıklı, kara yağız bir oğlan vardı: Selim! Selim Abi derdik ama mahallenin bütün kızları, ağzı açık ayran budalası gibi seyre dalardık oğlanı. Hiçbirimizi boş çevirmezdi kerata, mavi boncuk dağıtırdı hepimize. Ben de payımı aldım o boncuklardan. Sinemaya davet etti bir gün beni. Gittik... Elimi tuttu. Nasıl heyecanlandığımı anlatamam. Bir de dilli ki sorma! Ne kadar güzelmişim... Bayılıyormuş bana... Eh benim de fidan gibi Fidan olduğum zamanlar, böyle devanası gibi değilim!"

"Sonra ne oldu?"

"Ne olmasını bekliyordun?" diye güldü Fidan. "Arkasında umumuk kuşu gibi, dönüşünü bekleyen bir kızlar ordusu bırakarak çekti, askere gitti herif. Gidiş o gidiş... Ankara'da iş bulup çalıştığını, evlendiğini duyduk sonra."

Fi tarihindeki bayatlamış gönül macerasını ballandıra ballandıra anlatmasının gereksizliğini kavramış gibi susuverdi Fidan.

"Demem o ki, her sevda evlilikle sonuçlanacak diye bir kaide yok!" diyerek koptuğu yerden bağlamaya çalıştı lafını. "Tersten düşünürsek, her evlilik de sevda üzerine kurulmuyor Kederciğim."

"Yani sen Pembe'nin bu adamla evlenecek olmasını normal mi karşılıyorsun?"

"Öyle bir şey söylemedim. Buna karar verecek olan tek kişi Pembe'dir."

"Ne Pembe'si be abla!" diye sinirle güldü Keder. "Kararı veren, kocam olacak o adam! Boynu bükük, kaderine razı olmaktan başka çaresi mi kaldı yavrucağın?"

Durumun vahametinin farkındaydı Fidan, ama Keder'i de daha fazla üzmek istemiyordu.

"Biliyor musun, ikinci karılar baldan tatlı olur derler. İkinci evliliklerinde karılarının pek kıymetini bilirmiş kocalar.

Süleyman Efendi de el üstünde taşır Pembe'yi, bir dediğini iki etmez. Bak gör..."

"Neye yarar be abla? Babası yaşındaki adam kıymetini bilse ne, bilmese ne? Önüne güller serse mutlu edebilir mi Pembe'mi?"

"Ama dün gece hiç de halinden şikâyetçi görünmüyormuş kızın. Babasının cenderesinden kurtulup koca evinde huzur bulacağını düşünüyor belki..."

"Pek sanmıyorum, ama umarım senin dediğin gibi olur."

Pembe'nin üzerinde geceliği, sesinde neşeli bir tınıyla, uzata uzata, "Günaydıın!" diyerek yanlarına gelmesiyle kestiler konuşmalarını.

Önce Fidan'a sarıldı Pembe, uzun uzun öptü yanaklarından. Sonra da annesine.

"Hayırlı olsun Pembem!" dedi Fidan. "Sözlenmişsin ha..."

"Öyle oldu" diye mahcup bir tavırla başını öne eğdi Pembe. Sonra yerinden fırlayıp salona koştu, dünürlerin bir gece önce getirdiği çikolata kutusunu aldı geldi.

"Söz çikolatam!" diyerek Fidan'a uzattı. Gururla, sevinçle, yüzünün her zerresine yayılmış sıcacık gülüşüyle.

Çikolata muhabbeti arasında küçük bir ayrıntı Keder'in gözünden kaçmamıştı.

"Ne o, bileziğini çıkarmışsın?"

Yanıtı hazırdı Pembe'nin:

"Gece yatarken komodinin üstüne koymuştum. Takarım şimdi. Fidan Teyzem de görmüş olur hem."

Odasına doğru yürürken, arkasından bakakalmıştı Keder'le Fidan. Tutkulu bir aşkın evliliğe dönüşecek olmasının sevincini yaşıyordu sanki Pembe.

"Dedim sana" dedi Fidan. "Aklıyla ve mantığıyla hareket ediyor bu kız. İçinde en ufacık bir gölge olsa böyle davranamaz."

Keder pek inanamıyordu ama Fidan haklıydı galiba. Bu dengesiz evliliğe kendini çoktan hazırlamış görünüyordu Pembe.

"Umarım yanılmıyoruzdur" diye mırıldandı Keder.

Duymadı bile Fidan. Pembe'nin getirdiği söz takısı bileziği incelemekle meşguldü...

* * *

Yanılmışlardı!

Birkaç gün sonra soğuk, karlı bir kış sabahında, yatağında bulamadılar Pembe'yi. Kaçmıştı! Kendi çizdiği yepyeni bir çizginin üzerinde yürümeyi denemek üzere...

Bütün hıncını Keder'den aldı İsmail, acımasızca dövdü karısını. "Bir kıçı kırık kıza sahip çıkamadın" diyerek ağzını burnunu dağıttı zavallının. İki eli iki yumruk, tırnaklarını avucunun içine batırarak, anacığının dayak yiyişini çaresizce izledi Yusuf.

Vurup kırmaktan yorulunca bıraktı Keder'i İsmail. Dudağı patlamış, kaşı yarık, yüzü gözü mosmor, perişan bir halde...

Annesini yerden kaldırırken, "İyi etti ablam!" dedi Yusuf. "Hiç değilse o kurtarsın kendini."

"Kurtarabilirse..." diye güçlükle mırıldandı Keder. "Hata etti ablan! Baban, abilerin sağ komazlar onu."

Neyse ki dediği gibi olmadı Keder'in. Ezen, zulmeden, şiddet uygulayan insanların gücü zayıflara yetiyordu. Eli kolu kalkmaz karısını dövmek kolaydı İsmail için. İşin içine yabancı birileri girince, geri adım atmasa da duraklayabiliyordu.

Mustafa ve ailesi onlardan güçlü değillerdi gerçi, onları haklamak çocuk oyuncağıydı İsmail'le oğulları için. Ne var ki rahatlarını bozmak işlerine gelmedi. Evet, oturup uzun uzun konuştular, hasımlarının biletini kesmek, Mustafa'ya hak ettiği cezayı vermek iyi olurdu. Ama kim yapacaktı bu işi? Yaşını başını almış İsmail Efendi'ye düşmezdi herhalde kızını kaçıran adamı şişlemek. Nusret ve Nevzat da evli barklı adamlardı. Karıları, çocukları... Hapse düşseler kim bakardı onlara?

Uzun tartışmalar esnasında tetikçi tutmayı bile düşündüler.

"Şu bizim *yedekçi*" diye başladı hatta Nevzat, Yusuf'u kastederek, "iki yaş büyük olaydı..."

Onların, içinde debelendikleri çözümsüzlük, Pembe'yle Mustafa'nın kurtuluşu oldu.

"Lanet olsun it herifin soyuna!" dedi Nusret.

"Benim için öldü o kaltak, Pembe adında kızım yok bundan gayrı!" diyerek son noktayı koydu İsmail de.

Nikâh

İki yıl boyunca, kimse adını ağzına almadı Pembe'nin. Ölümden beter bir yok sayışla defterden silinmişti silinmesine, ama Yusuf'un aklından hiç silinmemişti ablası.

Merak içindeydi, annesi bu süre içinde hiç mi görmemişti kızını? Hangi ana dayanabilirdi bu hasretliğe? Karısına yasak koymuştu İsmail, karşı tarafa, Gülistan Ablasına bile gitmeye kalksa bacaklarını kırardı alimallah!

Keder de kızını görmeye pek hevesli görünmüyordu nedense. Öyle ki, annesinin de babası ve ağabeyleri gibi, Pembe'nin evden kaçmasına öfkelenerek içten içe kızına kinlendiğinden kuşkulanır olmuştu Yusuf. O değil miydi daha ilk günden, "Hata etti ablan!" diyen?

Belki de yanılıyordu. Annesi, "Kaçıp kurtuldu buralardan, varsın uzaklarda olsun kızım" diye kendini avutuyor olamaz mıydı?

Kafasında burgulanan soruları hiç dillendirmedi Yusuf, yanıtlar kendiliğinden geldi...

Haftalık erzak getirmek için eve her günden erken geldiği bir akşamüstüydü. Keder yeni gelmişti dışardan. Yüzünde farklı bir canlılık, gözleri pırıl pırıl, dudaklarında Yusuf'un nicedir unuttuğu sıcacık gülümsemesiyle karşıladı oğlunu, boynuna sarıldı.

Evde ikisinden başka kimse olmadığı halde, birilerinin duymasından korkar gibi, "Ablanın bir bebeği oldu" diye fısıldadı kulağına. "Bugün gittim gördüm. Öyle güzel bir bebek ki... Tıpkı senin küçüklüğün! Oğlan çocuğu dayıya çeker derler ya... Görsen bayılırsın."

Hemen toparlandı.

"Görsen dediğime bakma sakın! Lafın gelişi. Sakın ha gitmeye, görmeye kalkmayasın! Varlıklarını bil, yeter."

Karmakarışıktı Yusuf'un duyguları. Sevinmişti tabii, ama sevincini gereğince yaşayamamanın huzursuzluğu vardı içinde. Hele annesinin son sözleri... Kavurdu geçti Yusuf'un yüreğini:

"İyi oldu bu bebek. Hem de oğlan! Mustafa da resmi nikâhı kıyar artık."

Nasıl yani? Uğruna ölümü göze alıp baba evinden kaçarak gittiği koca evinde nikâhsız mı oturuyordu ablası? İçinde palazlanan öfkeye uyup anasına hesap soracaktı sormasına, ama nicedir yüzünde görmeye hasret kaldığı, mutluluğu andıran huzurlu ifadeyi bozmaya kıyamadı. Sustu.

Keder de ayrıntılara girmeyi gereksiz bulmuştu. Mustafa'nın ailesinin ilk günden beri Pembe'yi horladığını, "Evinden kaçan kızın nikâh neyine? İmam nikâhı başından fazla!" diyerek kestirip attığını bilmese de olurdu Yusuf.

Kara duvaklı gelinler

Kara duvaklı gelinler çıktı evlerin kapılarından
Duvaklarından da kara evlere gelin gittiler
İki evin tüm kahrı omuzlarında...

Gözünü kırpmadan Mustafa'nın kollarına atılırken, neler ummuştu Pembe... Zerrece tereddüt etmemişti anasını, kardeşini, baba ocağını geride bırakırken. Karşılaşacağı tüm olumsuzlukları alt edecek derecede güçlü hissediyordu kendini. Sevdaya kanatlanmış yüreğinin sıcağından alıyordu gücünü. Yenemeyeceği hiçbir zorluk yoktu, yeter ki Mustafa hep yanında olsundu.

Baba evinden çıktığı gibi, düğünsüz derneksiz koca evinde buluvermişti kendini. Asla eksiklik duymuyordu bu durumdan. Her şeyi en baştan konuşmuşlardı Mustafa'yla.

"Yeni ev açamam sana" demişti Mustafa. "Hem maddi imkânlarım elvermez, hem de anamı bırakamam. Annemle beraber oturacağız evlenince."

Mustafa üç yaşındayken iş kazasında ölmüştü babası. Çalıştığı çırçır fabrikasında çıkan yangında üç arkadaşıyla beraber içeride mahsur kalıp hayatını kaybetmişti. Anası canını dişine takmış, hem onu hem de iki yaş büyük ablasını binbir zorlukla büyütmüştü.

Bu durumda, "Ben evleniyorum anacığım, hoşça kal!" diyerek kapıyı çekip çıkması yakışık alır mıydı? Ablası evliydi zaten. Evin içinde anası, kendisi ve Pembe, üç kişilik bir aile olacaklardı. Kurulacak bu yeni düzene itirazı var mıydı Pembe'nin?

"Olur mu hiç?" dedi Pembe. "Senin annen, benim annem! Ana kız gibi geçinir gideriz, merak etme sen."

Böyle atmıştı koca evine ilk adımı. Böyle kucaklamıştı "ikinci annem" dediği kaynanası Nermin Hanım'ı. O da ilk başlarda annesini aratmayacak kadar sıcak ve şefkatli davranıyordu Pembe'ye. Ama ne zaman ki "nikâh" konusu gündeme geldi... Tepetaklak oluverdi her şey.

Kızı Nevin'i de yanına alıp Pembe'nin karşısına geçti, verdi veriştirdi kaynanası.

"Ne gerek var belediye nikâhına?" dedi. "Kalkıp kendi ayaklarınla tıpış tıpış gelmişsin işte! Ha... Baban haberci gönderdiğim damadımı geri çevirmeyip gönül rızasıyla, yolunca yordamınca verseydi seni bize, iş değişirdi. Yalnız nikâh kıymakla kalmaz, salonlarda çalgılı çengili düğün yapardık evvel Allah."

"Az bile söyledi annem" diye atılıverdi Nevin de. "Kapıdan elini kolunu sallayıp girecek her hatuna nikâh kıymaya kalksak, harem kurmamız gerekirdi Mustafa'ya. İmam nikâhı yeter de artar bile, anladın mı gelin hanım?"

O an yer yarılsa da içine girseydi Pembe. Tek laf etmeden başını önüne eğdi, çıktı odadan.

Tek umudu Mustafa'daydı. Ne var ki o da, içine su serpecek bir çıkış yolu serememişti Pembe'nin önüne.

"Kızgınlıkları babana" dedi önemsemez bir tavırla. "Eniştemi gerisingeri çevirdi ya kapıdan... Merak etme, biraz zaman geçsin, yatışırlar."

Anlayacağını anlamıştı Pembe. Bu evde geçerli olacak söz, kaynanasının ağzından çıkardı ancak. Anasının rızası olmadan parmağını bile oynatamazdı Mustafa. Tersini düşünmek, ölü gözünden yaş beklemekle eşdeğerdi.

Hamile kaldığında insafa geleceklerini düşünmüştü Pembe. Ne gezer!

"Hele doğur da" demişti kaynanası. "Sağ mı doğacak bebe, ölü mü; önce görelim bakalım."

Ama artık diyecek lafları kalmamıştı. Şükürler olsundu ki sapasağlamdı bebeği. Oğlandı üstelik!

Bu durumda resmi nikâhı fazlasıyla hak ettiğine inanıyordu Pembe. Hayır, ağzını açıp tek laf etmeyecekti. Bu defa Mustafa'nın gerekeni yapacağından emindi...

Dönüş

Bir yıl daha geçmişti aradan. Hem ablasını, hem de henüz yüzünü bile görmediği, yalnızca varlığından haberdar olduğu, annesinden duyduğu kadarıyla tıpatıp kendisine benzeyen minik yeğenini, Umut'u için için özlüyordu Yusuf. Annesiyle bile paylaşmıyordu içinden geçenleri. Bu duruma nasıl çözüm bulacağını düşünürken... özledikleri ayağına geliverdi!

Aralanan kapının ardında kucağında bebesi, elinde, soğuktan keçeleşmiş parmaklarıyla kavramaya çalıştığı küçük bir el çantası, ha yıkıldı ha yıkılacak, perişan bir halde, öylece duruyordu Pembe. Üç gündür aralıksız yağan karın sonrasında havanın ayaza çekmesiyle donup kalmış buzdan bir heykel gibi. Yüzü gözü mosmor. Mum beyazı cildinin üzerinde harelenen açıklı koyulu kızarıklıklar, morlukların arasına yayılmış. Olduğu yere yığıldı yığılacak...

"Gidecek başka yerim yoktu anne!"

Acılı, keskin bir çığlıkla karşıladı kızını Keder. Onu bu halde görmenin kahredici şaşkınlığıyla, kızını ve torununu içeriye aldığı takdirde neler olabileceğinin ürküntüsü arasında kısa bir gelgit yaşadı... Kapıda bırakacak değildi ya onları! Kollarını açıp sımsıkı sarıldı yavrularına. İçeri geçtiler hep beraber.

Anlattı Pembe... Kesik kesik, hıçkırıklara boğularak. Kaynanasının, uzaktan akraba bir memleketlisinin kızıyla Mustafa'yı nikâhlamaya kalktığını, zaten ilk günden Pembe'yi istemediklerini, her fırsatta horladıklarını, bebek doğduktan sonra da hiçbir şeyin değişmediğini, kaynanasının, "Kulağının arkasını görürsün, resmi nikâhı göremezsin!" diyerek onu kapının önüne koymaya kalkışmasını, karşı gelince de tekme tokat acımasızca dövüldüğünü... Mustafa'nın bütün bu olanlara seyirci kalmasını, hatta kaynana dayağının yanında birkaç okkalı tokatla annesini destekleyerek, "Defol bu evden!" diye haykırdığını...

Nutku tutulmuştu Keder'in. Ne yapacaklardı şimdi? İsmail ne diyecekti bu işe? Ya o iki deli oğlan?

"Keşke buraya gelmeseydiniz!"

İstemsizce dökülmüştü dudaklarından. Gerisi geldi:

"Seni burada barındırmazlar. Baban, abilerin..."

Barındırmazlar yerine *yaşatmazlar* diyecekti aslında. Evden giderken neyseydi de, bu dönüş hepsini yakacak, kavuracak derecede güçlü bir darbeydi...

İsmail sokak kapısının eşiğinde, kar sularıyla ıslanmış altı kauçuk ayakkabılarını çıkarıp, Keder'in önüne koyduğu muflonlu terliklerini giyerken, duvara tutunarak yürümeye çabalayan, birkaç acemi adımın ardından kendini yere atıp emekleye emekleye ayağının önüne kadar gelen kıvırcık saçlı, al yanaklı çocuğa hayretle baktı. Alışık olduğu bir durum değildi bu. Gündüzleri Keder'in konuğu olan komşular, eş dost, İsmail Efendi'yle karşılaşmamak için akşamüzeri oldu mu, erkenler evlerine dağılırlardı. Kimdi bu saate kadar oturup minder çürüten densiz?

"Kim var içerde?" diye sordu en aksi haliyle.

İsmail'in paltosunu alıp vestiyere astı Keder.

"Pembe..." diye geveledi ağzının içinde. "Oğlanı almış gelmiş. İznin olursa elini öpecek."

Kulaklarına ulaşan sözlere inanamamış, şaşkınlıktan gözleri yuvalarından fırlayacak gibi, birkaç saniye öylece ayakta dikili kaldı İsmail. Keder'in korkudan küle dönmüş yüzüne, ardından da ayaklarının dibinde debelenen bebeye baktı.

"Hangi yüzle gelmiş evime!" diye gürledi. "Benim için çoktan öldü o. Al şu it eniğini ayağımın altından! Gözüm görmesin ikisini de."

Eğilip kucaklayıverdi oğlanı Keder. Ne yapacağını bilemez bir halde son bir umutla İsmail'e baktı. Kucağında tuttuğu bebe ikisinin de torunuydu. Onun varlığı dedesinin taşlaşmış kalbini yumuşatabilir miydi acep?

"Benden uzak olsunlar, gözüme gözükmesinler... Ne haliniz varsa görün!"

Bu kadarı bile Keder'i sevince boğmaya yetti. Kızını, torununu kapının önüne koymamıştı ya İsmail! Zaman içinde öfkesi yatışır, yüreği yumuşar, affederdi kızını belki.

Umutla, sevinçle, coşkuyla, nicedir kullanılmayan tavan arasına çıktı, çatıyla zemin arasındaki daracık boşluğa yer yatağı serdi kızıyla torunu için. Bir süreliğine böyle idare edeceklerdi. Sonrasında Allah kerimdi...

* * *

Pembe'yle Umut geleli bir hafta olmuştu. İsmail'in emir buyurduğu gibi, asla ayakaltında dolaşmıyor, mümkün olduğunca ses çıkarmıyorlardı. Babasının evde olduğu saatlerde Umut ağlayacak olsa ağzına hemen emziğini tıkıştırıyor, sallayarak, göğsüne bastırarak avutmaya çalışıyordu çocuğu Pembe. Ayak sesi ve gürültü olmasın diye kucağından yere bile bırakmıyordu Umut'u.

Sabahları İsmail kahvehaneye gitmek için evden çıkar çıkmaz, Pembe de bebeğini alıp aşağıya iniyordu. Gün boyu evin içinde Keder ve Fidan'la vakit geçirip akşam saatlerinde yeniden tavan arasına çıkıyordu.

Daha ilk günden, "Pembe benim de kızım!" demişti Fidan. "Bir başıma yaşıyorum koca evde. Odalardan birini hazırlayayım, gelip kalsınlar. Tavan aralarına tıkışacaklarına..."

Kabul etmedi Keder. Tavan arası da olsa baba eviydi. Kızı ve torunu gözünün önünde olsunlardı.

Yusufsa tüm olumsuzluklara karşın, ablasıyla ve Umut'la aynı çatı altında yaşamaktan memnundu. Onları görebilmek için sabahları işe geç gitmeye, akşamları babasından erken dönmeye çalışıyordu. Pembe ve Umut onun tekdüze ve kısır yaşantısına renk getirmişti.

Keder yaşadığı bir yanı eksik ve buruk mutluluğun böyle süremeyeceğini bilse de, kızı ve torunuyla aynı çatı altında olmanın ötesinde yaşanacak bir beraberliği hayal edemese de; bu kadarına razı, dudakları kıpır kıpır kâh Tanrı'ya şükrediyor, kâh sonrası için dualar ediyordu.

İlerisi için annesi kadar umutlu ve iyimser değildi Yusuf. Onun göremediklerini görüyor, yaşayamadıklarını yaşıyordu çünkü. Evet, evin içi sakindi görünürde, ama dışarıda sert rüzgârlar esiyordu. Özellikle de kahvede ve İsmail'in yakın çevresinde.

Pembe'nin çocuğunu alıp baba evine sığındığının hemen ertesi sabahı aile içi kazanlar kaynamaya başlamıştı. İsmail'in Nusret'le Nevzat'ı alıp kahvehanenin arka tarafındaki küçük odaya –İsmail kalabalıktan bunalıp dinlenmek istediğinde oraya çekilip şekerleme yapardı– kapanarak durum değerlendirmesi yapmaları Yusuf'un dikkatinden kaçmamıştı. Bir seferle kalsa neyseydi, sık aralıklarla yinelenir olmuştu bu üç kişilik toplantılar. Başlangıçta odadan çıktıklarında renk vermeyen yüzler gitgide asılıyor, uzun süredir suskunluğunu koruyan sırdaş diller, içlerindeki zehri dışarı saçmaya meylediyordu.

Çevrenin kışkırtması da zaten var olan kor ateşi, üzerine

benzin dökülmüşçesine alevlendiriyor, taşmak üzere olan sabırları, dalga geçer gibi, acımasızca sınamaya kalkıyordu.

Daha ilk günden duyulmuştu Pembe'nin kucağında bebesiyle baba evine döndüğü. Kaçarak evlenen –evlenmek de denmezdi buna! Arada resmi nikâhın olmadığı çoktan dillere düşmüştü– şimdi de gerisingeri dönüp baba evinden medet uman kızı hakkında ne düşünüyordu İsmail Efendi? Bunca olup bitenden sonra, affedip bağrına basabilecek miydi Pembe'yi? Tut ki bağrına bastı, içine siner miydi böyle bir durum? Dicle kıyılarında büyümüş, o yörenin suyunu içmiş, havasını koklamış koskoca İsmail Efendi'ye yakışır mıydı bütün bunlar?

Soruların hedefindeki yalnızca İsmail değildi. Nusret'e, Nevzat'a, hatta Yusuf'a bile yöneltiliyordu bazı imalı sorular. Eski günlerdeki saygı, hele söz konusu İsmail Efendi olunca korkuyla karışık mesafeli bakışlar gitgide alaycı bir çehre kazanmaya başlamıştı.

Bir zamanlar Pembe'ye talip olan Süleyman'ın aşağı mahallede oturan, olanları duyunca yemeyip içmeyip soluğu kahvede alan amcaoğlunun dedikleri, bardağı taşıran son damla oldu.

"Ee İsmail Efendi, senin kız bir gitti, iki döndü ha! Bereketin böylesi düşman başına. Kucağı dolu dönmesi önemli değil de... Bebesinin babası olacak herif nikâh da kıymamış diyolar. Ne düşünüyon? Sen mi nüfusuna alacan çocuğu? Yazıktır, *piç* kalmasın gariban..."

"Sen benim karşımda konuşacak adam mısın lan hergele!" demesiyle adamın yakasına yapışması bir oldu İsmail'in. Suratına kafa attı, diziyle karnına vurmasıyla iki büklüm olan hasmını yumruk darbeleriyle duvara yapıştırdı. Zor aldılar adamı elinden.

Koşup ağabeylerini çağırdı Yusuf. Nusret'le Nevzat, kavga seyretmenin keyfine dalmış kalabalığı yarıp, biri İsmail'in bir koluna, diğeri öbür koluna girerek, kahvenin gerisindeki küçük odaya sürüklediler babalarını.

Bu seferki "arka oda toplantısı" her zamankinden de uzun sürdü. Dışarı çıktıklarında, üçünün de yüzünden düşen bin parçaydı.

"Akşama bekliyorum!" dedi İsmail oğullarını uğurlarken. Konuşacaklarını, tartışacaklarını bitirememişlerdi besbelli...

Hadi bakalım Yedekçi!

O akşam, diğer akşamların aksine, gelir gelmez üstündekileri çıkarıp pijamasını giymedi İsmail, öylece oturdu yemeğe. Masadan kalkınca da oturma odasındaki televizyonun karşısına kurulacağına, salona doğru yürüdü.

"Oğlanlar gelecek" dedi Keder'e. "Onlarla içerim kahveyi."

"Nurten'le Selma da gelecek mi?" diye sordu Keder. "Çocuklar?"

"Gelmeyecekler! Erkek erkeğe konuşacağız."

Soluverdi Keder'in yüzü. Alışkındı aslında böyle erkek erkeğe konuşmalara. Nusret'le Nevzat karılarını, çocuklarını alıp gelir, onlar salonda babalarıyla iş ve para konuşurken, kadınlarla çocuklar da oturma odasında vakit geçirir, sonra da hep beraber çay kahve içer, meyve yerlerdi. Ama bu kez farklı bir şeyler vardı buluşmalarında. Keder'i fazlasıyla rahatsız eden bir şeyler...

Salona girip kapıyı sıkıca kapatmalarının üzerinden yarım saat geçti geçmedi, Nevzat dışarı çıkıp, "Hadi bakalım Yedekçi!" dedi Yusuf'a. "Erkekler safına katılmanın zamanı geldi."

Bir eli Yusuf'un omzunda, diğeriyle, bırakırsa kaçıverecekmiş gibi sıkı sıkıya koluna yapışmış; salona doğru yürüdüler beraberce. Arkalarından kapattıkları kapıya ürküntüyle baktı Keder. Kanı çekilmiş yüzü, bembeyaz dudakları, sıtma tutmuş gibi garip bir titremeyle sarsılan bedeniyle, ruhunu o an teslim etmiş bir ölüden farksız, yığılıverdi oracığa.

"Gel bakalım Yusuf! Otur şöyle."

Babasının yüzünde görmeye alışık olmadığı sevecen ifadeyi neye yoracağını bilemedi Yusuf. Nusret Ağabeyinin, "Sen de ailenin erkeklerinden birisin ve hepimizi ilgilendirecek önemli bir karar alınırken yanımızda olmalısın" demesiyle daha da şaşırdı.

"Artık *yedekçi* değil, asil üye olma yolundasın" diyerek yanağına şakacı bir şaplak indiren Nevzat Ağabeyine boş gözlerle baktı.

Ne olduğunu anlayamasa da, gördüğü abartılı izzet ikramdan huzursuz, sesini çıkarmadan konuşmaları dinlemeye koyuldu. İlginç olan, her konuşanın hedefinde kendisinin olmasıydı, hepsinin tek muhatabı Yusuf'tu.

"Bak oğlum" dedi İsmail. "Kaç yıldır çektiğimiz çileyi biliyorsun. Ablan olacak o sürtük ailemize büyük bir leke sürdü, ele güne karşı başımızı eğik koydu."

Sözü babasının ağzından alarak, "Her yanlış davranışın bir cezası olmalı, öyle değil mi?" diye devam etti Nusret. "Biz üçümüz uzun uzun düşündük, tartıştık ve bir sonuca vardık."

Kısa ama derin bir sessizliği soludular hep beraber. Nefesler tutuldu, Nusret'in iki dudağının arasında düğümlenip kaldı bakışlar.

"Zor oldu bu kararı vermek, ama mecburduk. Yüzümüzü kara etti bacımız, el âlemin yüzüne bakacak yüz bırakmadı hiçbirimizde. Evden kaçtı, kocaya gitti güya. Defterden silelim gitsin dedik... Yaptıkları yetmezmiş gibi, nikâhsız yaşadığı heriften peydahladığı piçle kapımıza dayandı. Olacak iş mi bu?"

Söylediklerinin Yusuf üzerindeki etkisini ölçmek ister gibi duraklayıp, kaldığı yerden devam etti.

"İffetsizliğin tek bir cezası var töremizde: Ölüm! Evet, bu kız ölecek, başka yolu yok!"

"Hayır!" diye haykırdı Yusuf. "Çok ağır bir ceza bu, ölmeyi hak etmiyor ablam. Hayır!"

Bekledikleri bir tepkiymiş gibi, fazla umursamadan, sakinleşmesini beklediler Yusuf'un.

"Bugün kahvede yaşananları gördün" dedi İsmail. "Kapımda hizmetkâr olamayacak adam kalkmış, namusuma laf ediyor. Haklı! Diyecek söz var mı? Yok! Şom ağızları susturacak tek çare, bu pisliğin kökten temizlenmesi."

"Bir şans tanıyın ona" diye umarsızca sızlandı Yusuf. "Çocuğunu alıp uzaklara gitsin, yeni bir hayat kursun kendine. Çalışır çabalar ekmeğini kazanır."

Öfkeyle kesti Nusret.

"Sokağa salalım da iyice orospu olsun ha?"

Ağabeyini duymamış gibi, "Hem belki kocasıyla da barışır" diye devam etti Yusuf. "Çocuğuna sahip çıkar adam."

"Ne kocası oğlum, nikâh bile kıymamış herif!" diye kabaca güldü Nevzat. "Kapının önüne koymuş işte adam... Bu durumda kararımızı uygulamaktan başka çaremiz yok."

"Cinayet bu! Yapamazsınız!" diyerek ağlamaya başladı Yusuf.

"Biz yapmayacağız zaten" diye susturdu Nusret. "Sen yapacaksın!"

"Ne! Deli misiniz siz? Nasıl yaparım böyle bir şeyi? Nasıl kıyarım ablama?"

"Zırlamayı bırak!" dedi Nusret. "Kes sesini de beni iyi dinle... Dört erkeğiz şurada. Bu yaşında babama düşmez bu iş. Nevzat'la ben desen, evli barklı adamlarız. Geride çoluk çocuk... Yaşımız belli, taammüden cinayete girer, cezamız ağır olur. Sense on sekizine girmedin daha. Az bir cezayla kurtarırsın."

"Cezanı çekip çıktığında işin hazır olacak" diye araya girdi İsmail. "Ağabeylerinin dükkânı var, seninki de hazır. Kahveyi sana bırakır bir köşeye çekilirim ben."

"Yerinde kalsın! Katil olmamı istiyorsunuz benden. Yapamam! Ablamın katili olamam ben!"

"Bak oğlum" diye kesti Nusret, "ben de bilirim o sürtüğün hakkından gelmeyi. Kıstırırım bir köşede, boğar öldürürüm, sonra da ipe çeker kendini asmış derim. Ama bize yakışmaz, bu işin de bir raconu var. Anlı şanlı bir aileyiz biz. Yolunca, yordamınca hallolmalı bu iş."

Farklı yönden hücuma geçmek daha etkili olabilirdi. "Sana getirdiğimiz teklif, ikram sayılır aslında" diyerek sesini yükseltti Nusret. "Yedi cihana şan olsun, İsmail Efendi'nin oğlu Yusuf, ailesinin namusunu temizledi diyecekler. Göğsünü gere gere geçeceksin çarşı meydanından."

"*Yedekçi* olmaktan da kurtulacaksın be koçum!" dedi Nevzat. "Ailenin kıymetlisi, kahramanı olacaksın."

"Ya annem?" diye yeniden ağlamaya başladı Yusuf. "Yüreğine iner anacığımın."

"Hiçbir şeycik olmaz ona!" diye atıldı İsmail. "Bozkırda büyüdü o. Bizim oraların töresini, âdetini bilir, kızına kesilecek cezanın ne olacağını tahmin eder. Dışarı vurmasa da, ailemizi lekeleyene en ağır cezanın verilmesini için için o da ister. Kendisine sor inanmazsan."

"Olmaz öyle şey! Evladının ölmesini, hem de diğer evladı tarafından öldürülmesini hangi anne ister?"

"Tamam, anadır içi yanar, doğru. Bedeninden can gider evladı ölünce. Ancak... farklı bir durum var ortada. Kangren olmuş, işe yaramaz, iş görmez bir kolu ya da bacağı kesmek gibi bir şey bu. Keseceksin ki, beden kurtulsun. Ki, o ana da başı dik, alnı açık el içine karışabilsin."

Yüzünü buruşturarak devam etti İsmail: "Senin anan sünepe karının teki olmasaydı, bizden önce keserdi kızının biletini. Pöhöö... bizim oralarda yeniyetme oğullarının eline tabancayı tutuşturup, 'Hadi!' diye komut veren ne kadınlar var..."

Tabanca lafı bile Yusuf'u perişan etmeye yetmişken, Nusret'in yanında getirip masanın üzerine koyduğu, ilk bakışta ne olduğu anlaşılmayan siyah deri kılıfın içinden katran karası tabancayı çıkarmasıyla iyice beti benzi attı oğlanın.

"Yapamam!" diye yineledi. "Elimi bile sürmem o tabancaya ben. Vazgeçin ablamı öldürmekten. Onun yerine çekin beni vurun. Sesimi çıkarırsam namerdim."

"Sakin ol be oğlum" dedi İsmail. "Yapacaksın dedikse, hemen demedik ya. Biz bile karar alıncaya kadar günlerce konuştuk. Senin için daha çok yeni. Kafanda ölç, tart, alışmaya çalış."

Nusret kalktı, elindeki tabancayla salonun dibindeki yüklüğe doğru yürürken, "Gel buraya" dedi Yusuf'a. Pamuk ve yün şiltelerin, sıra sıra yorganların, yastıkların dizili olduğu yüklüğün en alt rafındaki şilteyi kaldırıp tabancayı kılıfıyla beraber, geriye doğru özenle yerleştirdi.

"Sana üç gün müsaade!" dedi. "Önce kendini bu işi yapacağına inandır. Şu saat, şu dakika diye şart koşmuyoruz. Hazır olduğunda harekete geçersin."

Hepsi birden ayağa kalkmışlardı. Babası ve ağabeyleri o güne kadar hiç görmediği bir sevgi-şefkat yarışına girmişler gibi omzunu, kolunu, saçını başını okşayarak son komutlarını sıralıyorlardı.

Cebinden bir tomar kâğıt para çıkardı İsmail, Yusuf'un cebine tıkıştırdı. "Yarın işe gelme" dedi. "Yalnız yarın değil, üç gün iş yok sana. Gez, toz... Ne istersen yap. Ama üzerine düşen görevi de unutma!"

Kıyamam sana!

Kendisini *yedekçi* olmaktan kurtaracak kutsal görevi yerine getirmekle şartlandırılan Yusuf, sabaha kadar uyuyamadı o gece. Babası, ağabeyleri, kucağında bebesiyle ablası... Ve boynu bükük anası! Gözlerinin önünden geçip durdular. Kâh tören yürüyüşündeymiş gibi belli bir düzen içinde, kâh düzensiz, uyumsuz, karmakarışık bir kalabalık halinde. Arada bir içi geçip ürkek uykulara teslim olduğunda, parlak siyah tabancalar uçuştu gözlerinin önünde. Beyninin içinde patlayan kurşun sesleriyle defalarca fırladı uykusundan.

Sabah işe gitmedi. Pembe'nin mutfakta hazırladığı kahvaltı masasına oturdular annesiyle beraber. Ne annesi, ne de ablası sordu işe neden gitmediğini. Birbirlerinden kaçırdıkları, hayali, ortak bir noktada buluşup ayrı yönlere dağılan bakışlar... dalıp dalıp giden gözler... yüreklerinden yükselip dudaklarının ucuna geldiğinde yapay gülüşlere dönüşen hıçkırıklar...

Keder, Pembe ve Yusuf.

Neler olup bittiğinin farkındaydı hepsi. Üzerlerine çöken kâbusu yadsıyarak, üç kişilik özel bir tiyatro oyunu oynuyorlardı. Rollerinin hakkını vererek, zaman zaman birbirlerinden rol çalarak.

Daha fazla kalamadı Yusuf. Kapıyı çekti çıktı, yollara vurdu kendini. Amaçsızca, hedef belirlemeden yürüdü, yürüdü, yürüdü... Ayaklarında hal, dizlerinde mecal kalmayınca parktaki bir kanepeye yığıldı kaldı. Geceden beri içinde biriktirdiği zifir, boğazında düğümlü tuttuğu hıçkırıklar, acılı birer çığlık olarak dökülüverdi dudaklarından. Kim görür, kim duyar zerrece umursamadan haykıra haykıra ağladı.

Biraz yatışınca, "Ağlamakla sızlamakla hiçbir yere varamazsın Yusuf Efendi!" diye söylendi kendi kendine.

Küçük büyük, hiçbir canlıyı öldürmemişti o güne kadar. Sinek bile öldüremeyen yumuşak huylu bir çocuktu küçüklüğünde. Mahalle arkadaşları kedilerin kuyruğunu keserek, hatta gözlerini oyarak eziyet ederlerken, uzak durmuştu bu tür sapkınlıklardan. Yapısına tersti!

Kediye köpeğe, böceğe sineğe dokunamazken, yetişkin bir insanı, hem de canı kadar sevdiği ablasını öldürmesini istiyorlardı ondan. Asla yapamazdı, mümkün değildi! Kendisini öldürürdü de ona dokunamazdı.

Nasıl bir çare bulup da kurtulabilirdi bu işten? Yalnız kendisini kurtarması da yetmiyordu üstelik. Çekip gitse, kayıplara karışsa, geride kalanlar bir şekilde öldürecek ya da öldürteceklerdi ablasını.

Pembe'yi buralardan uzaklaştırmak, kimselerin bulamayacağı bir yerlere götürmek... Bak işte bu olurdu! Ama nasıl becerecekti bu işi Yusuf? Cinayet işlemesi için ağzına sürülen bir parmak bal niyetine cebine tıkıştırılmış üç kuruş parayla mı halledecekti bütün bunları?

Mustafa'ya gitse... Pembe'nin hayırsız kocasına. Olmazdı! O adam değil miydi Pembe'yi kaçtığı eve geri göndererek, bile bile namlunun hedefine yerleştiren? Hayatının merkezine *töre*'yi oturtmuş Güneydoğulu geleneksel bir ailenin, evden kaçıp sonra da kucağında bebesiyle geri dönen kızlarına reva göreceği cezayı kestiremiyor muydu?

Geldiği günden beri ablasının alçak sesle kendi kendine mırıldandığı, Yusuf'un şarkı mı, türkü mü, ağıt mı olduğunu çıkaramadığı o dokunaklı nağmeler de koca müsveddesi o hayırsızın yüzünden değil miydi?

Rastlarsan gözleri yaşlı yavruna
Suçunu bağışla sarıl boynuna
Biz bize yaşarken geldik oyuna
Eller kadir kıymet bilmiyor anne
Senin kadar kimse sevmiyor anne.

Bir yâr için seni terk edip gittim
Vicdanıma bir sor ne acı çektim
Kendimi ben sana emanet ettim
Eller kadir kıymet bilmiyor anne
Senin kadar kimse sevmiyor anne.

"... Senin kadar kimse sevmiyor anne" derken yanılıyordu ablası. Yusuf da en az annesi kadar seviyordu Pembe'yi...

Parktan çıkıp çarşının içine doğru yürümeye başladı Yusuf. Görmeyen gözlerle mağazaların, dükkânların vitrinlerine bakarak aylak aylak dolanıyordu. Vitrinlerden birindeki mankenin üzerinde beyaz, önü nakışlı bir kazak gördü. Bir an Pembe'yi hayal etti kazağın içinde... Hemen içeri girdi. Kazakla beraber, göğüs kısmındaki işlemelerin rengine uygun, pembeli beyazlı bir de fular seçti, sardırdı. Ablasına aldığı ilk armağandı!

Minik yeğeni düştü aklına. Umut! (Bu adı koyarken çocuğunun, varlığıyla kendisine umut olacağını mı düşünmüştü ablası?)

Umut'a kendisi gibi minik, tüylü bir ayıcıkla, yürürken ışıklar saçan kırmızı bir araba... Anneciğine de ayaklarını sıcak tutacak, burnu kapalı yumuşacık terlikler...

İlk kez cebine konan paradan, ilk kez yaptığı harcamalardı Yusuf'un.

Annesi açtı kapıyı. "Hoş geldin" dedi, sarıldı öptü Yusuf'u.

Elindeki paketleri görünce gözleri ışıldadı, sevindi.

"Ispanaklı börek yaptı ablan. Bir de senin sevdiğin tarçınlı kurabiyelerden. Çay da demledi. Tam zamanında geldin."

Önce paketler açıldı. Numarasını bilmeden almıştı, ama terlikler tam oturdu annesinin ayağına. Sıralamakla yürümek arasında kararsızca gidip gelen Umut, bayılmıştı dayısının aldığı oyuncaklara. Bir eliyle ayıcığını tutarken, diğer eliyle arabasını yakalamaya çabalıyor, beceremeyince de basıyordu yaygarayı.

Pembe de hiç üşenmeden tavan arasına çıkarak, üstündeki bluzu çıkarıp Yusuf'un aldığı beyaz kazağı giydi, fularını doladı boynuna.

Şöyle bir baktı Yusuf... Düşündüğünden de çok yakışmıştı bu giysiler ablasına.

"Sağ ol" dedi Pembe buruk bir gülüşle. "Zahmet etmişsin. Ne gerek vardı?" Sonra başını öne eğip, "Nerede, ne zaman giyeceğim ki bunları?" diye mırıldandı.

Pembe'nin dilinden dökülen sözler kor ateş oldu, yuvarlandı, Yusuf'un yüreğine saplandı.

"Kıyamam sana ablam!" diye haykırdı o yürek.

Sözün bittiği yerdeydiler. Garip bir suskunluk sarmıştı üçünü de. Ocağın üstündeki çaydanlığın fokurtusundan başka ses duyulmuyordu. Bir de Umut arada bir arabasını yere vurduğunda bölünüyordu üzerlerine çöken sessizlik.

Her şeyin farkındaydı Pembe. İdam kararı çoktan verilmişti, ipi kimin çekeceği de belliydi. Hep böyle olmaz mıydı? Ailenin en küçüğünün omuzlarına yıkılırdı namus lekesini temizlemek.

Eli titredi Yusuf'un tabağına börek dilimini koyarken. Zavallı Yusuf! Zavallı kardeşi... Pembe'den de zordu onun işi. Nasıl becerecekti bu ağır yükün altından kalkmayı? Diyelim ki becerdi, yazık değil miydi fidan gibi gencecik çocuğa? Katil olacaktı, abla katili! Törelere göre bir leke silinecekti, ama silinmesi mümkün olmayan, ömür boyu sabit kalacak bir başka leke yapışıp kalacaktı Yusuf'un alnına.

Cinayetin ne için, hangi nedenlerle işlendiğine bakılmazdı büyük şehirlerde. Törenin getirdiği yaptırımlar da gereksiz ve saçma gelirdi buraların insanına. Cinayet cinayetti, katil de katil. Hayata hükmen yenik olarak atılacaktı Yusuf.

Ölüp gitmek kurtuluştu Pembe için. Korkmuyordu hiç. Bir çocuğunu düşünüyordu, bir de Yusuf'u. Annesi bile bir adım geriden geliyordu. Canıydı Yusuf, kardeşten öteydi. *Küçük anne*'siydi onun Pembe, dili ilk çözüldüğünde seslendiği gibi, *aba*'sıydı... Pembe'nin ardından, yaşayan bir ölüden farkı kalmayacaktı Yusuf'un.

"Kıyamam sana Yusuf'um!" diye sızladı yüreği.

Keder'in gözleri, terliğinin ekose desenine takılı kalmıştı. Güçlükle toparladığı ezinç yüklü bakışlarını Pembe'yle Yusuf arasında bölüştürdü. Garip bir şekilde suçlu hissediyordu kendini.

Dokuz ay karnında taşıdığı, büyütüp beslediği, kanından canından çok sevdiği iki evlat! Üstelik delicesine düşkünler birbirlerine... Ne var ki birinin ölüp toprağın altına girmesi, diğerininse onun katili olması yazılmış kaderlerine. İşin kötüsü, kendi kanlarından, kendi canlarından birileri vermiş bu kararı.

Ve Keder eli kolu bağlı, seyirci kalıyor olanlara. İçin için kahrolmaktan başka bir şey gelmiyor elinden. "Kıyamam sana Yusuf'um... Kıyamam sana güzeller güzeli kızım!" demekten başka.

Çayları doldurdu Pembe. Bir yudum çay, bir lokma börek, tepsiler dolusu kahır! Sıra sıra dizildi boğazlarına...

* * *

Ertesi günü de annesi, ablası ve Umut'la geçirdi Yusuf, hiç dışarı çıkmadı. İşten izin almış, izin süresini evde sevdiklerinin yanında geçirmek isteyen bir devlet memuru gibi.

Üçüncü gün akşamüzeri acı acı çalan telefonla irkildiler. İsmail'di arayan, dükkâna çağırıyordu Yusuf'u.

Soluverdi yüzler. Bu çağrının ne anlama geldiğini biliyordu üçü de. Verilen idam kararının infaz vakti gelmişti. Keder'in gözlerine oturmuş korkunun, yüzündeki panik ifadesinin aksine, sakin görünüyordu Pembe. Sımsıkı sarıldı Yusuf'a, kokusunu içine çekti kardeşinin.

"Güle güle git" dedi. "Beni düşünme... İyiyim ben."

Umut'u kucakladı, tavan arasındaki derme çatma sığınağına çıkmak üzere merdivene attı ayağını. Gerisingeri dönüp annesine sarıldı bu kez de.

"Sen de benim için tasalanma artık" diyerek gülümsedi. "Dedim ya, iyiyim ben!"

Yusuf merdivenleri ağır ağır çıkan Pembe'nin arkasından dalıp gitti... Eskilere, ablasıyla saklambaç oynadıkları, ablasının tavan arasındaki boşluğa saklanmak için merdivenleri tırmanırken Yusuf'a yakalandığı cıvıl cıvıl, tasasız çocukluk günlerine... Gözünün önünde beliren tabloya isyan eder gibi sert bir el hareketiyle siliverdi eski film karelerini. Sokak kapısını açıp kış ayazının koynuna attı kendini.

Tahmin ettiği gibiydi, babası ve ağabeyleri zamanın geldiğini vurgulamak için çağırmışlardı Yusuf'u. Önce hal hatır sordular, haline tavrına bakıp istedikleri kıvama gelip gelmediğini yokladılar.

"Hazır mısın?" diye sordu Nusret. "Hatırlatmama gerek yok ama bugün üçüncü gün!"

Anlamamış gibi boş gözlerle baktı Yusuf.

"Duymuyor musun oğlum, sana söylüyor!" dedi Nevzat. "Harekete geçmek için daha ne bekliyorsun?"

"Üç gün bile fazlaydı aslında!" diyerek lafı kaptı Nusret. "Davaya inanan adam, ikiletmeden hemen eyleme geçerdi."

"Mesele de bu ya" dedi Yusuf. "Sizin davanızın doğruluğuna inanmıyorum ben!"

Bomba düşmüştü orta yere sanki. Kısa bir şaşkınlığın ardından, "Ne diyorsun sen deyyus!" diye gürleyerek oğlunun üzerine yürüdü İsmail. Nusret'le Nevzat araya girip yatıştırdılar babalarını.

"Adam oldun da bana kafa mı tutuyorsun yezit!" diyerek bağırmayı sürdürdü İsmail. "Aha şuraya yazıyorum, kafanın dikine git, söylediklerimi yapma; bu yaşıma bakmam, seni de, ablan olacak o orospuyu da kendi ellerimle öldürürüm. O tabanca var ya, o tabanca... İçindeki kurşunların yarısı sana, yarısı ona! Kardeş payı..."

"Keşke!" diye içinden geçirdi Yusuf. Ellerini ablasının kanına bulayacağına, onunla beraber ölmeye dünden razıydı.

Umutlarını kesmemişlerdi henüz. İstesin istemesin, bu işi becerecekti Yusuf! Başka çıkar yolu yoktu. Tecrübe konuşuyordu; ailelerinin yüz karası niceleri, ağzı süt kokan muhallebi çocuğu kardeşlerinin kurşunlarıyla can vermişti.

"Hadi koçum, göreyim seni!" diyerek elini Yusuf'un omzuna koydu Nevzat. "Yüzümüzü kara çıkarma. Müjdeli haber bekliyoruz senden. Annen, baban, ağabeylerin; hepimiz..."

Büyük ağabey sıfatını taşıdığından olsa gerek, Nevzat kadar ılımlı değildi Nusret.

"Bu iş bu gece bitecek!" diyerek son noktayı koydu. "Yarın sabaha kadar becerdin, becerdin... Yoksa olacakları sen düşün!"

İçeri girer girmez hiç duraksamadan odasına doğru yürüdü Yusuf. Yatağına girip yorganı başına çekti. Annesiyle yüz yüze gelmeyi istememişti.

Nevzat Ağabeyi, "Annen, baban, ağabeylerin" derken, müjdeli haberi bekleyenler arasında özellikle annesinin adını da geçirmişti. O da bizimle aynı görüşte anlamında, Yusuf'u bir de o yönden etkilemek için.

Gerçekten de annesi, babasının ve ağabeylerinin söylediği gibi, kızının ölümünü isteyebilir miydi? Arkasından yanıp yakılacağını bile bile, töreler yerini bulsun, ailenin adı temize çıksın diye kendi öz evladını gözden çıkarır mıydı?

Hayır! Böyle bir şeyi aklından geçirmesi bile annesine yapılacak en büyük haksızlıktı. Töre cinayetine karar veren bazı aile meclislerinde annelerin de yer aldığını duymuştu Yusuf. Ama annesi onlardan değildi. Doğurduğu çocuklardan birinin, bir diğerinin katili olmasını hangi aklı başında ana isterdi ki?

Bu akşamki son konuşmalardan sonra, kafasının içinde farklı ışıklar yanmıştı Yusuf'un. Ağızlarını açtıklarında mangalda kül bırakmayan babasının da, ağabeylerinin de kendi başlarına böyle bir eyleme kalkışabileceklerine inanmıyordu artık. Dişini gösteren köpek ısırmaz, derdi annesi. Dişleri hep ortada olanlardan korkmak niyeydi?

Yusuf'u öne sürüp feda etmek kolaylarına geliyordu. Yusuf olmasa, onların dolduruşuna gelip ablasını öldürmese, hiçbirinin bir halt edeceği yoktu.

Böyle düşününce rahatlar gibi olmuştu. Kararlıydı, kılını bile kıpırdatmayacaktı. "Yapmadım, yapamadım!" diyecekti. Güçlü hissediyordu kendini, zerrece korku yoktu içinde... Uyku tutmadı gene de. Çelişkili, karmaşık, içinden çıkılmaz düşüncelerle boğuştu durdu. Kâbuslarla, karabasanlarla bölünen delik deşik bir uykuya daldığında şafak sökmek üzereydi.

Beceriksiz Yedekçi

Yeri göğü inletti Keder'in feryadı. Odaların duvarlarında, pencerelerin camlarında, evin dört bir yanında yankılandı çığlıkları.

"Gitti kızım, gitti! Pembem! Kızım!!!"

Fırlayıp kalktı Yusuf.

"Ben bir şey yapmadım!" diye söylendi kendi kendine. "Ben bir şey yapmadım... O halde kim?"

Tavan arasına çıkan asma merdivenlere attı kendini. Yalınayak, göreceklerinin ürküntüsüyle tiril tiril titreyerek.

Önce annesini gördü.

"Olanlar oldu Yusufum, kanına girdiler garibimin!" demesiyle yığılması bir oldu Keder'in. İşte o zaman gördü asıl görmesi gerekeni Yusuf.

Kendini asmıştı ablası!

Çatının hemen altındaki pervaza geçirdiği iple. Üzerinde iki gün önce Yusuf'un armağan ettiği beyaz, önü işlemeli kazak... Pembe çiçekli ipek fular ise boynundan kaymış, boşlukta sallanan ayaklarının tam altında öylece duruyor.

İsmail Efendi, "Kendi canına kıyanın namazı kılınmaz!" diyerek kızının cenazesine gitmedi. Ona göre, başkasının canına kıymak ya da kastetmek günah değildi de, kendi canına kıymak büyük cürümdü!

Nusret'le Nevzat ele güne karşı utanma belasına gittiler

cenazeye, ama Pembe'nin cansız bedeni toprağa verilirken kılları kıpırdamadı. Mezarın üzerine toprak atan da yalnızca Yusuf oldu.

Nusret ve Nevzat hâlâ hınçlarını alamamış, bütün öfkelerini bu kez de Yusuf'a yöneltmişlerdi. Hayır, böyle bir ölümü yakıştıramıyorlardı kendilerine. İçlerinden biri –ki Yusuf'u seçmişlerdi bu iş için– temizleyecekti günahlarını.

Onursuzdu Yusuf, namusuna sahip çıkamayan bir alçaktı! Hayat boyu beceriksiz bir *yedekçi* olmaktan kurtulamayacak, kaç yaşına gelirse gelsin babasının ve ağabeylerinin yanında zerre kadar yeri olmayacaktı. Ailenin yüzkarasıydı! Keşke o da ablası gibi ölüp gidiverseydi.

Cenaze dönüşü taziyede oturmadı hiçbiri, yalnız kadınlar oturdular. Yusuf yan odada tek başına oturdu erkek taziyesinde. Ayağında mezarlık çamuruna belenmiş botları, üzerinden çıkarmadığı parkasıyla.

Keder ve Fidan... Pembe'nin anneleri! Ağıtlar yaktılar biricik kızlarına, birbirine karıştı acılı feryatları. Yaş kalmadı gözlerinde ağlamaktan. Okunan dualarla, kavrulan helvalarla uğurlandı Pembe...

Bir umut

En koyu umutsuzlukların içinde bile
Küçük de olsa bir UMUT vardır.

El ayak çekilince baş başa kaldı ana oğul. Söyleyecek sözleri tükenmiş, tek kurşunla vurulmuş iki yaralı... Gözlerinden inen yaşlar birbirine karışıyor...

Neden sonra konuşabildi Keder.

"Ablan sana kıyamadı Yusuf! Elini kana bulamana razı gelmedi. Nasıl olsa beni öldürecekler, bari kardeşim kurtulsun dedi."

Bilmiyordu sanki Yusuf! Böyle konuşmakla acısına acı kattığının farkında değil miydi anası?

Birden yön değiştirdi Keder'in ağzından dökülenler. Yusufu şaşırtacak derecede ilginç, kocasının "sünepe kadın" diye nitelediği Keder Hanım'dan beklenmeyecek kadar cesur söylemler...

"Çek git oğul buralardan! Huzur vermez bunlar sana. Bunca olandan sonra diken olursun gözlerine. Kaç git, kurtul. Çalış, çabala, yeni bir hayat kur kendine. Uzağımda olsan da yaşadığını, sağ, sağlıklı ve mutlu olduğunu bileyim yeter."

"Ya sen ana? Sen ne yapacaksın?"

"Buralarda duramam artık! Yüzüne kızımın kanı sıçramış o adamla aynı çatı altında bir gün bile yaşamak haram bana. Umut'u alıp memlekete, annemin yanına döneceğim. Baktın ki buralarda yapamadın... Çeker gelirsin sen de yanımıza."

Yerde debelenen Umut'u kucakladı, "Pembemin biricik

emaneti bu!" dedi. "Umut ve sen... Bundan sonrasında sizler ayakta tutacaksınız beni."

Yerinden doğrulup koridorun sonunda kayboldu Keder. Döndüğünde küçük bir çıkın vardı elinde. Ağır devinimlerle çıkının düğümünü çözdü, içindeki çeyrek altınları çıkarıp masanın üzerine koydu. Dipte kalan biri burma, diğeri düz iki bileziği parmaklarıyla okşadı.

"Sen evlenirken gelinime takacaktım bunları. Ama bugün daha iyi bir işe yarayacaklar."

Elini V yakalı kazağının oyuntusuna soktu, göğsünün arasından mendile sarılı bir tomar kâğıt para çıkardı. "Bir müddet idare eder seni" diyerek Yusuf'a uzattı. "Yerin yurdun belli olunca gönderirim gene. Ne duruyorsun, alsana şunları!"

Başını salladı Yusuf. Ama önce üzerindeki kirli paralardan kurtulmalıydı. Babasının o uğursuz akşam cebine sokuşturduğu paranın geriye kalanını büfenin üzerine koydu, "İsmail Efendi'ye verirsin bunları" dedi.

"Şeytan görsün yüzünü!" diye terslendi Keder. "Toparlanıp gidinceye kadar Fidan'da kalırız Umut'la. Bu evde tek bir soluk bile almak istemiyorum artık."

Annesinin mendil içindeki parasını alıp cebine koyarken, "Bu yeter şimdilik" dedi Yusuf. "Altınlarla bilezikler kalsın. Beni evlendirmeye kalktığında ne takacaksın gelinine?"

Sımsıkı sarıldılar birbirlerine.

"Dualarım hep seninle olacak" dedi Keder. "Seni çok, ama çok sevdiğimi hiç unutma e mi!"

Biliyordu Yusuf. Annesi onu çok, ama çok sevmese, hasretine katlanmayı göze alabilir miydi?

Ayağında çamurlu postalları, saçı başı darmadağın... Çökmeye yüz tutmuş karanlığın içine yürüdü gitti Yusuf.

Annesinin, o gözden yitene kadar el sallayacağından emindi.

Üçüncü bölüm

Âdemoğlu Pansiyon

"İncecik olacak sarmalar, kalem gibi. Nah şu serçeparmağım kalınlığında. Taze yaprakla sararsın, salamura sert düşüyor. Sigaraböreğini de akşamüstü kızartırsın. Aman ha, kâğıt havlunun üzerinde yağlarını süzdürmeyi unutma. Genci var, yaşlısı var; kalp, tansiyon, şeker... Neme lazım. Favayı da tekmil istiyorum. Soğanlı, dereotlu. Ha, deniz börülcesinin kılçıkları da iyi ayıklanacak!"

"Amma uzattın Recep Abi! Ne o öyle, yeniyetme ev kızlarına yemek dersi verir gibi? Duyan da ilk defa sipariş alıyoruz sanır. Bizim yaptığımız yemekler sosyetenin kalburüstü hatunlarının sofralarını süslüyor ayol. Hiçbiri de senin kadar titizlenmiyor."

"Benim misafirlerim kimseninkine benzemez Gülbeyaz Hanım! Üstelik özel bir gece için hazırlanıyoruz. Çok özel! Orada bulunacak tek bir kişinin bile çehresinde memnuniyetsizlik ifadesi olmamalı."

"Anlaşıldı, ver hele elindeki şu listeyi... Kaç kişilik olacak sofran?"

"On, on iki. Birkaç da beklenmedik misafir olursa... Yirmi kişilik düşün sen."

"Tamam. Cumartesi akşamüzeri hepsini pansiyona getirir teslim ederiz. İstersen masa düzeninde de yardımcı olurum sana. Getirdiklerimi servis tabaklarına boşaltır, sofranı kurarım."

"Sağ ol Gülbeyaz, gerek yok. Siparişleri aldırtırım ben."

İlahi Gülbeyaz! Açıldığından bugüne Âdemoğlu Pansiyon'un tek bir kadın çalışanı olmamışken, hem de dişi sineğin bile kapıdan giremeyeceği böyle özel bir gecede içeri sızıp ortalıkta boy göstermek senin neyine?

Boşuna mı koydu bu adı Recep?

Âdemoğlu Pansiyon!

Anadolu'nun herhangi bir yerinden kalkıp herhangi bir nedenle İstanbul'a gelen ya da İstanbul'da yaşadığı halde birkaç günlüğüne kafa dinlemek için bu mekânı seçen, yanı sıra, gelgeç müşteriden öte, kalış süreleri haftaları, bazen ayları bulan, farklı eğitim düzeylerinde, farklı hayat görüşlerine sahip, yapı olarak benzeşen ya da zıt kutuplarda gezinen her yaştan erkek konuğa açık burası.

Müşterilerin çoğu, "Âdem" ya da "Âdem Bey" diye çağırıyor Recep'i, pansiyona kendi adını koyduğunu varsayarak. Düzeltme gereği duymuyor Recep. O da özde, bir *âdemoğlu* değil mi?

Neden hem kadınların, hem de erkeklerin gelip konaklayabileceği bir yer açmadı da, yalnızca âdemoğullarına hitap etmeyi tercih etti Recep?

Hayır, asla *kadın düşmanı* değildi! Tam tersine, iki cinse de eşit uzaklıkta duran ve tarafsız gözlemler yapabilen, haktan yana bir er kişiydi.

"Ezilen, çeşitli nedenlerle mağdur olmuş kadınlar için sığınma evleri var da, mağdur erkeklerin başlarını sokacakları bir çatı altı neden yok?" diyerek girişmişti işe.

Genel kanıya göre, *ezilen erkek* yoktu yeryüzünde. Yıkılması güç belli kalıplar vardı. Erkekler ağlamaz, ağlatır; erkekler üşümez, üşüyen kadına ceketini verir; erkekler acı çekmez, acı çektirirdi. Etten kemikten yapılmışlardı onlar da, ama duygu yoksunu yaratıklardı her biri.

Oysa Recep, Âdemoğlu Pansiyon'u açtıktan sonraki şu birkaç yıl içinde bu görüşlerin aksini kanıtlayan öyle çok örnek yaşamıştı ki... Hayalleri tükenmiş nice erkeğin ayazda kalmış, kanadı kırık kuşlar gibi tiril tiril titreyerek üşüdüğüne, hayattan beklentisi kalmayanların umutsuzluk içinde kıvrandıklarına, kendilerini terk edilmiş, yalnız ve ıssız hissettiklerinde de çok, ama çok acı çektiklerine tanık olmuştu.

Garip bir rastlantıydı belki, ama pansiyona konuk olanların çoğunu dertli erkekler oluşturuyordu. Daha ilk günden görev edinmişti Recep, her biriyle ayrı ayrı ilgileniyor, anlatmak isteyenlerin hikâyelerini dinliyor, suskun kalmayı tercih edenlerin üzerine gidip onları bunaltmıyor, sırlarına saygı gösteriyor, aradaki mesafeyi ve ölçüyü belli bir düzeyde tutarak dertleriyle hemdert olmayı pek iyi beceriyordu. Öyle ki, şehrin öte yakasından bir geceliğine, sırf onunla sohbet edebilmek, içlerini dökmek için gelen müşterileri bile vardı.

İşte bu özel geceyi onlar için düzenliyor Recep. Erkek erkeğe, gerçek bir fasıl gecesi yaşayacaklar. *Kadın*'ın olmadığı bir yerde kadınları konuşacaklar. Şarkılar söyleyecekler onlar için. "Nereden sevdim o zalim kadını" diye haykıracak kimileri. "Şimdi uzaklardasın" diyerek çaresi olmayan hasretleri dile getirecekler.

Âdemoğlu Pansiyon'un çatısı altındaki tüm erkekler hüzünlenecek, coşacak, ağlayacak, gülecek; insana dair bütün duyguları yaşayacaklar o gece...

Fasıl gecesi

Günlerdir bu işle uğraşıyordu Recep. Öncelikle bilgisayarda küçük el ilanları hazırladı, yazıcıdan çıktılarını aldı. Pansiyonun en görünür yerlerine; giriş kapısına, danışma bölümünün arkasındaki kadife panonun üzerine, oturma salonuna, koridorlara birer tane astı. Yetmedi, gören olur görmeyen olur diyerek, davetiye niyetine oda kapılarının altından içeriye attı. O da yetmedi, herkese –özellikle de yeni gelen müşterilere– tek tek, her gördüğünde bir kez daha hatırlatarak yineledi davetini.

"Pansiyonumuzda düzenlenecek geleneksel fasıl gecesine teşrifiniz..."

Ona kalsa böyle ağdalı bir dil kullanmazdı el ilanlarında. "Fasıl gecemize bekliyoruz!" der çıkardı işin içinden. Ancak bu aşamada Vecihi Bey'in dilini kullanmak zorundaydı. Daha önceki yıllarda da olduğu gibi, gecenin mimarı o olacaktı çünkü.

Vecihi Bey dört yıllık müşterisiydi Âdemoğlu Pansiyon'un. Bunca zamandan ve yaşanıp paylaşılanlardan sonra müşteri demek hataydı aslında. O da ev sahibi gibi hissediyordu kendini zaten. Dört yıl önce bir elinde küçük bir çanta, diğerinde özel kutusuna yerleştirilmiş uduyla içeriye girmiş, "Odan var mı evlat?" demişti Recep'e. "Ama sakin bir oda olacak, ona göre! Ne ben birilerinin gürültüsünü patırtısını duyayım, ne de onlar benim dımbırtımdan rahatsız olsunlar."

Koridorun sonunda arka cepheye, pansiyonun bahçesine bakan en geniş köşe odasını açmıştı Recep. Belliydi ki kafa dinlemek için gelmişti müşterisi. Kafa dinlemek ve belki de yaşadığı mekân her neresiyse, orada özgürce dımbırdatamadığı uduyla baş başa kalmak için.

Kısa soluklanmalar dışında, üç gün boyunca odadan dışarı adımını atmadı Vecihi Bey. Uzun bir hasretlik döneminin ardından susamış da yeni kavuşmuş gibi uduyla yekvücut, alçak perdeden, bazıları Recep'in bildiği, bazılarıysa Recep'in hiç duymadığı şarkıları çalıp kırık bir sesle terennüm ederek geçirmişti bütün zamanını. Sonradan öğrendi Recep, ilk kez duyduğu şarkıların Vecihi Bey'in kendi besteleri olduğunu.

Üçüncü günün sonunda pansiyondan ayrıldı Vecihi Bey. İki hafta sonra tekrar geldi. Bu defa dört gün kaldı. Sevmişti pansiyonu. Yerleşik mekânında, evinde bulamadığı huzuru ve sükûneti burada yakalamıştı galiba.

Düzensiz aralıklarla sürdü bu gidiş gelişler. Kimi zaman aylarca ortada görünmüyor, bazen de iki hafta üst üste Recep'in konuğu olabiliyordu. Bahçeye bakan köşe odayı mecbur kalmadıkça kimselere açmıyordu artık Recep. Vecihi Bey'e aitti orası.

Alışmışlardı birbirlerine. Yaptığı yeni besteleri ilk önce Recep'e dinletiyordu Vecihi Bey. Recep, kendisine tanınan ayrıcalığın bilincinde, şarkıyı dikkatle dinleyip yorumluyordu. Buna yorumlamak denirse tabii... Olumsuz eleştiri yapmanın haddi olmadığını düşünerek, beğenilerini iletiyordu yalnızca.

Vecihi Bey konservatuvar mezunu, bir zamanlar devlet radyosunda Türk sanat müziği icra heyeti şefliği yapmış emekli bir udiydi – ve Recep'in Türk müziğine, fasıla gönül vermesindeki en büyük etkendi. Evliydi. İki kızı, iki de torunu vardı. Sıradan bir yaşantıydı görünürde. Ancak gerilerde bir yerde kırık bir aşk hikâyesinin var olduğunu sezinliyordu Recep. Güçlü bir ilham kaynağı olmasa, bu besteleri nasıl yapardı insan?

İlk fasıl gecesini üç yıl önce, sıcak bir ağustos gecesi pansiyonun arka bahçesinde gerçekleştirmişlerdi. Doğaçlama gelişen, derme çatma bir düzenlemeydi. Tek sazlı, tek solistli, fasıl bile denemeyecek müzik sunumuna o gece pansiyonda kim varsa davet edilmiş, Vecihi Bey çalıp söylerken, oradakiler de ona eşlik etmişlerdi. Öyle uzun boylu hazırlık yapmamıştı Recep. Biraz çerez, biraz meyve, ne varsa masalara serpiştirmişti. İsteyen çay kahve içmiş, isteyen bir iki kadeh rakı parlatıvermişti.

Sonraki yıllar, içerideki geniş yemek salonunda toplanmışlardı. Masalara beyaz masa örtüleri serdirmiş, üstlerini yiyecek, içecekle donatmıştı Recep. Faslın şekli de değişmişti. Vecihi Bey'in özel olarak doldurttuğu fasıl bandıyla renklenmişti geceleri. Böylelikle üstadın üzerindeki yük hafiflemiş, arada gönüllü olarak çalıp söylediği birkaç şarkı dışında, seyirci ve dinleyici konumunda olmanın keyfini çıkarmıştı.

Emekleye emekleye epey yol kat etmişlerdi. Bu yılki fasıl, öncekilerden katbekat mükemmel olacaktı. Yeme içme konusunu Recep hallediyordu, fasıl müziğini de Vecihi Bey. "Canlı müzik olacak!" diyerek yola koyulan Vecihi Bey, fasıl heyetini toparlama çabasındaydı. Mütevazı ölçülerde de olsa, sazıyla sözüyle gerçek bir faslın kokusunu soluyup, tadını yüreklerinde hissedecekti izleyenler.

İyi ki o vardı. Yoksa tek başına nasıl kalkışırdı böyle bir işe Recep, hadi kalkıştı diyelim, nasıl kalkardı böyle bir yükün altından?

İyiydi hoştu ama bir yandan da koro şefliğinden gelen alışkanlıklarının etkisinde, dediğim dedik tavırlarıyla kılı kırk yararak Recep'e kök söktürüyordu Vecihi Bey. Düzenlenen mütevazı geceyi kariyerine yakıştıramadığından mıdır nedir, ha bire eski günleri yâd ediyor, fi tarihinde verdikleri muhteşem Türk sanat müziği konserlerini dilinden düşürmüyordu. Recep saygıda kusur etmeden üstadını can kulağıyla dinliyor, Vecihi Bey onun can kulağıyla dinlediğini gördükçe daha da ateşlenip fasıl konusundaki bilgilerini Recep'in anlayacağı düzeye indirgeyerek küçük nutuklar atmaktan kendini alamıyordu.

Hazırlıkların gözden geçirildiği son gün, "Fasıl dediğin adabıyla yapılmalı!" dedi. "Önce herhangi bir sazla yapılan peşrev; sonra bir kâr, bir ya da iki beste, ağır semai, çeşitli şarkılar, yürük semai ve bir saz semaisi, istenirse bir oyun havası... Şarkılar da usullerine göre sıralanır. Önce ağır aksak, sona doğru yürük usulündekiler icra edilir."

Recep'in yüzündeki umutsuz ifadeyi görünce insafa gelip ekledi: "Bu anlattığım en geniş programdır, istendiği şekilde kısaltılabilir. Ne yaparsın, geleneksel anlamda fasıl icrası, konser salonlarında, o da yalnızca meraklıları için yapılıyor artık. Benim gönlümde yatan faslı uygulamaya kalksak, oracıkta uyur senin pansiyonundakiler."

Vecihi de biliyordu, toplumsal değişimin elini kolunu musikinin içine kadar uzatarak yozlaşmaya neden olduğunu. Hepsi için genelleme yapmasa da, "arabesk, pop, rap" adı altında ipe sapa gelmez sözler, birbirinin aynı, tekdüze müziklerle sunulan ses kirliliğine elinden geldiğince kulaklarını tıkıyordu.

Hele bazı restoranlarda fasıl müziği adı altında, bir şarkıcının popüler Türk müziği şarkılarını elektronik klavye eşliğinde söylemesine hiç dayanamıyordu. Hayır, isteyen istediğini söyleyebilir, insanları onların istediği tarzda eğlendirebilirdi; ama bunun adı *fasıl* olmamalıydı.

Madem Recep bir klavye, bir şarkıcı kolaycılığına kaçacağına zoru tercih etmiş ve bu uğurda Vecihi Bey'in zaman zaman kaprise vardırdığı nazını, tuzunu çekmeye razı olmuştu, o da elinden gelen desteği verecekti.

"Fasıl heyeti hazır" dedi Vecihi Bey. Son çalıştırdığı korodaki saz arkadaşları onu kırmamış, teklifini kabul etmişlerdi. "Udi kadrosu bana ait. Kanun, keman, klarnet, darbuka... Ve def! Bilir misin, eskiden klasik fasılları elinde zilli defle serhanende[3] idare ederdi. Bu yüzden benim vazgeçilmezimdir def. Toplam altı kişi oluyoruz. Eskilerin kırk hanende[4] ve kırk sazendeden[5] oluşan fasıl heyetlerini düşünürsek, tenha sayılırız. Hanende, sazende ayrımı da yok bizde, herkes hem çalacak, hem söyleyecek."

"Misafirlerimiz de koroya eşlik edince genişleyecek kadro. Ama bunun için, kendilerini içine katabilecekleri bir repertuvar olmalı. Şarkı seçimi konusunda ne düşündünüz?"

Çekinerek sormuştu Recep. Vecihi Bey'in işine karışmak, onu üzmek, hevesini kaçırmak istemiyordu. Ama geceye katılacak konuklarını da düşünmek zorundaydı.

"Repertuvar hazırlanırken şarkılar makamlarına göre ayrılır. Aynı makamdaki ya da kardeş makamlardaki şarkılar bir araya toplanır. Hüzzamla segâh, uşşakla hüseyni gibi. Her fasıl bestelendiği makamın adıyla anılır. Hicaz faslı, nihavent faslı... Ama merak etme, bu kadar kuralcı olmayacağız. Ara ve geçiş taksimleriyle makamdan makama atlayabiliriz."

Derin bir nefes aldı Recep. Taşlar yerine oturmaya başlamıştı.

"Tamam hocam" dedi. "Giriş taksimini yapar, ağır şarkılardan başlarsınız. Sonra da yavaş yavaş dinleyici isteklerine geçeriz."

"Dinleyici istekleri!" diye uzun uzun güldü Vecihi Bey. "Kaçınılmaz son, öyle değil mi? Madem ok yaydan çıktı, o da olacak haliyle. İş ki curcunaya dönmesin ortalık! Bu arada, *curcuna*'nın Türk sanat müziğinde on zamanlı, altı vuruşlu bir usul olduğunu biliyor muydun?"

3. Fasıl başı.

4. Okuyucu.

5. Çalgıcı.

Neyse, fasıl konusunu kazasız belasız atlatmışlardı. Geriye Recep'in kendi hazırlıkları ve davetlilerle iletişimini sıcak tutması kalıyordu ki, üstesinden gelinmeyecek şeyler değildi bunlar.

Son gün gelen konuklar

Sabah erkenden pansiyondaki sağ kolu, becerikli yardımcısı Emrah'la beraber işe koyuluyor Recep. Bir gün önce deterjanlı sularla silinmiş yemek salonundaki masaları uç uca getirerek U şeklindeki bir masa düzeni hazırlıyorlar. Üzerlerine kar beyazı masa örtüleri seriliyor. Recep'in o gece için özel olarak satın aldığı porselen yemek takımlarıyla sofranın çatısını oluşturuyorlar. Bardaklar, kadehler, çatal bıçaklar... Bir tek, yemek siparişlerinin alınıp getirilmesi, servis tabaklarına konulup sofraya taşınması kalıyor ki, onlar da son dakika işleri.

Her şey yolunda ama Recep'in canı sıkkın biraz. Pansiyonda kalanların sayısı düşündüğünün çok altında. Bu sabah üç oda daha boşalmış.

Ya masalar boş kalırsa... Ya bunca zahmete değmezse... Komşu işyerlerine, dükkânlara el ilanı mı dağıtsa acaba?

Neyse ki gerek kalmıyor. Akşamüzerine doğru, o el ilanlarını gökyüzüne rasgele savurmuşlar gibi, müşteri üstüne müşteri yağıyor pansiyona.

İlk gelen, orta yaşların eşiğinde, iyi giyimli, hareketleri ölçülü, eskilerin "tam bir İstanbul beyefendisi" diye tabir ettikleri cinsten, oldukça da yakışıklı bir adam: *Haşim*. Taşıdığı farklı özellikleri yadsırcasına karamsar bir ifade var yüzünde. Omuzları çökmüş, solgun yüzü mum gibi donup kalmış.

"Boş odan var mı arkadaşım?" diye soruyor Recep'e. Hemen ekliyor: "Bir gece kalacağım."

Recep'in istemesini beklemeden nüfus cüzdanını çıkarıp bankonun üzerine koyuyor. Gerek yok aslında, kayıt falan tutmuyor Recep. Ama bu özel müşterisine ayıp olmasın diye önündeki deftere kaydediyor yeni konuğunun adını: Haşim Artukoğlu!

Bu ismin, sahibinin ağırbaşlı kalıbıyla nasıl da uyuştuğunu düşünüyor Recep. Nezaketle yol gösteriyor Haşim'e. Koridorun başında, sağ koldaki büyük odaya doğru yürürlerken, "Bu gece fasıl var pansiyonumuzda" diyor. "Katılımınız zenginlik katar bizlere."

"Tam da adamını buldun!" der gibi bakıyor Haşim.

Geceye katılacağından pek umudu yok Recep'in...

Haşim'in hemen arkasından gençlik çağını çoktan geride bırakmış, düzgün giyimli, temiz yüzlü efendiden bir adam giriyor içeriye: *Nizam.* Adımları ürkek. Daha önce benzer ortamlarda bulunmadığı her halinden belli. Şu anda pansiyon ya da otel yerine hastaneye ihtiyaç duyduğu da kesin. Yüzü gözü yara bere içinde. Kaşının üzerindeki beyaz sargı bezinin orta yeri, yatağında duramayıp taşan kanla kırmızıya boyanmış. Bir kolu bileğinden dirseğine gelişigüzel sarılı.

"Adım Nizam" diyor. "Nizam Hatipoğlu. Birkaç günlüğüne... kalabileceğim bir yer arıyorum..."

Kesik kesik konuşuyor. Nefesi kesiliyor konuşurken.

Karşısında duran adamı tepeden tırnağa dikkatle inceliyor Recep. Ama gözucuyla. Fotoğrafını çekip beynine nakşeder gibi. Yıldırım hızıyla, çaktırmadan...

İster istemez, "Onu kim bu hale getirdi?" sorusu burgulanıyor kafasında. Olgun yaşta, olgun görünümlü, akıllı uslu bir adam! Kaza falan değil... Resmen dayak yemiş! Karşıdan baktı mı, şıp diye anlar Recep. Neler görmüş bu gözler, neler geçirmiş...

Canından can verdiği öz evladından dayak yiyenler mi istersin, dost eliyle hırpalanıp ahbap kazığına oturtulanlar mı? Ve tabii karılarının evire çevire dövdüğü, ama erkekliklerine toz kondurmamak için, kan kusup "Kızılcık şerbeti içtim" diyenler ya da utanma belasına ser verip sır vermeyen âdemoğulları...

Nizam Bey'in hikâyesi bunlardan hangisiyle örtüşüyor acep? Recep, bunca yıllık deneyimine dayanarak her şeyine iddiaya girebilir ki, bu amca bey karısı tarafından iyice bir silkelenmiş. Kibarlığı bir yana bırak, eşek sudan gelinceye kadar dövülmüş zavallıcık.

Neyse ne, madem kalkıp hastane yerine buraya gelmiş, gerekeni yapmak Recep'in boynunun borcu. Nizam'ın fiziksel hırpalanmışlığını yok sayarak, "Tabii efendim" diyor. "Yerimiz var."

Duvara asılı panonun üzerindeki anahtarlardan birini alıp yol göstermeye hazırlanırken, "Odalarda seccade var mı?" diye soruyor Nizam.

"Olmaz mı?" diyerek eğilip bankonun altındaki dolaptan beyaz, köşesi nakışlı bohça çıkarıyor Recep. "Odalara koymuyoruz ama isteyenler için hazır bulunduruyoruz. Seccade, tespih, takke... Hepsi içinde."

Bir an kararsız kalıp devam ediyor: "Pansuman falan gerekirse... yaparız icabında. Elimizden gelir evvel Allah."

"Sağ ol evladım, gerekirse rica ederim."

Koridorun en başında, girişe en yakın odayı açıyor Recep. Âdet yerini bulsun diye, "Bu gece fasıl var pansiyonumuzda" diyor mahcup bir tavırla. Adamcağız bu haliyle gelemeyecek olsa da, söylemeye mecbur hissediyor kendini.

Nizam ise yarasını beresini mazeret olarak öne süreceğine, farklı yönden geri çeviriyor daveti.

"Bizden geçti artık evladım. Çalgı, çengi... İçki de vardır Allah bilir..."

"Var tabii. Ama içki içmeyen konuklarımız için ayran ve meyve suyu da bulunduruyoruz. Şeref verirseniz seviniriz."

"Umutsuz vaka!" diye mırıldanıyor Recep kapıyı arkasından çekerken. Nizam'ın bu haliyle geceye katılması imkânsız görünüyor.

"Boş oda var mı?" diye kapıdan seslenen, eşikte kararsızca durmuş, içeriye girmekten çok dışarıda kalmaya meyilli genç adamın adı *Vedat*. Recep'in ilk dikkatini çeken, adamın aşırı zayıflığı. Yüzü, iki yandan bastırılmış gibi ipince. Avurtları içine çökmüş. Ama omuzlarına kadar inen kıvırcık simsiyah saçları, ateş gibi yanan kömür karası gözleriyle bir olup dengeyi sağlayarak, bütün fiziki açıklarını kapatıyor.

Üstünde haki renkte mont-kaban arası bir parka, ayağında kalın tabanlı botlar var. El örgüsü kalın bir atkı atmış boynuna. Bakışları dalgın, kendisi burada, aklı başka yerde sanki.

Önündeki deftere müşterisinin adını kaydederken, "Bu gece fasıl var pansiyonumuzda" diyor Recep. "Canlı müzik! Katılırsanız seviniriz."

Kaşları çatılıyor Vedat'ın. Ama Recep'ın gülen yüzü ters bir şey söylemesini engelleyince, söyleyeceklerini yumuşatmak ister gibi hafifçe gülümseyerek, "*Protest müzik* de yapar mı sizin o canlı müzik yapacak adamlarınız?" diyor.

"Anlamadım o dediğini abi" diyor Recep. "Ama ne istersen çalar bizimkiler. Türk sanat müziği... şarkı... türkü..."

"Gelebileceğimi sanmıyorum" diye kesiyor Vedat. "Fasıl benim tarzım değil!"

Kapının önünde beliren şu sevimli ihtiyar, geçen yıl pansiyona gelip uzun uzun dertleşen adam değil mi? Evet, o, *Raşit* Amca! Çok iyi hatırlıyor Recep, aynı şimdiki gibi kırık dökük bir ifadeyle içeriye girmiş, gecenin geç saatlerine kadar bahçede oturmuşlar, kimselere açamadığı sırlarını Recep'le paylaşmıştı Raşit.

Yazılarını hayranlıkla okuduğu ünlü bir gazeteci kadından söz etmişti... Konuştukça, duyduğu hayranlığın, sınırlarını zorlayıp bambaşka boyutlara ulaştığını sezinlemişti Recep. Masum yüzü, hülyalı bakışlarıyla, değer verdiği insandan yeterince ilgi görememekten yakınıyordu.

Raşit Amca'nın saatlerce sözü dolandırarak anlattığı, daha doğrusu anlatamadığı büyük derdi şıp diye çözüvermişti Recep: Belki kendisi bile farkında değildi ama... resmen âşıktı Raşit Amca! Yaşa başa bakmazdı gönül işleri, amansız bir illet gibi gelir, yakasına yapışıverirdi insanın. Ondan sonra sök sökebilirsen...

"Raşit Amca?"

"Benim ya... Geldim gene."

"İyi ettin. Kalıcı mısın? Oda hazırlayayım mı sana?"

"Bilmem ki" diyor Raşit. "Öylesine uğrayayım demiştim. Ama kalabilirim de. Tekirdağ'a gitti bizimki, kızın yanına. Yalnızım."

İçindeki yalnızlığın, ıssızlığın, evdeki tek başınalıktan kaynaklanmadığını tahmin edebiliyor Recep.

"İyi misin sen Raşit Amca?"

"Değilim!" diye haykırıyor Raşit. "Geçen seneden de beter durumdayım evlat. Dertleşmeye geldim seninle."

"Başımla beraber!" diye gülüyor Recep. "Dertleşiriz de, eğleşiriz de. Bu gece fasıl var pansiyonda. Tam sana göre. Efkâr dağıtmak için birebir..."

Ve Yusuf!

Gecenin son konuğu...

Bileklerine kadar çamura belenmiş, ilk bakışta asker postalını andıran, yüksek konçlu potinler var ayağında. Saçı başı darmadağın. Bakışları tedirgin. Birilerinden ya da bir yerlerden kaçarken, beklenmedik bir şekilde önüne çıkan mucizevi sığınağa kendini atıvermiş gibi.

Gözleri ÂDEMOĞLU PANSİYON yazısının üzerinde, "Yeriniz var mı abi?" diyor.

Recep'in, yanıt vereceğine, tepeden tırnağa kendisini süzmesine farklı anlamlar katarak ekliyor hemen:

"Param var!"

Cebinden bir tomar para çıkarıp bankonun üstüne koyuyor.

Belli belirsiz gülüyor Recep. Kaç yaşında var şu oğlan? On altı, on yedi? Bilemedin on sekiz. Yok, o kadar değildir! Neyse... Hangi rüzgâr attıysa onu buralara, belli ki fena hırpalamış.

"Koy o parayı cebine!" diyor tatlı sert. "Çıkarken hesap görülür bu pansiyonda. Ne kadar kalmayı düşünüyorsun?"

"Bir gece" diyor oğlan. "Yok yok, iki gece" diye düzeltiyor hemen. "Belki de daha fazla" diyor dişlerinin arasından.

"Adın neydi?" diye soruyor Recep, duvardaki panoya asılı anahtarlardan 6 numaralı olanı uzatırken.

"Yusuf." Bir iki saniye durup ekliyor: "Yusuf Yedekçi."

"Tamam Yusuf. Koridorun sağ tarafındaki en son oda senin."

"Hepsi bu kadar mı?" diye çekinerek soruyor Yusuf.

"Evet. Ne olmasını bekliyordun?"

"Nüfus cüzdanı falan istemediniz de."

"Gerek yok. Adını kaydetmem yeterli."

Sert mi çıktı biraz? Zaten gariban oğlan!

Anahtarını alıp odasına yollanmaya hazırlanan Yusuf'un arkasından sesleniyor:

"Bu gece fasıl var pansiyonda. Bekleriz."

Duyduklarını algılayamamış gibi donuk bir bakış fırlatıyor Yusuf. Recep'in, çamurlu ayakkabılarının üzerinde yakaladığı meraklı bakışlarına sessiz, sitemli bir yanıt gönderiyor gözleriyle.

"Perişanım ben be abi!" diyor o gözler. "Ne faslı?" diye isyan ediyor, "Dokunma bana!" diye haykırıyor.

"Açılırsın, ferahlarsın" diye ısrar ediyor Recep. Yusuf'un iç dünyasında yaşadıklarının tanığıymış da onu avutmaya çalışıyormuş gibi.

Bir şey söyleyecek gibi oluyor Yusuf. Vazgeçiyor.

"Bilmem ki..." diye geveliyor ağzının içinde. Başını eğip odasına doğru yürüyor.

Hicaz makamı

Her şey kıvamında, her şey istediği gibi olmuş Recep'in. Ellerine sağlık Gülbeyaz'ın. Emrah'la beraber zeytinyağlı, tatlı, tuzlu ne varsa kutularından çıkarıp servis tabaklarına boşaltıyorlar. Yaprak sarmaları incecik. Recep söylemediği halde, lahana da sarmış Gülbeyaz. Arnavutciğeri, otlar, salatalar, humuslar, favalar, yoğurtlu patlıcan ezmeleri... Sıcakları da hazırlamış, ama pişirmemiş. Köfte yoğurmuş, şekillendirmiş, tepsiye dizip sarıp sarmalamış. Kırmızı et yemeyenler için tavuk terbiyelemiş. Kızartılması, ızgaraya ya da fırına sürülerek servis edilmesi Emrah'a düşecek. Recep o saatlerde bütün ilgisini konuklarına verecek çünkü. Emrah'ın servise hazır hale getirdiği tabakları, pansiyonun getir götür işlerini yapan Nuri taşıyacak masalara.

Eleştirel bir gözle son kez salona bakıyor Recep... Hiçbir kusur bulamıyor, içten içe kutluyor kendini.

Masaların hemen bitiminde, fasıl heyetinin oturacağı sandalyeler, yarım ay şeklinde yerleştirilmiş. Vecihi Bey ve saz arkadaşları son provalarını yapıyorlar.

"Hicaz makamıyla başlayacağız" diyor Vecihi Bey. "Musikiyle tedavide en çok kullanılan makamların başında gelir hicaz. Hem hüzün, hem neşe vardır içinde."

İzleyecekler arasında bu tür bir tedaviye ihtiyacı olan kimler var diye düşünüyor Recep. "Başta ben!" diye gülüyor içinden. O gün son gelen konuklar canlanıyor gözünde... Hepsinin de ruhen ağır yaralı olduklarından adı gibi emin Recep. Bakalım o yaralı ruhlara sağaltıcı bir etkisi olacak mı hicaz makamının?

Saat 20.00 demişlerdi davetiyelerde. Aşağı yukarı yarım saat var programın başlamasına, ama kimse yok görünürde. Paniğe kapılıyor Recep. Tek tek kapılarını çalmaya başlıyor konuklarının.

Birkaç gün önce Ankara'dan gelip pansiyona yerleşen altı kişilik grupta sorun yok, salona inmeye hazırlanıyorlar. Sorun, bugün öğleden sonra ve akşamüzeri pansiyonun kadrosuna katılan çiçeği burnunda konuklarda.

Önce Raşit'in kapısını çalıyor Recep.

"Hazırım" diyor Raşit çocuksu bir sevinçle. "Saatin dolmasını bekliyorum. İlk gelen ben olmayayım diye..."

Vedat'sa tanımadığı insanların arasında, tarzı olmayan bir müziği dinlemeye hevesli görünmüyor. Yalnızlığıyla barışık, "Böyle iyiyim ben" diyor.

"Hele bir gelin" diye üsteliyor Recep. "Hoşunuza gitmezse, uzak yer değil, kalkar odanıza dönersiniz."

Haşim Bey'in kapısının önünde, cesaret toplamak ister gibi birkaç kez yutkunuyor Recep. Ona da benzer şeyler söyleyecek, ama ille de gel diye ısrarcı olmak yakışık almaz.

"İyi akşamlar" diyor kapının aralığında beliren Haşim'e. "Rahatsız ettimse kusura bakmayın. Fasıl gecemizi hatırlatmak istemiştim de..."

"Teşekkür ederim" diyor Haşim. Yüz ifadesi yumuşak, ama bakışları pansiyondan içeriye girdiğindeki gibi donuk, dalgın ve yorgun. Hayır, geceye katılmayı düşünmüyor. Zahmet edip kapısına kadar geldiği için bir kez daha teşekkür ediyor Recep'e.

Yılmıyor Recep. "Uzun süre kalmanız gerekmiyor" diyerek boynunu büküyor. "Hoşunuza gitmezse, yemeğinizi yiyip odanıza dönebilirsiniz."

İlk kez görüyormuş gibi bakıyor Recep'e Haşim. Onun ricacı, boynu bükük haline... Buruk bir gülüş yayılıyor yüzüne.

"Dediğin gibi olsun" diyor. "Birazdan inerim aşağıya."

Recep'i en çok uğraştıran Nizam oluyor, epey dil dökmesi gerekiyor razı edebilmek için.

"İçkili gecede ne işim var benim!" diye kesin tavrını koyuyor Nizam.

"Benim anneannem de, babam da hacıydı" diyor Recep. "Ama evlatlarının, hatta torunlarının kadeh kaldırdıkları kutlama sofralarının başköşesinde oturmaktan gocunmazlardı. O sofrada oturdular diye hacılıklarından, inançlarından ne kaybettiler? Hiç! İçenin de içmeyenin de hem sevabı, hem günahı kendine değil midir?"

"Kimse ilgilendirmez beni. Kendime bakarım ben!"

"Bakın Nizam Bey, ben de içmiyorum. En uçtaki masada beraberce otururuz sizinle. Meyve suyu, ayran içer, en az diğerleri kadar eğleniriz biz de."

Şaşırıyor Nizam. Böyle çalgılı, çengili –ortalıkta çengi olmasa da öyle yorumluyor Nizam– bir geceyi hazırlayan birinin içki içmemesi garibine gidiyor.

"Sen neden içmiyorsun?"

"Eski bir hikâye" derken sesinin titremesine engel olamıyor Recep. "Dokunuyor bana, içmemem gerek." diyor. Sonra da durgun halinden sıyrılıp soruyor: "Tamam mı, beni yalnız bırakmayacaksınız öyle değil mi?"

En son Yusuf'un kapısını çalıyor.

Ağlamış mı ne? Gözleri kıpkırmızı oğlanın. Hayır, gelmek istemiyor. Yadırgayacağı bir ortamda bulunmaktan ve o ortamda kendisini yadırgamalarından çekiniyor galiba...

"Biz bizeyiz" diyor Recep. "Kimse kimseyle ilgilenmez böyle gecelerde. Baktın kafanı sarmadı, yemeğini ye, çık odana. Pansiyonda yemek yiyebileceğin tek yer orası bu akşam. Aç kalacak değilsin ya! Hadi, yüzünü yıka, kalk gel. İtiraz istemem!"

* * *

Hayret, tek fire yok davetli listesinde! Pansiyonda kalan herkes orada. Yanı sıra dışardan gelenler de var. Vecihi Bey'in yeğeni Emre'yle onun arkadaşı Murat, Recep'in özel davetlileri sıfatıyla, U şeklindeki masanın sağ başında oturuyorlar. Haşim Bey de onların masasında. Recep diğer uçta oturuyor, Nizam'la beraber.

Raşit biraz gerilerde kalmayı tercih etmiş. Fazla göz önünde bulunmayı istememiş belli ki. Vedat'la Yusuf arka tarafta bir köşeye çekilmiş, kendi ıssız âlemlerine dalmışlar. Karşılıklı oturuyorlar, ama en ufacık bir iletişim yok aralarında.

Pansiyona birkaç gün önce gelen eski müşterilerse daha neşeli bir paylaşım içindeler. Birkaç günlük kıdem farkıyla, daha önce kahvaltı ve yemeklerde karşılaşıp tanışmış olmanın rahatlığı var üstlerinde.

Vecihi'nin uduyla yaptığı hicaz taksimiyle program başlıyor. Ancak, kulaklarına dolan ahenkli sesler, yemek müziği gibi geliyor salondakilere. Özenle hazırlanmış mezeleri tabaklarına alıp yemeye, kadehlerine doldurulan içkileri içmeye koyuluyorlar.

Grup halinde oturan Ankaralı konuklardan yalnız ikisi şarabı tercih etmiş. Recep'in elindeki vişne suyu dolu kadehi görenler, onun da şarap içtiğini sanıyor. Oysa o, Nizam'a da söylediği gibi, tek yudum içki koymuyor ağzına. Ama kadehini şarap niyetine havaya kaldırıp konuklarını selamlamaktan da geri kalmıyor.

Yavaş yavaş ısınıyor ortam. Hicaz taksiminin ardından aynı makamda, hicaz şarkılara geçiyor fasıl heyeti.

Nideyim sahn-ı çemen seyrini cânânım yok
Bir yanımca salınan serv-i hırâmânım yok
Yâr, yâr kurbanın olam yâr
Dost, dost hayranın olam dost.

Eski dilde yazılmış şarkının izleyenleri sıkabileceğini düşünmekle hata ettiğini görüyor Recep. Ankara'dan iş takibi için İstanbul'a gelen ve Âdemoğlu Pansiyon'da üçüncü gününü dolduran Adnan'ın başı çektiği grup bir ağızdan şarkıya eşlik ediyor. İkinci şarkının sözleri ise, orta yaşı aşmış konukları en zayıf noktalarından yakalıyor.

Dil şâd olacak diye kaç yıl avuttu felek
Saçıma karlar yağmış, boşuna yaz beklemek
Ne bülbül dile geldi, ne de açtı bir çiçek
Saçıma karlar yağmış, boşuna yaz beklemek.

Bir sonraki hicaz şarkıyı ise –Haşim Bey ve Yusuf dışında– neredeyse bir ağızdan okuyorlar. Şarkının nağmelerinde kendilerinden izler yakalamış gibi...

Tadı yok sensiz geçen ne baharın ne yazın
Kalmadı tesellisi ne şarkının ne sazın
Sarıldım kadehlere derman olur diyerek
Kalmadı tesellisi ne şarkının ne sazın.

Herkesin bir hikâyesi var

Recep şarkıları can kulağıyla dinlerken, bir yandan da diğer dinleyenlerin şarkıya verdikleri tepkiyi ölçüyor. Her nağmede, yüreklere işleyen şarkı sözlerinin her bir dizesinde değişen yüz ifadeleri ve bu değişimin altında yatan nedenler...

Çok iyi biliyor Recep, fasıl bahanesiyle orada topladığı herkesin ayrı bir hikâyesi var. Açık açık anlatanlar ya da ima yoluyla dışa vuranlar oluyor, ama ağızlarını mühürleyip hikâyelerini sır gibi saklayanlar çoğunlukta. İşte bu noktada devreye giriyor Recep!

Tek kişilik bir oyun oynuyor. Uzman bir psikiyatr gibi, mercek altına aldığı kişinin beden dilini, duruşunu, sesli ya da görsel uyaranlara verdiği tepkileri inceden inceye gözlemliyor ve vardığı sonuçlarla biriktirdiği verileri harmanlayıp, karşısındaki insan için bir hikâye yazıyor. Senaryolar üretiyor o hikâyeye. O kişinin gerçek yaşamından gerçek bir sayfa olmadığını bilse de, yaptığı işten büyük keyif alıyor Recep.

Zararsız bir oyun, oynadığı. Kimseler fark etmiyor bile. "Neden ısrarla yüzüme bakıyor bu adam?" diye huylananlar oluyor belki, ama çarçabuk toparlanmasını, en masum haliyle karşısındakinin güvenini kazanmasını başarıyor Recep.

Bu gece farklılaştırmış oyununu. "Seslendirilen şarkı, orada bulunanlardan en çok hangisine yakışıyor?" sorgulamasıyla inceliyor çevresindekileri. Ama Şükrü Tunar'ın hicaz şarkısıyla kafası karışıyor.

Söyleyemem derdimi kimseye derman olmasın diye
İnleyen şu kalbimin sesini ağyar duymasın diye
Sakladım gözyaşımı vefasız o yâr görmesin diye
İnleyen şu kalbimin sesini ağyar duymasın diye.

Öyle çok sahiplenen var ki bu şarkıyı! En ağır, en oturaklı görünen Haşim Bey bile erkek seslerinden oluşan koronun bir parçası olduktan sonra... Aynı masadaki Murat'ın da ondan eksik kalır yanı yok. Belli ki dibine kadar batmışlar dert deryasına. Farklı adreslere yazsalar da, nağmelerinin içeriği aynı.

Bir tek Yusuf katılmıyor koroya. Üstüne başına çekidüzen verince yakışıklılığı çıkmış ortaya. Ne var ki bedeni orada da, ruhu farklı bir yerlerde takılı kalmış gibi. Tabağındaki yiyeceklere dokunmamış bile. Daha yakından ilgilenmeli bu oğlanla. Sırayı da bozmamalı ama.

Yerinden kalkıp masaları gezmeye başlıyor Recep. Herkese tek tek, bir arzuları olup olmadığını soruyor. Önceden hazırladığı kâğıtları bırakıp istek şarkılarını yazabileceklerini söylüyor.

Murat, Emre, Haşim üçlüsünün masasına geldiğinde, sandalyeyi çekip oturuyor.

"Ne iyi ettiniz de geldiniz" diyor Emre'ye. "Vecihi Bey bir de misafiriniz olduğunu söyleyince sevindim. Siz de hoş geldiniz Murat Bey."

"Benim geleceğim haftalar öncesinden belliydi" diyor Emre. "Ama Murat'ınki sürpriz oldu. Canı sıkkındı arkadaşımın. 'Bursa dar geliyor bana!' der demez, 'Atla gel İstanbul'a' dedim. Trilye'deki Çamlı Kahve'yi bilir misiniz? Harika bir yerdir! Ama oradan dönüşte eli kolu iki yanına düşer insanın. Hele ağır bir hüzün yükünü sırtlamışsa..."

Kopuk kopuk konuşuyor, ama satır aralarını birleştirince çok şey anlatıyor karşısındakine. Belli ki Çamlı Kahve dedikleri o yerde kırık dökük bir şeyler yaşamış Murat.

"İzninizle" diyerek kalkıyor Recep. "Seslendirilmesini istediğiniz bir şarkı var mı?"

Konuşmanın başından beri sürdürdüğü kayıtsız tavrını bozmuyor Haşim, olumsuz anlamda başını sallamakla yetiniyor. Recep'in, Murat'ın üzerinde sabitlediği ısrarcı bakışları da karşılıksız kalıyor. Hayır, istek şarkısı yok onun da.

Emre giriyor araya. "Dertlidir benim kankam" diyor. "Münir Nurettin Selçuk'a da hayrandır." Uzanıp, masanın üzerindeki beyaz kâğıtçıklardan birini alıyor. Ve bir şarkı adı yazıyor Murat için.

Kâğıda şöyle bir göz atıp, hicaz makamının nispeten neşeli şarkılarına geçen ve başka makamlara atlamaya hazırlanan fasıl heyetine doğru yürüyor Recep. Münir Nurettin Selçuk'un bestesi olan ilk izleyici isteğini Vecihi Bey'in önündeki sehpanın üzerine bırakıyor.

Beni kör kuyularda merdivensiz bıraktın
Denizler ortasında bak yelkensiz bıraktın
Öylesine yıktın ki bütün inançlarımı
Beni bensiz bıraktın, beni sensiz bıraktın.

Murat'ı kör kuyularda merdivensiz bırakan her kimse, fena yakmış adamı diye düşünüyor Recep. Dikkatini çeken, şarkının sözlerinin, en az Murat kadar Haşim'i de etkilediği. İkisi aynı masada, ama bambaşka dünyalara dalmış, düştükleri farklı kuyulardan asla çıkamayacaklarını bilir gibi kaderlerine razı, şarkıya eşlik ediyorlar.

Birbirini kovalıyor şarkılar. Ut, keman, klarnet ya da kanunla yapılan ara taksimleriyle makamdan makama geçiyor fasıl heyeti. Recep istek şarkılarının yazılı olduğu kâğıtları masalardan toplayıp Vecihi Bey'in önüne bırakıyor. O da belli bir sıraya göre hepsini değerlendirmeye çalışıyor. Ama

Vecihi'nin kendi isteklerini ön planda tuttuğunun farkında Recep.

Salondaki en neşeli masadan gelen istekleri sehpanın bir köşesine itip, gözleri yarı kapalı peş peşe iki hicaz şarkı seslendiriyor Vecihi.

Aşkı seninle tattı, hicranla yandı gönül
Evvel coştu taştı da şimdi uslandı gönül
Cevri sefaya kattı, hayli aldandı gönül
Evvel coştu taştı da şimdi uslandı gönül.

Öylesine duygulu söylüyor ki şarkıyı, salondakilerin üzerinde dolaştırdığı bakışlarını toplayıp Vecihi Bey'in üzerine çeviriyor Recep. Ne oluyor üstada böyle? Kendisi için çalıp söylüyor sanki.

Artık bu solan bahçede bülbüllere yer yok
Bir yer ki sevenler, sevilenlerden eser yok
Bezminde kadeh kırdığımız sevgililer yok
Bir yer ki sevenler, sevilenlerden eser yok.

Vecihi'nin yüzünde, ağzından çıkan her sözde, her nağmede daha da belirginleşen, acı çekiyormuş gibi garip bir ifade var. Şaşkınlık içinde Recep. Daha önce onu hiç böyle görmemiş.

Bir sonraki şarkıda kesin tanıyı koyuyor Recep: Şu anda Vecihi Bey, izleyenlerden gelen istekleri bırakmış, kendi hikâyesindeki şarkıları söylüyor...

Bir tatlı tebessümün bin vuslata bedeldir
Gözlerin hayat verir aşkın ise eceldir
İnan sevgili sana benden başkası eldir
Gözlerin hayat verir aşkın ise eceldir.

Bir tatlı tebessümün bin vuslata bedel olması mümkün mü diye düşünüyor Recep. Hele ikişer üçer günlük bedensel birlikteliklerin *aşk* diye tanımlandığı günümüzde... Uzun sevdalara sabrı yok insanların. Bir tatlı tebessümle yetinmekse, her babayiğidin harcı değil! Eskilerde kalmış o platonik aşklar...

Ama söz konusu Vecihi Bey olunca, işler değişiyor tabii. Duygularıyla yaşayan bir gönül adamı o. Eh, yaşını başını da almış, bu saatten sonra gecelik maceralar yaşayacak hali yok. Belli ki tebessümlerle, anlamlı bakışlarla, imalı birkaç sözle avutuyor yüreğini. Ve yaptığı bestelerde, seslendirdiği şarkılarda o platonik aşkları doyasıya yaşıyor.

İcra edilen yeni şarkı da oldukça manidar. Geçmişinde hazin bir ayrılık öyküsü bulunan hiçbir âdemoğlunun dinleyip de etkilenmemesi mümkün değil!

Ayrılık yarı ölmekmiş
O bir alevden gömlekmiş
O alevin bağrında dili
Ben böyle sensiz olurum deli
Nerdesin ey sevgili.

Aşağı yukarı salondaki herkes, ayrılığın *yarı ölmek* olduğunda hemfikir. Bir ağızdan, haykırırcasına eşlik ediyorlar şarkıya. Ama içlerinde biri var ki, yüzündeki isyan ve kahır karışımı ifadeyle, ayrılığın ölümün yarısı değil, ta kendisi olduğunu anlatıyor sanki: Vedat! Üstelik buraya gelmemek için onca direnmişken, ısrarla, "Fasıl benim tarzım değil!" diyerek Recep'in kafasının tasını attırmışken.

Kalkıp yanına gidiyor Recep. Yusuf'la, şu gariban oğlanla karşılıklı oturuyorlar. Ama paylaşımın zerresi yok aralarında. İkisi de tek başınaymış gibi yaşıyor geceyi. Tek ortak yanları, gözlerindeki kırmızılık. Akamayan yaşlardaki tuzun yakıcılığıyla örselenmiş gözler ve suskun dudaklar...

Parkasını çıkarınca, zayıflığı iyiden iyiye ortaya çıkmış Vedat'ın. Hele suratı! Yüz kemiklerinin üzerine deri kaplanmış gibi. Zayıflığından, solukluğundan, çelimsizliğinden, kaç yaşında olduğunu tahmin edemiyor Recep. Yusuf gibi o da tabağındakilere dokunmamış bile. Peş peşe kadehindeki susuz rakıyı yudumluyor. Tüm hıncını ondan almak ister gibi.

"Yemeklerimizi beğenmediniz galiba" diyor Recep.

Suçüstü yakalanmış gibi, peynir tabağındaki yarısı bıçakla kesilmiş peynirle çerez tabağını, küllükteki kuruyemiş kabuklarını göstererek, "Yoo" diyor Vedat. "Bunlar yetiyor bana."

Recep konukları arasında en uzlaşılmaz gördüğü Vedat'la iletişim kurmaktan memnun, "Başka bir isteğiniz var mı?" diye soruyor. "Seslendirilmesini istediğiniz bir şarkı falan?"

Olumlu yanıt alacağını hiç sanmıyor. Fasıl müziğinden hazzetmediğini açık açık söyleyen bir adama –nasıl olduysa bir şarkıdan etkilendi diye– bir isteği var mı diye sorması bile hata aslında.

Ama Recep'i şaşırtıyor Vedat. İstek şarkısını yazdığı kâğıdı uzatırken, "Hiç dönmeyecek sevgililer için!" diyor.

Kocaman bir yumruk gelip oturuyor Recep'in boğazına. Dönüşü olmayan yerdeki, hiç dönmeyecek sevgililer... Özlemlerin, umutsuzlukların en koyusuyla anılanlar.

İstek kâğıdını Vecihi Bey'e teslim edip yerine otururken, orada bulunan kaç kişinin hiç dönmeyecek sevgilisi olduğunu tahmin etmeye çalışıyor. Bir liste yapsa kimlerin adını yazması gerekir?

Kendini de yazmalı mı? Yok canım, öyle bir sevgilisi hiç olmadı ki Recep'in!

Şimdi uzaklardasın gönül hicranla doldu
Hiç ayrılamam derken kavuşmak hayal oldu

Sevda bahçelerinin çiçekleri hep soldu
Hiç ayrılamam derken kavuşmak hayal oldu.

Ve... *Dönülmez akşamın ufkundayız!*

Uhrevi âlemin kapılarını aralarken, dünyevi kaygıların ne derece boş olduğunu hissettiren bu şarkıyı pek sever Recep. Vecihi Bey'le tanışıp Türk sanat musikisinin derinliklerine aşina olmadan önce de severek dinlerdi, ama bu şarkının, "Münir Nurettin Selçuk'un konçertosu" olarak anıldığını öğrenince, gözündeki değeri daha da arttı. Hele sözleri! Yahya Kemal Beyatlı'nın *Rindlerin Akşamı* şiirinin doyumsuz bir valsi gibi.

Dönülmez akşamın ufkundayız vakit çok geç
Bu son fasıldır ey ömrüm nasıl geçersen geç
Cihana bir daha gelmek hayal edilse bile
Avunmak istemeyiz böyle bir teselli ile
Geniş kanatları boşlukta simsiyah açılan
Ve arkasında güneş doğmayan büyük kapıdan
Geçince başlayacak bitmeyen sükûnlu gece
Guruba karşı bu son bahçelerde keyfince
Ya aşk içinde harab ol ya şevk içinde gönül
Ya lale açmalıdır göğsümüzde yahut gül
Dönülmez akşamın ufkundayız vakit çok geç.

Geniş kanatları boşlukta simsiyah açılan ve arkasında güneş doğmayan büyük kapıdan geçince başlayacak bitmeyen sükûnlu gece...

Ölüm! Ve ölümü belki de en lirik anlatan dizelerin bir ağızdan haykırarak söylenişi... Benzer bir ifade var yüzlerde: Razı oluş, eşitleniş ve hüzün.

Şarkının akışına kendini iyiden iyiye kaptırmışken, karşısında oturan masa arkadaşı Nizam'a takılıyor Recep'in gözü. Gecenin başında yüzündeki yara, bere ve morlukları saklamak ister gibi sandalyesini fasıl heyetine doğru çevirip salondakilere arkasını dönen, birileriyle göz göze gelmemeye özen gösteren Nizam, yüksek sesle şarkıya eşlik etmekle kalmıyor, elinde def varmış gibi usul tutuyor kendince. Ve bu haliyle çözülmesi gereken çok bilinmeyenli bir denklem olduğunu düşündürüyor Recep'e.

"Türk sanat müziğini seviyorsunuz galiba."

"Severim" derken geniş bir gülümsemeyle aydınlanıyor Nizam'ın yüzü. "Daha çok tasavvuf müziğiyle ilgilenirim, ama Türk sanat müziğine olan düşkünlüğüm de yabana atılmaz."

Tabii ya... Kalacağı pansiyonda bile seccade aranan, aptesinde namazında bir adam! Tasavvuf müziğiyle ilgilenmesinden, dönülmez akşamların bitmeyen sükûnlu gecelere dönüşeceğini anlatan şarkılara coşkuyla eşlik etmesinden daha doğal ne olabilir?

Ancak fasıl heyeti Münir Nurettin Selçuk'un bir başka eserine, Kalamış'a geçtiğinde, "*Yok başka yerin lütfu ne yazdan ne de kıştan / Bir tatlı huzur almaya geldim Kalamış'tan*" dizeleriyle yeniden dünyevi neşelerine dönen diğer dinleyiciler gibi, Nizam'ın da aynı keyifle şarkıya eşlik etmesini, hatta kitabına uygun tarzda tempo tutup usul vurarak diğerlerinden bir adım öne geçmesini hayretle izliyor Recep.

Boşalan bardaklara meyve suyu doldururken, "Daha önce Türk müziğiyle ilgilendiniz mi?" diye soruyor.

Uzun uzun gülüyor Nizam. "Babam 1950'lerin Tepebaşı Gazinosu'ndan çıkmazmış" diyor. "Ben de Taksim'deki gazinoların müdavimiydim bir zamanlar."

Şaşkınlıktan ne diyeceğini bilemiyor Recep. Nizam Bey'in bir zamanlar âlemci olduğuna inanamıyor bir türlü.

O da hemen toparlanıyor zaten.

"Tasavvuf müziğine geçmeden, uzun yıllar Türk müziğiyle ilgilendim." Mahcup bir tavırla ekliyor: "Mütevazı düzeyde ufak tefek beste çalışmalarım da oldu."

"Keşke dinleyebilseydik" diyor Recep. "Ama en azından sevdiğiniz bir şarkıyı hep beraber seslendirebiliriz, öyle değil mi?"

Nizam'ın kâğıda yazdığı şarkı, bir kez daha şaşırtıyor Recep'i. Cismani duyguları çağrıştırmayan, ruhani içerikli bir eser beklerken...

İstek kâğıdını Vecihi Bey'e teslim edip yerine oturuyor. Şarkı çalındığında Nizam'ın yüzünde oluşacak değişiklikleri okumanın sabırsızlığı içinde...

Unutturamaz seni hiçbir şey, unutulsam da ben
Her yerde sen, her şeyde sen, bilmem ki nasıl söylesem
Bir sisli hazan kesilir ruhum, eğer görmesem
Neş'emde sen, hüznümde sen, bilmem ki nasıl söylesem.

İzleyenler tarafından oluşturulan erkekler korosunda gönlü yaralı ve ıssız erkeklerin çoğunlukta olduğu tartışılmaz. Gözlerinden anlıyor Recep, kendilerinden geçercesine şarkıyla bütünleşmelerinden.

Vecihi Bey de izleyicinin nabzını iyi tutuyor doğrusu. Herkese hitap edebilecek şarkılara yer vererek ilgiyi, coşkuyu ayakta tutmayı başarıyor. İcra edecekleri yeni şarkıyı da, orada bulunan bütün gönlü yaralı erkeklere ithaf ediyor.

Gönül aşkınla gözyaşı dökmekten usandı artık
Zira gözde yaş kalmadı sabr ile uslandı artık
Ağlasam da faydası yok sevsem de zamanı geçti
Zira gözde yaş kalmadı sabr ile uslandı artık.

Recep bir yandan şarkıya eşlik ederken, bir yandan da yüzlerde oluşan ifade değişikliklerini gözlemliyor. *Zira gözde yaş kalmadı* derken, sesini en yükseklere taşıyan Raşit'e takılıp kalıyor. Onunla pek az ilgilendi bu gece. Oysa pansiyona girer girmez, "Seninle dertleşmeye geldim" dememiş miydi Recep'e? Kalkıp yanına gidiyor.

Pansiyonun şu andaki konukları arasında en yaşlısı Raşit Amca. Ama belki de gönlü en diri olanı! Geçen yıl geldiğinde ünlü bir gazeteciye olan tutkulu hayranlığını anlatmıştı Recep'e. Hayranlığı aşan, adı konmamış duygularını...

Bu yıl biraz çökük duruyor. Yaşı gereği, olağandır diye düşünüyor Recep. Ama Raşit, uzun uzun dertleşemeseler de, umutsuzluğun pençesinde nasıl hırpalandığını pek güzel özetliyor:

"Bittim ben! Hiçbir umudu kalmayan insan eriyip yok olmaya mahkûmdur. Tıpkı benim gibi. Bir daha buralara gelebileceğimi hiç sanmıyorum Recep Bey. Hakkınızı helal edin."

"Olur mu öyle şey? Daha nice fasıl gecelerinde beraber olacağız."

Yanıt vereceğine, gözleri kapalı, yeni başlayan şarkının sözlerini mırıldanıyor Raşit.

Pişman olur da bir gün dönersen bana geri
Gönül kapım açıktır çalmadan gir içeri
Sana sevgiler sonsuz henüz geçmedi zaman
Gönül kapım açıktır çalmadan gir içeri.

Şarkının bitiminde, "Henüz geçmedi zaman diyor, ama bizde zaman çoktan geçti!" derken öylesine acılı bakıyor ki Raşit'in gözleri, dayanamıyor Recep.

"Kim seni böylesine hırpalayan Raşit Amca?" diye şaka yollu soruyor.

"Sorma!" diyor Raşit. "Tektaş pırlantadır o! Kimselere benzemez..."

Kâğıt peçetenin üzerine bir şarkı adı yazıyor.

"Lütfedip da çalarlarsa... Ona gitsin bu şarkı!"

Benzemez kimse sana tavrına hayran olayım
Bakışından süzülen işvene kurban olayım
Lûtfuna ermek için söyle perişan olayım
Bakışından süzülen işvene kurban olayım.

Gece boyunca herkesin yanına gitmişti Recep, bir istekleri olup olmadığını sormuş, kimileriyle dertleşmiş, kimileriyle ağız ağza verip şarkılara eşlik etmişti. Bir kişi kalmıştı yanına sokulamadığı: Haşim Bey!

Cesaret edememişti nedense. İçgüdüsel bir önseziyle, diğerleri gibi teklifsizce iletişim kuramayacağını hissettiğinden belki. Belki de, yüzündeki koyu keder ifadesinin gerisinde yatan nedenleri asla yabancı biriyle paylaşamayacağını varsayarak, bütün kapılarını dış dünyaya kapatmış, yalnızlığını gene kendi yalnızlığıyla paylaşan bu asil ve vakur duruşlu adama sıradan bir şeyler söyleyerek onu rahatsız etmekten çekindiği için...

Fasıl heyeti hüzzam taksimiyle yeniden ağır şarkılara geçerken, bakışlarını Haşim Bey'in üzerine çeviriyor Recep. Birkaç kez onun bu tür şarkılara eşlik ettiğini görmüştü. Alçak sesle, mırıldanır gibi, çoğu zaman koroya katılmadan, tek başına...

Yesari Asım Arsoy'un hüzzam şarkısı kulaklara dolarken, Haşim'in gözlerini kapatıp yalnızca dudak kıpırtılarıyla şarkıyı mırıldandığını görünce, daha fazla dayanamıyor Recep. Gizemli misafiriyle ilgilenmenin tam zamanı!

Sen olmasaydın eğer aşka inanmazdım
Seni sevmeseydim ah, bu türlü yanmazdım
Sensiz aşkı aramaz mehtabı anmazdım
Seni sevmeseydim ah, bu türlü yanmazdım.

"Herhangi bir arzunuz var mı efendim?"

Gülümseyerek sorulan soruya gülümseyerek yanıt veriyor Haşim de.

"Teşekkür ederim, her şey yolunda."

İşte bu kadar! Daha fazlasını soramaz Recep. Üstüne üstüne gidip mahremiyetine el uzatmaya cüret edemez.

Âdet yerini bulsun diye, herkese sorduğu soruyu Haşim'e de yöneltiyor: "İcra edilmesini istediğiniz bir eser var mı?"

Hayır diyeceğinden o kadar emin ki, iyi geceler deyip veda etmeye hazırlanıyor.

"Yesari Asım Arsoy'dan bir başka eser olabilir" diyerek şaşırtıyor Haşim. Gecenin başında Recep'in masalara bıraktığı kâğıtlardan bir tane alıp şarkının adını yazıyor. "Bu beste Yesari Asım Arsoy'un, güftesi kendine ait olmayan ender eserlerinden biridir" diyor. "Sözler Fitnat Hanım'a ait. Kimileri şiirin Fitnat Hanım tarafından Yesari Asım Arsoy için yazıldığını söyler, kimileri de Fitnat Hanım'a umutsuz bir aşk besleyen Yesari'nin bu şiiri aşkının ifadesi olarak bestelediğini. Hangisinin aşkı umutsuz, hangisininki karşılık görmüş, bilemeyiz ama daha çok erkek ağzına yakıştırırım bu şarkıyı ben. Ve pek severim..."

Ne kadarı Haşim'in hikâyesini yansıtıyor, kestirmesi güç. Ama yemin gibi bir şarkı olduğu kesin:

Ömrüm seni sevmekle nihayet bulacaktır
Yalnız senin aşkın ile ruhum solacaktır
Son darbe-i kalbim yine ismin olacaktır
Yalnız senin aşkın ile ruhum solacaktır.

Yusuf'un şarkısı

Bütün dokunaklı şarkılar onun için söyleniyor sanki. Her bir nağme usul usul kanayan sızılı yüreğinin sesiyle özdeşleşirken, katıla katıla, haykıra haykıra ağlamamak için zor tutuyor kendini.

Söyleyemem derdimi kimseye, derman olmasın diye...

Derdinin dermansız olduğu zaten ortada. Birilerine söylese ne olur, söylemese ne...

Beni kör kuyularda merdivensiz bıraktın, diye umarsız bakışlarla şarkıyı mırıldanan şu genç adam, kör kuyuların en dibinde yerle yeksan olmuş Yusuf'tan daha mı dertli? En çok, en çok sevdiğinden ayrılmış. Ölümün yanında ayrılığın lafı mı olur?

Ayrılık yarı ölmekmiş, diye yırtınırcasına haykıranlara da öfkeyle bakıyor. Ayrılık, ölümün sağ kalanlara sunuluş biçimi! Pembe'yle beraber öldü Yusuf da. Ruhunu sarıp sarmalayıp onunla beraber toprağın altına gömerken, yaşama arzusundan, bütün dünyevi duygu ve heveslerinden soyutlanmış bir bedeni kaldı dünya üzerinde yalnızca.

Oradakiler içinde, gecenin başından beri ağızlarını açıp tek laf etmeseler de, bir tek karşısında oturan Vedat'ı yakın hissediyor kendine. "Hiç dönmeyecek sevgililer için!" diyerek istediği şarkı, onun da içine dokunduğu için belki.

Şimdi uzaklardasın gönül hicranla doldu
Hiç ayrılamam derken kavuşmak hayal oldu.

O da mı hiç ayrılamam derken, kavuşmanın hayale dönüştüğü, geri dönmeyecek bir sevgili için ağlıyor Yusuf gibi?

Unutturamaz seni hiçbir şey unutulsam da ben.

"Herkes unutsun beni!" diyor Yusuf isyanla. "Ama benim onu unutmam imkânsız. Bu can bu bedende var oldukça, benimle beraber yaşayacak o da."

Benzemez kimse sana diye başlayan şarkının da en çok Pembe'ye yakışacağını düşünüyor. Dünya üzerinde ona benzeyecek, onun yerini tutabilecek biri daha var mı?

Ve...

Ömrüm seni sevmekle nihayet bulacaktır
Yalnız senin aşkın ile ömrüm solacaktır...

Haşim'in uzaktan uzağa mırıldandığı şarkının sözlerine aynen katılıyor Yusuf. O da ömrünün son saniyesine kadar sevecek ablasını. Unutmayacak asla. Bir an bile gözünün önünden gitmeyecek o güzel yüzü, sesi hiç eksilmeyecek kulaklarından.

O da Pembe için bir şarkı istese mi acaba? Ses sese verip beraberce söyleseler... Ama Recep herkese istek şarkısı olup olmadığını sorarken, atlayıverdi nedense Yusuf'u.

Neden olacak? Kendisine yakıştırılan sıfatı sonuna kadar hak eden bir *yedekçi* o! Alınacak, gücenecek bir şey yok ortada. O değil miydi, pansiyona ilk geldiğinde kendisinden nüfus cüzdanı bile istemeyen Recep'e soyadının *Yedekçi* olduğunu söyleyen?

Evet, aynen öyle demişti; yaşadıklarıyla beraber soyadını da unutmak istiyordu çünkü. Madem yedekçi olmaktan kurtulamamıştı, varsın adı da *Yusuf Yedekçi* olarak anılsındı.

Ama yedekçilerin de şarkı isteme hakkı var! Ve o hakkı kullanmaya hazırlanıyor Yusuf...

* * *

Vecihi'ye kalsa, daha ağır aksak gidecek, ama gelen isteklere uymak zorunda hissediyor kendini. Ses sese, yürek yüreğe söylenecek, bu tür gecelerin olmazsa olmazı fantezi eserleri yok sayamaz ya.

Keyifler kıvamını bulmuşken, damardan nağmelere geçmenin zamanıdır...

Sevmekten kim usanır, tadına doyum olmaz
Hangi gönül uslanır, sevenle oyun olmaz
Kaç kere yemin ettim, kaç gönüle de girdim
Sensiz yapamıyorum, bak yine geri geldim.

Şarkının bitiminde, Ankaralı gruptan sesli bir istek geliyor. "At kadehi elinden!" diye bağırıyor gençten biri. Endişeyle bakıyor Vecihi Bey'e Recep. İsteğini usulüyle kâğıda yazıp vereceğine, oturduğu yerden emir buyurur gibi haykırmasını değerli üstadın hoş karşılayamayacağını düşünüyor.

Hayret, yüzünde hoşgörülü bir ifadeyle, kısa bir ara taksiminin ardından hüzzam makamına ve icra edilmesi istenen esere geçiyor Vecihi.

Bu gece son gecemiz acı günler yakında
Bir ömür böyle geçti olamadık farkında
At kadehi elinden bin parçaya bölünsün
Dökülsün meyler yere hatıralar gömülsün.

Hareketli ve neşeli birkaç eserin ardından, kısa süreliğine dinlenmeye çekiliyor fasıl heyeti. Onlar için salonun gerisinde bir masa hazırlatmış Recep, üstünü donatmış. Hayır, yemek istemiyorlar. Küçük atıştırmalıklar, çerez, soyulup dilimlenmiş meyve ve içecek... Dört dönüyor etraflarında Recep, özellikle de Vecihi Bey'in bir dediğini ikiletmiyor.

Koyulaşan sohbete öylesine dalmış ki, konuklardan birinin usulca yanına yaklaştığını fark etmiyor. Omzuna hafifçe dokunan elin sahibi Yusuf. Hay Allah, nasıl da unutuverdi oğlanı!

Mahcup bir tavırla, "Ben de bir şarkı isteyebilir miyim?" diye soruyor Yusuf. Sonra da alacağı yanıtı beklemeden elindeki kâğıdı masanın üzerine bırakıyor.

"Tamam" diyor Recep. "Gerekeni yaparız. Rahatına bak sen..."

Yusuf'un arkasından, istek şarkısını yüksek sesle okuyor:

"Eller kadir kıymet bilmiyor anne!"

"Yok artık!" diyerek elini masaya vuruyor Vecihi. "Her şey bitti de arabeske mi geldi sıra?"

Vecihi Bey'in arabeskle arası olmadığını fasıl heyetindeki arkadaşları da, Recep de çok iyi biliyor. Ama Recep, daha biraz önce Vecihi Bey'in etrafında dört dönen, ağzından çıkan her sözü emir bilen kendisi değilmiş gibi, tavır koyuyor üstadına.

"Yapma abi!" diyor. "Çocuğun halini görmüyor musun? Bu şarkıyı istemek için kim bilir neler yaşamış. Hem, diğerleri gibi oturduğu yerden bağıracağına, efendice getirip veriyor isteğini."

"Sorun çocukta değil" diyor Vecihi. "Arabesk müzik çalmadım bugüne kadar, söylemedim de. Prensiplerimi çiğneyemem."

İplerin koptuğu an!

"Öyle mi?" diyor Recep, gözleri ateş ateş, yanakları al al.

"Tabii ya, siz nitelikli ve yüksek müzik erbabısınız. Arabesk ise tam tersine niteliksiz, yoz bir tür. Ama sorarım size, hangi türde olursa olsun, müzik duyguların notalarla, nağmelerle bütünleşmesi değil midir? İnsanların duygularının seviye ve kalitesini ölçmek de kimsenin haddi değil! Acı çekmenin yükseği alçağı, niteliklisi niteliksizi olur mu hiç? Sevdiklerinin ardından ağıt yakanların acıları birbirinden çok mu farklı? Gecekonduda oturanla villalarda yaşayan, farklı mı yanar yitirdiğine? İşte bu çocuk! Anasına, bacısına, sevgilisine; her kimeyse artık, belli ki içi yanıyor. Onun çektiği acıyı aşağılayıp arabesk olarak nitelemek, insafla bağdaşabilir mi?"

Susuyor Recep. Haklılığından öylesine emin ki, geri adım atacağına Vecihi Bey'le arasındaki büyün köprüleri yıkmaya hazır.

Recep'e hiçbir yanıt vermiyor Vecihi. Bakışlarını ondan kaçırarak, "Hadi bakalım" diyor saz arkadaşlarına. "Teneffüs bitti. Kaldığımız yerden devam edelim işimize."

Yerlerini alıp, yeni bölümün ilk şarkısını icra etmeye başlıyorlar...

Eller kadir kıymet bilmiyor anne

Rastlarsan gözleri yaşlı yavruna
Suçunu bağışla sarıl boynuna
Biz bize yaşarken geldik oyuna
Eller kadir kıymet bilmiyor anne
Senin kadar kimse sevmiyor anne.

Bir yâr için seni terk edip gittim
Vicdanıma bir sor ne acı çektim
Kendimi ben sana emanet ettim
Eller kadir kıymet bilmiyor anne
Senin kadar kimse sevmiyor anne.

Ne sevgililer geldi geçti kalbimden
Kimse anlamıyor garip halimden
Senin hasretini duydum derinden
Eller kadir kıymet bilmiyor anne
Senin kadar kimse sevmiyor anne.

El eleydi Yusufla Pembe, yürek yüreğe, gönül gönüle. Beraberce söylüyorlardı Pembe'nin şarkısını. Uzaktan uzağa Keder de katılıyordu onlara.

"Ben de seni en az annem kadar seviyorum" diye mırıldandı Yusuf. "Son nefesime kadar da seveceğim. Canım ablam benim..."

Masadan kalkıp kendinden emin adımlarla kapıya doğru yürürken, biraz buruk da olsa, yedekçilikten kurtulmanın gururu ve huzuru vardı yüzünde... Pembe'nin, en sıcak gülüşüyle onu izlediğinden emindi.

Yazarın notu

Issız Erkekler Korosu'nu okuyan okurlarım *Pembe ve Yusuf*'u anımsayacaklar.

Âdemoğlu Pansiyon'un ıssız erkekleri arasında en ilgi çekeniydi Yusuf.

Bu romanım, yoğun olarak sorulan, "Ne olacak bu gariban oğlanın hali?" sorularına ne derece yanıt olabilecek; beraberce karar vereceğiz.

Umarım Keder, Pembe ve Yusuf'un sızılı hikâyesini sevmişsinizdir...

Şarkılar

- *Nideyim sahn-ı çemen seyrini cânânım yok*
  Makam: Hicaz / Beste: Hacı Sâdullah Ağa / Güfte: Enverî

- *Dil şâd olacak diye kaç yıl avuttu felek*
  Makam: Hicaz / Beste: Avni Anıl / Güfte: Turgut Yarkent

- *Tadı yok sensiz geçen ne baharın ne yazın*
  Makam: Hicaz / Beste: Muzaffer İlkar /
  Güfte: Güzide Taranoğlu

- *Söyleyemem derdimi kimseye derman olmasın diye*
  Makam: Hicaz / Beste ve güfte: Şükrü Tunar

- *Beni kör kuyularda merdivensiz bıraktın*
  Makam: Kürdilihicazkâr / Beste: Münir Nurettin Selçuk /
  Güfte: Ümit Yaşar Oğuzcan

- *Aşkı seninle tattı, hicranla yandı gönül*
  Makam: Hicaz / Beste: Fehmi Tokay / Güfte: Melahat Akan

- *Artık bu solan bahçede bülbüllere yer yok*
  Makam: Hicaz / Beste: Alaaddin Yavaşça /
  Güfte: Faruk Nafiz Çamlıbel

- *Bir tatlı tebessümün bin vuslata bedeldir*
  Makam: Uşşak / Beste ve güfte: Zeki Müren

- *Ayrılık yarı ölmekmiş*
  Makam: Nişâburek / Beste: Selahattin Pınar /
  Güfte: Vecdi Bingöl

- *Şimdi uzaklardasın*
  Makam: Suzinak / Beste ve güfte: Zeki Müren

- *Dönülmez akşamın ufkundayız*
  Makam: Segâh / Beste: Münir Nurettin Selçuk /
  Güfte: Yahya Kemal Beyatlı

- *Yok başka yerin lûtfu ne yazdan ne de kıştan (Kalamış)*
  Makam: Nihavent / Beste: Münir Nurettin Selçuk /
  Güfte: Behçe Kemal Çağlar

- *Unutturamaz seni hiçbir şey unutulsam da ben*
  Makam: Nihavent / Beste ve güfte: Ekrem Güyer

- *Sevmekten kim usanır*
  Makam: Rast / Beste: Teoman Alpay /
  Güfte: Hikmet Münir Ebcioğlu

- *Bu gece son gecemiz (At kadehi elinden)*
  Makam: Hüzzam / Beste: Teoman Alpay /
  Güfte: Hasan Özcan Balım

- *Eller kadir kıymet bilmiyor anne*
  Beste: Mehmet Dağdelen / Güfte: Halit Çelikoğlu

- *Gönül aşkınla gözyaşı dökmekten usandı artık*
  Makam: Rast / Beste: Selahattin İnal / Güfte Ali Sarcan

- *Pişman olur da bir gün dönersen bana geri*
  Makam: Hüzzam / Beste: İrfan Özbakır / Güfte: Ayhan İlter

- *Benzemez kimse sana*
  Makam: Bayati / Beste: Fehmi Tokat / Güfte: Rüştü Şardağ

- *Sen olmasaydın eğer aşka inanmazdım*
  Makam: Hüzzam / Beste ve güfte: Yesari Asım Arsoy

- *Ömrüm seni sevmekle nihayet bulacaktır*
  Makam: Hüzzam / Beste: Yesari Asım Arsoy /
  Güfte: Fitnat Sağlık (Fitnat Hanım)